明
室
Lucida

照亮阅读的人

必要的
角度

The Necessary Angle

黄灿然 著

「增订版」

上海文艺出版社

目录

第一辑

花毯的探索者 003
希尼的创作 011
诗歌的纠正功用 016
相信诗歌 019
希尼论技术与技艺 023
约瑟夫·布罗茨基的诗路历程 028
从奥登的一首诗说起 057
蒙塔莱的艺术 062
怀疑和天真 070
一个时代的终结 076
最后一位现代主义者的现代观 083
歌德的智慧及其他 087
青年人的经验与苦练 100
本土与传统 103

"死亡没有形容词" 110
玛丽安·摩尔 116
洛威尔和他的当代性 123
作家口中开出的花朵 131
理查德·威尔伯谈诗 136
纽约诗派和奥哈拉 141
博尔赫斯的魅力 148
作家与政治 152
说吧，纳博科夫 155
契诃夫的传人 161
卡尔维诺：文学的未来 169

第二辑

译诗中的现代敏感 179
译诗中的非个性化与个性化 190
"恶化"与"欧化" 203
汉译与汉语的现实 213
在直译与意译之间做出抉择 228
评《从彼得堡到斯德哥尔摩》诗歌部分 243
由帕斯论翻译想起的 256
翻译与中华文化 259
"运作"及其他 263
英语文体的变迁 266

第三辑

多多：直取诗歌的核心　　　　　　281
穆旦：赞美之后的失望　　　　　　297
王佐良的遗产　　　　　　　　　　307
袁可嘉的贡献　　　　　　　　　　311
人间送小温　　　　　　　　　　　315
入无人之境　　　　　　　　　　　320
诗歌与文明　　　　　　　　　　　332
诗歌中的标点符号　　　　　　　　339
诗歌音乐与诗歌中的音乐　　　　　341
论诗人的狭窄　　　　　　　　　　345
札记二十五篇　　　　　　　　　　349

增订版后记　　　　　　　　　　　383

第一辑

花毯的探索者

加勒比海诗人德里克·沃尔科特由于其诗歌作品"具有伟大的光彩、历史的视野，是献身多种文化的结果"而在十月八日获得一九九二年诺贝尔文学奖。

沃尔科特这个名字对中文读者来说应该是很陌生的，但是细心的读者可能曾经在布罗茨基的一篇访谈中注意到这个名字。布罗茨基在一九八二年接受《巴黎评论》采访时曾说："我在洛威尔的葬礼上遇到德里克（沃尔科特）。洛威尔曾跟我谈起德里克，并把他的一些诗拿给我看，我印象极深。我一边读一边思忖：'呵，又一个好诗人。'后来他的编辑送我一本他的诗集《另一种生命》，我被彻底震动了。我明白我们的面前站着一位巨人。在英国诗歌史上，他嘛，我可不可以说能与弥尔顿媲美？（笑）说得更准确些，我也许会把他排在弥尔顿和马洛之间，因为我特别考虑到他爱写诗剧和活泼的风格。他才气惊人。批评家想把他归类于西印度群岛的地方诗人。这是犯罪。他是我们身边最有气派的人物。"[1]

---

[1] 见《从彼得堡到斯德哥尔摩》，王希苏、常晖译，漓江出版社，一九九〇。引文根据原文有所修改和补充。

虽然不应把沃尔科特视为地方诗人,却不能不提到他的背景——加勒比海或西印度群岛,因为这是他生活的地方和诗歌的主要源泉,也是他获奖的原因之一。瑞典文学院说,沃尔科特"忠于三样东西——他所生活的加勒比海、英语和他的非洲祖先"。这三样东西交织在沃尔科特身上,构成花毯式的复杂关系,而他一生都在探索这种关系,并通过诗歌和戏剧表现出来。

加勒比海的位置无论在地理上或历史上都是独一无二的,它既是三个大陆——欧洲、非洲和美洲的连接点,又是三种诗歌传统——英国、西非和北美的交叉点。

另一方面,这个地区又是一个种族混杂、宗教互渗的真正的大熔炉。仅以沃尔科特现在居住的特立尼达和多巴哥共和国为例,在一百二十多万人口中,黑人占百分之四十三,印度人占百分之四十,余下百分之十七是混种人、欧洲人、华人和阿拉伯人。居民中百分之三十四信奉天主教,百分之二十五信奉基督教新教,百分之二十五信奉印度教,百分之六信奉伊斯兰教。

沃尔科特本人也错综复杂,他具有欧洲和非洲血统。据说他的祖母和外祖母均为黑奴。祖父是荷兰人,外祖父则是英国人。他的家庭属于虔诚保守的卫理公会派,而他出生和成长的地方,现已独立的前英国殖民地圣卢西亚,则信奉法国天主教和伏都教;他是一个棕种人,并不是黑人,而圣卢西亚则有百分之九十以上是黑人;他是讲英语的,当地人则讲方言。他在自传体长诗《另一种生命》中说,自己是一个"被分割的孩子,生错肤色"。

沃尔科特自称从小就"迷恋"英国诗歌的风格,而英国诗歌是"有教养的殖民地居民"作为"活生生的语言"教给他的。他在长诗《"飞翔号"纵帆船》中写道:

我只不过是一个喜欢大海的红种黑人，
我受过良好的殖民地教育，
我身上有荷兰、黑人和英国血统，
所以我要么不是任何人，要么是一个民族。[1]

在"良好的教育"中间夹着"殖民地"，在荷兰（白）和英国（白）中间夹着"黑人"，这种困境、这种矛盾、这种冲突，在沃尔科特的诗歌中是很典型的。困惑造就伟大的诗人，也造就伟大的诗歌。在沃尔科特那里，现代诗歌的一些重要技巧，例如反讽和悖论，与其说是苦学苦练出来的，不如说是自然而然流露出来的。因为他的思想、生活和创作无处不充满这种似非而是、似是而非的境况。

《远离非洲》一诗经常被引用，以说明沃尔科特紧张的内心矛盾。这是一首关于肯尼亚基库尤族人举行"茅茅"起义运动的诗，他对起义中受害的黑人和白人都寄予无限同情。可是，他体内的黑白血液也开始猛烈交战："可我如何／在这个非洲与我所爱的英语之间做出选择？／出卖两者，还是奉还它们给予的？／面对这样的屠杀我怎能冷静？／背弃非洲我又怎能生活？"

六十年代美洲的黑人运动也给加勒比海带来冲击。这时沃尔科特的黑白血液又激荡了。他反对黑人民族主义者关于创造民间文化的要求，也不同意左翼激进分子关于与城市无产阶级人民大众打成一片的观点。他认为前者是倒退的，是一种旨在创造虚有其表的民族文化的企图；又抨击"黑人权力"和马克思主义者赞颂文盲以及把外来的意识形态输进加勒比海。

---

[1] 本书译诗除特殊说明外，皆为作者所译。——编注

沃尔科特后来移居特立尼达岛，多少与他上述观点有关——他已经不能见容于他所热爱的加勒比海了。他在《"飞翔号"纵帆船》一诗中通过叙述者透露他离开的原因：

现在我没有民族，只有想象力。
当权力倾斜到黑人那边，他们
也像白人那样不要我了。
白人牵起我的双手道歉："历史"；
黑人则说我不够黑，不足以使他们骄傲。

其实，看了他的生平介绍，就可以知道他是一个自我放逐的诗人。先是在加勒比海范围内，然后越出该地区，进入北美。而这种自我放逐除了因为他的黑白血统使他无法融于当地社区之外，还因为这种血统所造成的身份危机使他不断追问自己——我是谁？"我要么不是任何人，要么是一个民族"，这句诗看上去颇具嘲弄意味，实则隐藏着巨大的痛苦和迷惑。

他目前在特立尼达岛与美国之间交替居住，这种生活也揭示了他的"分割"身份。不仅如此，特立尼达和多巴哥这个国家也具有这种特征。特立尼达岛是美洲大陆的延伸，它与西印度群岛的多巴哥结成一个共和国。沃尔科特选择这个国家是颇为暗合他的身份的。而当这位"红种人"逃离以黑人为主的地区进入美国时，他却发现，他在这个民主国家被当成黑人看待。

他在一九八七年接受美联社记者访问时说："我想念加勒比海，我感到离它很远，同时我也感到与美国疏远起来了。在某种程度上，我也与加勒比海疏远起来了，因为有很多事情我都无法直接去做，例如那里的贫困或者政治腐败或者一些你希望加勒比海会有的东西,例如剧院和博物馆。不是什么冠冕堂皇的事情,而是些简单的事情。"

他的诗集的出版也充满这种漂泊感。第一本诗集是在现在的特立尼达首都西班牙港出版的,第二本诗集是在现在的巴巴多斯首都布里奇敦出版的,第三本诗集则是在现在的牙买加首都金斯敦出版的。以后的诗集就越出该地区,在伦敦或纽约出版。

他不仅有作为一个个人的身份危机,而且有作为一个诗人的身份危机,他被批评家当作"一位西印度群岛诗人"或"一位来自加勒比海的黑人诗人"。布罗茨基在一篇评论沃尔科特诗歌的文章《涛声》中认为,这种定义之短视和误导,并不亚于把救世主当作一位加利利居民。"这些显然要把他视为一个地方作家的企图,是一种思想上和精神上的怯懦,这种怯懦可进一步归因于批评界不愿承认这位伟大的英语诗人是一个黑人。"

但是,沃尔科特超越上述种种阻碍、种种危机、种种偏见。而使他得以完成种种超越的,则是语言,尤其是语言的最高形式——诗歌。布罗茨基说:"他是基于这样一种信念,即语言比它的主人或仆人都要伟大,因此,作为语言最高形式的诗歌是两者自我改善的工具,就是说,它是获得一种高于阶级、种族甚或自我等等定义的身份的方法。"

在诗歌的海洋里,沃尔科特是漂泊的小船而不是固定的小岛。就像他超越种族、国家和社区那样,他也超越任何主义或流派。他生机勃勃、气息辽阔,在这方面他与美洲两位大诗人惠特曼和聂鲁达有共通之处。

他是一位语言大师,使用的主要是标准英语。他对英语的驾驭之娴熟、运用之自如,已到了登峰造极的境界,同时也给翻译带来困难和挑战。例如他善于使用双关词、谐音、头韵法,这些都是会在翻译中丧失或需要绞尽脑汁才能侥幸挽留若干的，在这方面他很像狄兰·托马斯和菲利普·拉金。

罗伯特·格雷夫斯曾经说："沃尔科特处理英语时，对英语内在魔力的领悟要比他大部分（如果不是所有）生于英语地区的同代人来得深刻。"格雷夫斯是英国著名诗人、小说家、古典学者，同时也是一位英语专家，他这番评论应该是可信的。

中文读者也许可以通过比喻——一种放诸四海而皆准的修辞手法来看看沃尔科特的诗才：

我拥有的日子，
我失去的日子，

像女儿那样，从我这庇护的双臂里
远走高飞的日子。

——《仲夏，多巴哥》

简单的比喻一般都是可以替换的，例如"光阴似箭"，可以把"似箭"换成"流逝"。沃尔科特这个比喻却不能如此替换，它包含着远比"流逝"更为复杂的生活经验。比喻可以分为本体（光阴）和喻体（箭）两个部分，沃尔科特这个比喻却是在喻体中包括着本体——女儿正是在日子（本体）的流逝中从叙述者的双臂里远走高飞的，同时叙述者又是在其中逐渐衰老的。

渔民像盗贼抖出他们的银子！
一把把蠕动在干燥的沙滩上的软刀。

——《另一种生命》

这是一个借喻，其中又包含明喻。"银子"和"软刀"指的都是鱼。跟《仲夏，多巴哥》一样，这里的比喻也包含更为复杂的生活经验。"银子"除了比喻鱼以及鱼的银白之外，还暗示着它们是渔民的命根子；"软刀"则暗示着生活的艰险。

在《奥麦罗斯》第四十二章第二节和第三节里，沃尔科特把所有的比喻手法都用尽了：明喻、隐喻、混合隐喻、借喻、拟人，并且一个套一个。在第二节里，他写道（括号为笔者所加）：

天空像一只毛发蓬松的狼，与叼在它口里的
一只兔子（云）赛跑，毛发随第一场大雪飘扬，

然后用裸露的门牙（月）啃啮黄昏，

在第三节里，他继续沿用"狼"的比喻：

……一个灯笼（太阳）点亮那只狼的心。

如果说一般意义上的比喻是结婚的话，那么沃尔科特上述比喻就有点像怀孕、生孩子，甚至是孩子脱离母体，自立门户或远走高飞。

即使是在简单的"结婚"式比喻里，他也尽量让婚姻生活丰富饱满起来：

落日像砍断的手腕那样流血。

"落日流血"已经是隐喻了，他还加了"像砍断的手腕"。

花毯的探索者

仲夏打着猫的呵欠在我的身边伸懒腰。

"仲夏打呵欠"还不够，还要加上"猫的"，这还不够，还要加上"伸懒腰"——一个跟打呵欠相关的动作，从而把仲夏令人昏昏欲睡的沉闷气氛形象地体现出来。

从这些例子我们还可以看到，沃尔科特的比喻还是比较传统的，讲究前后连贯。但是，他把这种传统式的比喻发挥到极限。

沃尔科特自称："我无风格可言。"但是没有风格正是他的风格。他博采众长，左右逢源。诚如布罗茨基所言："你可以说他是自然主义的、表现主义的、超现实主义的、意象主义的、隐逸派的、自白派的，等等。"

他这种风格，刚好适合用来表现加勒比海生活的丰富性和多样性，西印度群岛也因此找到一位能够赋予它不朽魅力的伟大诗人。他的语言明亮练达，他的诗句充满阳光和空气、海滩、海岛、沾在皮肤上的沙粒和海盐，而这种鲜明的色彩是与他那画家的眼睛分不开的。他不仅是一位诗人、戏剧家，还是一位水彩画家和油画家。

然而，他对当代英语诗歌最大的贡献在于他的"大诗"，尤其是《另一种生命》和《奥麦罗斯》。前者是一部华兹华斯《序曲》式的自传体叙事诗，讲述诗人成长的过程，评论家认为它是"当代英语文学的重要作品"；后者是一部由六韵步诗行组成的长诗，把荷马史诗移到西印度群岛一个渔村，瑞典文学院称它是"一部恢宏的加勒比海史诗"。此外尚有组诗集《仲夏》。他的戏剧事实上亦可以视为他的诗歌事业的一种延伸。

一九九二年

希尼的创作

爱尔兰诗人谢默斯·希尼因其作品具有"抒情之美和道德深度,提升日常奇迹和活生生的过去"而获得今年诺贝尔文学奖。他是继诗人叶芝和戏剧家贝克特之后获此殊荣的爱尔兰作家。得奖之时,他正与妻子在诗人们的圣地希腊度假,直到打电话回家才知道自己得到这个桂冠。

希尼于一九三九年生于北爱尔兰首府贝尔法斯特近郊西德里一个畜牧农场。他在贝尔法斯特女王大学取得英文学士学位之后,曾在学院和中学教过书,然后于一九七六年移居都柏林至今,期间曾任牛津大学诗歌教授,现在每年亦在哈佛大学教半年书。

希尼获得此奖,可谓当之无愧。目前英语世界最顶尖的诗人一个是希尼,一个是三年前得过此奖的沃尔科特,一个是纽约诗派大师约翰·阿什伯利。阿什伯利尽管已是美国当今第一诗人,并且是后现代主义的代表人物,但由于他的诗实验性非常强,仍很受争议,哪怕是一些出版了十多本诗集的诗人,也仍然无法欣赏他或者说不懂得欣赏他。相对来说,希尼在现代与后现代之间取得一定平衡，更容易被接受。此外他还写了许多评论文章（包括最重要的艾略特纪念讲座和牛津大学诗歌讲座），这些评论文章论述现当代欧美诗人，视野广阔，论断中肯而深刻，不仅受到诗人们的一致好评，而且也赢得大批读者，反过来又增加了他自己的诗歌的影响力。

希尼于六十年代以诗集《一个自然主义者之死》一举成名，从此一直非常走运。已故美国诗人罗伯特·洛威尔很早就留意到他的作品，认为他是"继叶芝之后最好的爱尔兰诗人"，巧得很，希尼正是在叶芝逝世那年出生的。美国诗歌理论权威、现任耶鲁大学教授的哈罗德·布鲁姆则认为他的"音调与在任何地方写作的英语诗人都不一样"。

希尼得奖后，沃尔科特认为："作为爱尔兰诗歌的守护神，像他的前辈叶芝一样，希尼得奖是实至名归的。"他的老朋友、爱尔兰诗人保罗·穆尔顿则说："这绝对是令人振奋的。希尼是当今用英语写作最好的诗人，如果不是用任何语言写作最好的诗人的话。"美国著名诗人安东尼·赫克特也说："他是一位杰出诗人。很可能是当今用英语写作最好的诗人。"

希尼很多诗都是以爱尔兰农村生活为题材，他在成名作《挖掘》中曾说，虽然他没有拿着铁铲像父辈那样去干活，但他要用他那支粗壮的笔去挖掘。此后"挖掘"一直是他常用的词，也可视为他的写作风格。他的题材虽然都很平常，但都体现出一种罕见的深度，不仅是道德深度，还有语言深度、意象深度和感性深度。他的笔法看似写实，但往往峰回路转，常使人有扑朔迷离之感，其魅力亦在于此。

希尼的诗具有一种惊人的锤炼，我指的绝不是"简单"或"纯朴"，相反，是一种同样惊人的语言的复杂性。一个真正的诗人的任务并非表达感情，甚至不是处理感情的复杂性，而是处理语言的复杂性。这是一种技艺，如何把这一技艺磨炼得炉火纯青或鬼斧神工，便成为一个诗人终生不懈努力和探险的目标。

希尼的诗真正做到不能加减一字，也即保持绝对的语言密度和活力。为了达到这点，希尼经常使用复合词。复合词是最能达到词语密度的手法，也即语言的压缩，翻译起来便要添这加那，多了不少水分，或多兜了半个圈。翻译希尼的另一个难度是他爱用生僻词（也许不能叫生僻，而是方言，有的则是拉丁语和外来语），有些词连《牛津英语大词典》也查不到，给翻译增加了不少困难。使用生僻词也是达到锤炼和新鲜感的有效途径，事实上一个诗人的工作之一便是赋予旧词新义或挖掘新的词语和意象。

希尼的诗歌早期比较贴紧现实生活，描写均很具体，后期除保持早期的优点外，还加上一点儿超现实和玄思。但他的创作始终贯穿着一种类比性、对比性、对应性、比较性。即是说，总有两个不同的元素在他诗中穿插、游移、运动和呼吸。例如此物与彼物、内与外、明与暗、生与死、现实与想象、离别与归来等等。它们有时候是互相对照、有时候互相碰撞、有时候互相结合，或在结合之后又再继续延伸发展。比较明显的例子有《挖掘》中诗人的笔与父辈的铁铲；《期中假》中，死于意外的四岁弟弟躺在四尺长的棺材里，"一个四尺的棺材，每年一尺"；《鼬鼠》中的鼬鼠与妻子；《山楂灯笼》中的山楂花与灯笼。

希尼在接受《泰晤士报》访问时说："一首诗必须给人一点儿小小的惊喜，词语内部要启开一个小小的门，那么这首诗就能够达到完美了……要有小小的惊喜，有大的惊喜当然很好，但有小小的惊喜就行了。它关涉到把未预见到的存在看成完全真实的东西。"这很能体现他的整体创作。他的诗都是小小的，诗集也是小小的，他的风格也是从小处着眼，但都给人小小的惊喜。他也没有传统意义上的大题材，没有把太多的社会责任、时代见证、民族良心等等堆到自己肩上。但他在纤细和微妙方面却达到了极致，无人能够匹比。

希尼并不回避社会、时代和民族问题，但他同样或者说更强调诗歌的快乐原则，尊重诗歌本身的独立性和自足的生命。换句话说，他是在坚持诗歌快乐原则的前提下关注社会、时代和民族问题，而不是牺牲前者来迁就后者。

希尼就连评论也写得很不一样。相对于叶芝、艾略特、庞德和奥登等大师的朴实明确的论述，相对于他们的格言和警句式的真知灼见，希尼更趋于隐晦艰涩，舍格言和警句而取隐喻和歧义。例如："赫贝特这首诗明显地要求诗歌放弃它的享乐主义和流畅，要求它变成语言的修女并把它那奢侈的发绺修剪成道德伦理激励的发茬。同样明显的是，它会因为舌头沉溺于无忧无虑而把它废黜，并派进一个持棒的马尔沃利奥来管理诗歌的产业。它会申斥诗歌的狂喜，代之以一个圆颅党人直话直说的劝告。"再如《舌头的管辖》这个题目把"舌头"与"管辖"（government，又有政府、管理、支配之意）联系起来，本身便显得玄乎其玄。"舌头"可以说是人类最小、最内在和私人的器官之一，而 government 则是人类生活其中的社会的最庞大公共组织和管理机构。这方面希尼似乎颇受俄罗斯诗人曼德尔施塔姆的影响，希尼除了有两三篇评论专门论述这位罕见的天才之外，还在许多其他文章里提到他。而曼德尔施塔姆的散文和评论文章则是这种刁钻的隐喻式写作的最出色体现，他的论述中处处以文学之外的自然科学、政治、历史和社会学术语来组织他的思想。(看得出,诗人布罗茨基杰出的散文写作在这方面也受益于曼德尔施塔姆。)

上面提到希尼得奖时正在希腊度假。巧得很,在他生命中另一个重要时刻,他也"不在场",这就是一九六九年北爱尔兰的动荡。当时他正在西班牙。他错过了这"一生只有一次的凶兆"——他把那些暴力事件喻为彗星。后来他写了一组为数六首的诗,叫作《歌唱学校》,回顾、剖析自己的内心挣扎。"我既非拘留犯(即运动的参与者)也非告密者(即叛徒);一个内在流亡者,留着长发,若有所思。"他把自己喻为传说中的林中小精灵,"逃过了大屠杀",靠树干和树皮作保护色。他为"错失了一生只有一次的凶兆"而感到沮丧。相比之下,他的诗是雅致、忧伤和微不足道的。他很希望像一颗彗星在空中爆炸,像一个绝望的英雄投掷他的才华。然而雨滴似乎在暗示,英雄式的诗歌已经过去,但雨滴的闪光却又暗示着绝对的价值。他想起西班牙伟大画家戈雅,后者以崭新而可怕的画来回应当时的政治恐怖。希尼的意思是不言而喻的,他要以崭新而可怕的诗来回应北爱尔兰的动荡(他的另一位先行者乔伊斯则以二十世纪小说巨著《尤利西斯》来作回应,但他长期流亡在外国,贝克特也长期住在法国)。这又使人想起叶芝描写爱尔兰起义的名句"可怕的美已经诞生"。希尼确实做到了。

一九九五年

诗歌的纠正功用

诗歌有什么功用,以及诗歌应该有什么功用?这一直是困扰包括谢默斯·希尼在内的很多诗人的问题。从他上一本评论集《舌头的管辖》开始,希尼一直都在设法解决这个问题。

在《舌头的管辖》一文中,希尼试图还诗歌以诗歌自身的清白,阐述诗歌的独立生命,其结论是:"在某种意义上,诗歌的功效等于零——从来没有一首诗阻止过一辆坦克。在另一种意义上,它是无限的。"他援引《圣经·约翰福音》作例子,说明诗歌这种"零或一切"的功用。

《约翰福音》记载,文士和法利赛人想向耶稣发难,于是把一名通奸的妇人带到耶稣面前,他们说,根据摩西的法律,这妇人应被砸死,并要求耶稣裁决。耶稣不回答,只是弯身在地上写字。发难者一再追问耶稣,耶稣站起来说:"你们中间谁没有罪,谁就先拿石头打她。"然后又弯身写字。众人扪心自问是有罪的,于是纷纷散开。希尼把诗歌比喻成耶稣写字,它的功效等于零,因为没有人知道所写为何;它又是无限的,因为在他弯身写字时,众人都有时间反省自己。希尼说:"诗歌就像写字一样……它既不对那群原告讲话,也不对那个无助的被告讲话……反而是在将要发生的事和我们希望发生的事之间的裂缝中注意到一个空间……"

希尼在最新评论集《诗歌的纠正》中,更深入也更广泛地讨论这个问题。他承认诗歌是可以结合社会责任的,例如爱尔兰诗歌,尤其是叶芝把个人风格与民族意识结合起来。但是,诗歌不应因此而受各种意识形态的奴役,相反,它要纠正外部的压力,并且它自身亦具备这种纠正的功能。诗歌和诗人必须像平衡锤一样,使因各种意识形态的压力而倾斜的东西(主要是指想象力)平衡过来,还其公正。希尼的"纠正"概念有两个方面,一方面是诗人主动对外部的不合理要求做出纠正,也即以想象力"抵制现实的压力"。这里我们不妨再次援引《约翰福音》的那段记载,把耶稣比作诗人,把写字比作诗歌,把诘难者比作社会压力。大众会向诗人提出众多要求,要求他们承担责任,但是诗人最大的社会责任,一如布罗茨基所说的,乃是"写好诗";一如耶稣写字,尽管人们不知道他在写什么。

另一方面是,一旦诗人自身也屈服于这种外部要求和压力,甚至一旦诗人主动汇合外部要求和压力,诗歌也会发挥它自身的"纠正"功能,消解诗人自己向诗歌施加的压力。在这里,希尼再次举了一个非常生动的例子,就是鸟儿飞向玻璃墙或窗子时,会本能地改变方向。他又援引《牛津英语大词典》对"纠正"一词的其中一个释义,即"把(猎狗或鹿)带回到适当的路线"。具体地说,当诗人试图屈服于或主动地介入各种意识形态时,诗歌就会发挥其"纠正"功能,使他"转向",把他"带回"。

在《舌头的管辖》中,希尼举出诗歌纠正诗人思想的一个突出例子:波兰诗人兹比格涅夫·赫贝特在其《敲击物》一诗中抨击想象力，但是他这首诗本身却充满天才的想象力！同样地，在《诗歌的纠正》一文中，希尼举出英国诗人乔治·赫伯特作例子，说明诗歌的纠正功效。赫伯特虽然是一个圣公会教徒，紧守中庸之道，但是这并不妨碍他写出好诗，他自觉或不自觉地以其作品纠正教会教条的偏差，"不断为我们提供无法预见的意象和诗节"。再如爱尔兰小说家乔伊斯，他虽然藐视英语小说，却没法抗拒英语本身的魅力，他的小说无疑是对英语小说以至世界小说的纠正，但他却必须以产生他纠正的对象的语言来实现他的纠正，换句话说，他是在遵守产生他纠正的对象的语言（英语）的纠正规律的前提下实现他的纠正的。

那么，诗歌的最终功用是什么，它应该有什么功用？在希尼看来，诗歌是个人的、内心的、自我愉悦的，是博尔赫斯所说的"肉体的激动"，是史蒂文斯所说的"一种内在的暴力，为我们防御外在的暴力"，是"另一种真理，我们可以求助这种真理，可以在这种真理的面前以更充实的方式了解我们自身"。它不应屈服于公众的和外部世界的种种过分的要求，不应为取悦喧嚣而丧失自身的宁静，任何人想使它偏离这个中心，它就会予以纠正。

一九九六年

相信诗歌
——希尼的诺贝尔文学奖演讲

继爱尔兰诗人谢默斯·希尼去年获得诺贝尔文学奖之后，今年的得主再次是一位诗人（波兰的辛波斯卡），这在诺贝尔文学奖的历史上是十分罕见的，同时也证明诗歌的坚强力量：它虽然是少数人的事业，但作为语言的最高形式，它确是不可轻视的。希尼的诺贝尔文学奖演讲题目就叫作《相信诗歌》，这是就他自己的成长而言，但也适用于所有诗人和诗歌爱好者，甚至一般的文学爱好者——因为相信诗歌也即意味着相信语言的最高形式。

希尼的成长（和成名）可谓忍辱负重。作为一位在民族冲突和宗教暴力交织的北爱尔兰长大的诗人，他一开始就十分清醒，没有让自己深陷其中，甚至在建立家庭之后不久就离开他成名的贝尔法斯特，迁居爱尔兰首都柏林。使他得以保持这份清醒的，不是别的，正是诗歌，正是对诗歌的信任。当然，他受到同胞和同行的攻击，他们指责他背叛北爱尔兰的民族解放事业，背叛老一辈态度坚决的天主教徒作家。现在，希尼获得诺贝尔文学奖，站在文学最权威的讲台上，回顾他一生的追求。这与其说是一次回顾，不如说是一次自剖；与其说是一次自剖，不如说是经过长久缄默和欲言又止之后的一次大爆发和大辩白。"多年来我俯身在书桌上，像某位修士俯身在祈祷台上，某位尽职的沉思者，专注于领会，试图承担他应肩负的世界的那一份重量，深知自己不具备英雄的美德或救赎的作用，但顺从天职强令他遵守的规则，不断重复那种努力和那个姿态……然后，我终于快乐地挺起身，不是顺从于我的出生地那悲惨的环境，而是不顾那环境。"

那环境岂止悲惨，简直是残忍。希尼提及其中的一幕。那是在一九七六年，一辆满载着下班工人的小型巴士被一群持枪的蒙面人截住，蒙面人用枪口指着乘客，勒令他们在路边排好队。然后其中一名蒙面刽子手对他们说："你们当中谁是天主教徒，站到这边来。"碰巧这群乘客除一名男子外，全都是新教徒。大家推断，蒙面人必定是新教徒的准军事组织成员了，一俟那个被假设是同情爱尔兰共和军及其一切行动的例外的天主教男子站出来，他们就要枪杀他。对那个男子来说，这是一个恐怖的时刻，他必须在畏惧与作证之间做出选择，他选择后者，向前迈出一步。据说，在那个决定性的瞬间，在相对黑暗的冬天夜幕下，当时他感觉到身旁那位新教徒工人捏了捏他的手，意思是说，别动，我们不会出卖你，谁也用不着知道你信仰什么或者属于哪个党派。然而，全是徒劳，因为那个男子已站出队列；但是，他却发现，他并没有被一支枪顶住太阳穴，反而被推到一边，那些枪手则向队列中的其他人开火，因为他们并不是新教徒恐怖分子，而很可能是爱尔兰共和军临时派成员。

从这残忍的一幕中我们看到，新教徒平民（乘客）在一名天主教徒面临灭顶之灾时，并没有"幸灾"，即是说，平民之间虽然分属不同教派或政党,却不愿见到对方被无辜杀害;同样地,当被枪杀的恰恰不是自己时,那名男子除了暗自庆幸外,也绝不会"乐祸"。希尼回避卷入北爱尔兰的民族及宗派斗争,正是基于他本人具有这种平民取向。诗歌是清白的,一如平民,真正的诗人没有理由使自己或使诗歌沦为斗争的工具。如果诗人要有所介入的话,也只能是指证及揭露这种残暴,讲出平民的心声,而不是买任何一方的账。这种心声就是爱好和平、珍惜生命,就像传说中的圣凯文的故事。据说,圣凯文在祈祷时,一只黑鸟在他伸开的手上筑巢生蛋,他竟一动不动,就那样度过无数个昼夜,直到鸟蛋破壳,鸟儿飞走。

希尼回顾他的诗路历程。少年时代,他喜欢济慈;青年时代,他喜欢霍普金斯;他着迷于弗罗斯特那种农民的准确性和朴实,也基于差不多同样的理由爱上了乔叟。后来他又在欧文的战争诗中发现另一种准确性,一种道德上的朴实或者说深度。渐渐地,他开始喜欢上伊丽莎白·毕肖普纯净素雅的风格,洛威尔的执拗,然后是爱尔兰诗人卡瓦纳,然后是很多外国诗人,尤其是俄罗斯诗人曼德尔施塔姆。这种诗路历程上的不断深入和不断拓宽,正是一个有抱负的诗人所应该具备的。也因此,他的诗逐渐从早期的扎根现实迈向玄思、虚幻,从单向度走向多向度,从确切走向歧义(另一种确切,更高层次的确切)。诗歌的迷宫,诗歌的探险,是一生求索不尽的,也因此,希尼才会对爱尔兰现实保持冷静。他的诗越写到后来,离社会现实似乎越远,但是他以大量富于道德感和现实意义的散文和评论提醒读者,他绝非如此,而是钻得更深,钻到人类更复杂的生理和心理层面去体会和领悟。

如果说,叶芝超越同辈和前辈的极端民族主义,迈出民族主义门槛，但仍然与民族主义有千丝万缕的关系甚至被誉为伟大的民族主义诗人或萨义德所说的"非殖民化诗人"的话，那么希尼则已经跳出民族主义的樊笼，以更明晰和更辽阔的视野观察现实，也即"忠实于外部现实的冲击，敏感于诗人生命的内部规律"。一句话，就是相信诗歌，"既因为诗歌的自足，也因为诗歌是一种帮助……因为它在我们的时代和在所有的时代……都值得相信"。

希尼这篇印成一本薄薄小册子的演讲，可以说是当代诗人为诗歌所做的最有力的辩护。在暴力汹涌、政局动荡、民族冲突频仍和到处是悲惨景象的海洋中，诗歌是人类精神上的"船与锚"，引导人类进入"语言的宽广"，使人类得以发现一种诗学秩序，在这种秩序中，"我们终于可以长成我们在成长过程中为自己预备的样子"，使我们更加忠实于生命。

一九九七年

希尼论技术与技艺

《谢默斯·希尼的艺术》已经是第三版,精选了一九九四年以前同代人对希尼诗歌和诗学的评论。这本书的特色是,作者大部分是诗人,例如安妮·史蒂文森和伯纳德·奥多诺霍,还有首屈一指的诗评家海伦·文德勒,我以前曾译过她的一篇评论希尼的文章。奥多诺霍论述希尼评论集《舌头的管辖》的文章,对希尼的诗学有比较系统和深刻的阐述,很多观点我都同意,也是我在思考的问题(我刚于一个多月前把希尼这本书从头到尾读了一遍)。文章中的一些说法,有的是对希尼的意思的述要,有的是总结,有的是作者的发挥。"诗歌是语言自身直接、不经意的表述,是一个几乎无知觉的'意识范畴'。它的声音可能比它的意义更有启发。"又:"诗歌是人类意识的一个固有范畴,有其遗传规律,这些遗传规律早在某一首诗形成之前的某个时刻,就已创造一个形式。它是'语言自身'的发声,利用诗人作为媒介。"

布罗茨基在评论澳大利亚诗人莱斯·默里时说,他是那种"语言赖以生存的人",这句话又来自奥登《悼念叶芝》一诗:"时间……崇拜语言和原谅每一个它赖以生存的人。"诗人作为媒介（或载体），说的是同一回事。说的虽是同一回事，但不同人有不同说法，听起来依然新鲜，其实作诗何尝不是如此。奥多诺霍还引用希尼引用的不少近似的说法，例如麦克利什说的"诗不应意指，而应是"；罗伯特·洛威尔说的"一首诗是一个事件，而不是事件的记录"；贝克特说的"不是关于某物，而是物自身"；米沃什说的"诗歌的本质里有某种猥亵的东西：／一种东西被催生了，而我们以前不知道我们已拥有它"。

这里，猥亵不妨视为一般人的看法，带有鄙视；"我们"当是指诗人和理解的读者，是怀着窃喜的。在我看来，这两行诗不仅是一句话。这两行诗，它说的方式（分行）可能比它说了什么更重要。上一行代表着一般人或社会的看法（由上看下，鄙视），下一行代表诗人；上一行代表表面，下一行代表深处（暗喜）。上一行代表外，下一行代表内："我们以前不知道我们已拥有它"，既是指诗人不知道自己更深处的东西，又暗示一般人不知道他们自己拥有的东西（诗人）。上一行又可视为诗人受外在压力的影响，用道德眼光审视自己，或本身奉行某种政治和道德教条，是以有"猥亵"之感；但是，下一行却是诗歌自身的规律，一旦你从事诗歌创作，无论你是什么人，都要接受诗歌的纠正和诗歌提供的礼物，无论你是否享受它，甚或你享受它仍不自知，或享受之后才惊觉。希尼在书中便举了很多例子，说明诗歌的自治功能，即所谓"舌头的管辖"。舌头（语言）要管辖，要自治，但它也有被管辖和被统治的可能。两者之间的争持，恰如米沃什的两行诗所显示的那样，形成某种互相牵制的诗学张力。而事实上希尼诗学的奥妙即在于这种互相牵制的张力。

希尼的三本评论集《专心思考》《舌头的管辖》和《诗歌的纠正》主要都是围绕这种内与外、统治与自治之间的互相牵制来讨论的，如此长舌和饶舌，若是落在一般人的嘴巴上，肯定倒胃口。不错，希尼论述的内容对熟悉他的诗学主张的读者可能没有什么新意，但他的魅力在于他论述的方式。他的语言生机勃勃，思路迂回曲折，引文左右逢源，充分体现了写作（对读者而言则是阅读）的乐趣。而这点，恰好又呼应米沃什那两行诗所暗示的张力。

张力无疑是诗歌中最令人着迷的东西，尤其是现代诗。张力令人兴奋。但是，诗歌中的平静同样重要，如果不是更重要。安妮·史蒂文森在她的文章《理解之内的平静》中引用希尼文章中的一句话，这句话又是从叶芝那里转引来的，叶芝又是从考文垂·帕特莫尔那里转引来的。我在这里再转引一次："The end of art is peace."（艺术的终点［目标］是平静。）

但丁曾区别各种爱，奥登曾检视自己的诚实，叶芝和希尼曾分辨诗歌与修辞。在《希尼的艺术》中，看到一段引文，是希尼分辨技术与技艺（或手艺）的不同，引文来自他早期的一篇文章《把感觉带入文字》。于是我又找来这篇文章重读一遍。希尼说："我觉得技术与技艺是不同的。你可以从其他诗歌学到技艺。技艺是制作的技能……运用技艺时可以不必指涉感觉或自我……我愿意把技术定义为不仅包含诗人对文字的处理方式，对韵律、节奏和文字肌理的把握，而且包含对他的生活态度的定义，对他自己的现实的定义……用叶芝的话说，技术就是把'那捆坐下来吃早餐的偶然和不连贯'变成'某种有意图、圆满的东西'。"叶芝的原话是，诗人"绝不是那捆坐下来吃早餐的偶然和不连贯；他已重生为一个理念，某种有意图的、圆满的东西"。

希尼论技术与技艺

希尼这里是在重新定义技术与技艺,几乎是把原来的技术与技艺的意思掉转过来。一般来说,诗人们都倾向于把技术视为一种可以学的东西,而把技艺(或手艺)视为一种包容诗人之心血的东西,手艺人又可译为匠人。例如艾略特把庞德称为"更高明的匠人",沃尔科特的《奥登颂》一诗有一个精彩的结尾:

>   and the mouths of all the rivers
>   are still, and the estuaries
>   shine with the wake that gives the
>   craftsman the gift of peace.

>   所有河流的入口
>   都安宁,三角洲
>   在缓缓苏醒中闪光,赐予这位
>   匠人以平静的礼物。

但是,希尼的重新定义是很精确的。主要是,英文 technique(技术)给人的感觉是精细的、敏锐的,craft(技艺,手艺)给人的感觉则是娴熟的、圆通的。简言之,技术就是在掌握技艺的基础上思考并写作,而不是用"技艺"来写作。技艺可以按照别人的图样来做活,技术则按照自己想出来的图样来做活。一个诗人可以"技艺笨拙"而写出好诗,但技艺好却有可能写出坏诗。甚至可以说,很多坏诗人都是有技艺而无技术的诗人。当一个诗人从掌握技艺上升到掌握技术时,他便开始把感觉带入文字了。

而"把感觉带入文字"的最佳例子,莫过于刚才引用的沃尔科特的诗行了。这里,"shine with the wake"太微妙了,你可以想象河面在晨光或阳光的映照下缓缓苏醒,这就是视觉的想象力。我把"wake"译为"缓缓苏醒"而不是"苏醒",因为这"wake"还有河流的"尾流"或"航迹"的意思,而在这里似乎两者都说得通,而"缓缓"的视觉形象似能呼应"尾流"或"航迹"。沃尔科特对英语的敏感度,被誉为当今无人可以匹敌,这就是一个例子。

一九九八年

约瑟夫·布罗茨基的诗路历程

俄罗斯诗歌纽带的断裂

一九八七年诺贝尔文学奖得主、美籍俄罗斯诗人约瑟夫·布罗茨基一九九六年一月二十八日病逝于纽约,享年五十五岁。据外电报道,布罗茨基是因心脏病在梦中逝世的。据说他抽烟很猛,心脏一直不好,曾做过两次手术。

布罗茨基是当代诗歌巨人,他的逝世所带来的无可弥补的损失是明显而直接的。他的逝世除了给他生活了二十年的美国和他的祖国俄罗斯文学界带来震惊和悲伤之外,一些中国诗人,尤其是一些青年诗人亦会陷入同样的震惊和悲伤:布罗茨基的诗歌尽管因为主要中译本不理想而不能使他们深入领悟他精湛的诗艺,但是通过一些零散的优秀中译,他们仍能窥见他闪烁的诗艺之光;而他具有深刻洞察力的散文和令人信服的文学评论早已对他们产生深远的影响。

俄罗斯的通讯社在报道他逝世的消息时说:"俄罗斯诗歌的太阳陨落了。"这可以说是自普希金以来最光荣的赞颂。布罗茨基在谈到英国诗人 W. H. 奥登时曾说，奥登是二十世纪最伟大的心灵。在我看来，布罗茨基至少也是二十世纪最伟大的心灵之一。俄罗斯总统叶利钦向布罗茨基的遗孀发去唁电时说："连接俄罗斯当代诗歌和过去伟大诗人作品的纽带断裂了。"这句话虽然出自一个政客之口，却是准确的，事实上这条纽带岂止是俄罗斯的，更是世界性的，现在它断裂了。

俄罗斯诗人、曾给布罗茨基不少教益的"彼得堡集团"成员叶夫根尼·莱因认为，布罗茨基是与普希金、莱蒙托夫、勃洛克和阿赫玛托娃等人一脉相承的俄罗斯古典文学的最后一位伟大诗人。他说："当今俄罗斯语言再也没有更重要的名字了。作为一位诗人，他恢复了俄罗斯诗歌的青春活力。"

布罗茨基一九四〇年生于彼得堡（列宁格勒），父母均为犹太人。作为一个犹太人和诗人，布罗茨基一直受到苏联政权的双重压迫。他十五岁即辍学走入社会，做过各种苦活，包括火车司炉、地质勘探队员、水手、车工等。十八岁开始写诗，很快就受到当时俄罗斯"诗歌之母"阿赫玛托娃的赏识，称他为他那一代人中最有才华的抒情声音。一九六四年以"社会寄生虫"的罪名受到审讯，并被判处五年劳改，流放到俄罗斯北部，但没有服完刑期。一九七二年被苏联当局驱逐出境，从此再未回到过祖国。一九七七年入美国籍。布罗茨基被驱逐后先在维也纳和伦敦待过一阵子，然后到美国定居，曾任密歇根大学客座教授，还在纽约市立大学皇后学院、史密斯学院、哥伦比亚大学和英国剑桥大学任教过。一九八六年出版用英文写的重要评论集《小于一》，并获得当年的全国书评人协会批评奖。一九八七年获诺贝尔文学奖。一九九一年当选为美国桂冠诗人。

与阿赫玛托娃的来往

布罗茨基十八岁开始写诗,与彼得堡几位青年诗人切磋诗艺,后来他们被称为"彼得堡集团"。除布罗茨基外,尚有叶夫根尼·莱因、德米特里·博贝夫和阿纳托利·奈曼。莱因是老大哥,布罗茨基自称他从莱因那里受益匪浅,后来在接受美国《巴黎评论》访问时,仍称莱因是当今俄罗斯最杰出的诗人。最使布罗茨基受益匪浅的,应是莱因介绍他认识阿赫玛托娃。"彼得堡集团"成员与阿赫玛托娃有密切来往,他们都非常尊敬她。据奈曼后来说,他们把诗带给她看,还经常陪伴她,而她以她在世纪初认识的诗人的作品"把她的时代带进我们的时代"。一九六四年布罗茨基因莫须有的罪名被判五年劳改。一位有心人把审讯布罗茨基的庭辩过程偷偷记录下来,这是其中著名的一段:

  法庭:你的专业是什么?

  布罗茨基:诗人。诗人和翻译家。

  法庭:谁赋予你诗人的称号?谁让你跻身诗人的行列?

  布罗茨基:没有谁。谁让我跻身人类的行列?

  法庭:你学习过吗?

  布罗茨基:学习什么?

  法庭:学习成为诗人。你没有试图去完成学业,人们都在学院里准备……人们都在学院里学习……

  布罗茨基:我认为这不关教育的事。

  法庭:为什么这样说?

布罗茨基：我认为……这是上帝赐予的。

　　布罗茨基服刑期间，阿赫玛托娃非常关心他，并说服很多朋友去探望他，还与其他人一道筹款买东西送给他。其实阿赫玛托娃一直很担心布罗茨基的命运，尤其是阿赫玛托娃是被当局盯梢的人，任何来往者随时都有失踪的可能。她曾在一九六二年的一首诗中写道：

> 现在我不为自己哭泣，
> 只愿在有生之年不要看到
> 失败的金色印记
> 烙在这未经风霜的额上。

　　布罗茨基对阿赫玛托娃也很尊敬。据曼德尔施塔姆遗孀娜杰日达·曼德尔施塔姆在回忆录中记载，在所有使阿赫玛托娃晚年略感宽慰的青年朋友之中，布罗茨基是最严肃、诚实和无私的一位。娜杰日达甚至认为阿赫玛托娃高估了布罗茨基的诗。她自己没有直接评价布罗茨基的诗，但认为阿赫玛托娃非常担忧她所代表的传统衣钵没人承接，于是一厢情愿地爱护布罗茨基等人。事实证明娜杰日达的判断是错误的。阿赫玛托娃不只独具慧眼，而且耳朵也非凡地灵敏，她在读了布罗茨基第一批给她看的诗之后即认为，布罗茨基的声音孤立，没有其他杂音。这是非常准确的判断。事实上布罗茨基的诗歌、散文甚至个人性格——孤傲、平稳、坚定——也都具有这个特点。不过，娜杰日达对布罗茨基的一句预言却颇准确，她说她担心这位出众的青年人"结局恐怕会很悲惨"。

在某种程度上，布罗茨基被强迫劳动和后来被驱逐出境以至永远没有回过祖国，确是颇为悲惨的。但是布罗茨基到西方后不仅没有被摧垮，反而更坚强，还用英语写下了无愧于英美文学大师的经典散文和很多出色的诗篇（包括把自己的诗译成英文）——一直到去世之前，他的英语诗和英译诗仍非常频密地出现在美国几家主要报刊上。这恐怕是娜杰日达没有也无法预料到的。

与奥登的神交和结识

布罗茨基服刑不到两年便在阿赫玛托娃的协助下和西方作家的呼吁下提前获释。他在服刑期间收获甚丰，并不以为苦。其中最重要的便是研读英国诗人 W. H. 奥登的作品。其实在此之前他已从一本翻译成俄文的英国诗选接触过奥登的诗，并且留下深刻的印象，那本诗选叫作《从勃朗宁到现今》，"现今"指的是一九三七年，据说后来译者和编者均先后被捕，其中很多死去了。那首诗叫作《地点不变》，其中写道"没有人去到 / 远于铁路终点站或码头末端，/ 既不会去也不会差儿子去到……"。"既不会去也不会差儿子……"糅合否定式外延和普通常识的这种句法使布罗茨基大为震惊。他自称，以后每当铺开稿纸，这个句子便会像幽灵一般纠缠着他。他在服刑期间所读的奥登出自一本原文的英语诗选，一打开便是奥登那首名作《悼念叶芝》。这首诗不仅整体上完美无缺，而且其中佳句迭出。如"水银柱沉入垂死日子的口中""他身体的各省全部叛乱""因为诗歌没有使任何事情发生""土地啊，请接纳一位贵宾"。如果说，上述句子充分体现一位匠人的精湛技艺的话，该诗第三部分这两节诗则体现出一位大师无与伦比的思想深度：

> 时间无法容忍
> 勇敢和清白的人，
> 并在一星期里漠视
> 一个美丽的身体，
>
> 却崇拜语言和原谅
> 每一个它赖以生存的人；
> 宽恕怯懦、自负，
> 把荣耀献在他们脚下。

不用说，布罗茨基读得目瞪口呆，尤其是"时间……崇拜语言"。他一半相信这种鬼斧神工，一半怀疑是不是自己的英语理解能力太差，误读了这首诗。获释后他便开始学习波兰文，以便翻译赫贝特和米沃什的作品，同时钻研英语，翻译约翰·多恩和马维尔，以及深入阅读奥登。

布罗茨基对奥登的崇拜变成他命运的两个分水岭。第一个分水岭是当英国企鹅出版社要出版他的英译本时，译者乔治·克兰问他要不要请谁写个序，他反问有没有可能请奥登写。奥登读了布罗茨基一些英译诗稿，很喜欢，便欣然接受。

这篇序写于一九七〇年，全文如下：

> 我们对一首诗有两个要求。第一，它必须是制作精良的文字物件，为被用来写出它的那语言增光。第二，它必须对某种我们大家共同的现实说些有意义的东西，但要有

一个独特的感知角度。诗人所说的是以前未被说过的，而一旦他说了，他的读者自己会承认它的有效性。

对一首作为一个文字物件的诗，要给予真正准确的判断，当然只能由与制作者使用同一母语的师傅们来做。由于我不懂俄语，不得不根据英译本来做出我的判断，因此我所能做的差不多也就是猜测。我认为克兰教授的译诗忠实于原文的主要理由是，它们使我相信约瑟夫·布罗茨基是一位卓越的匠人。例如在其长诗《献给约翰·多恩的哀歌》中，"睡觉"这个词，如果我没算错的话，总共出现了五十二次。这样的重复很容易变得令人厌烦和造作：事实上，它被技艺高超地处理。

再次，从这些译诗可以清楚看到布罗茨基先生掌握从抒情(《圣诞歌谣》)到挽歌(《诗悼艾略特》)到滑稽怪异(《空坦克里的两小时》)等多种语调，他同样能够轻易地处理各种韵式和格律、短行、长行、抑扬格、抑抑扬格、阳韵和阴韵，例如在《再见，韦罗妮克小姐》里：

> 如果我在鸽翼的庇护中结束我的日子，
> 而这是大有可能的，因为战争的绞肉机
> 如今是那些小民族的特权，
> 因为在经过多重混合之后
> 战神已经更靠近棕榈树和仙人掌，
> 而我自己不会伤害一只家蝇……

关于独特性，同时还有诗人的视域的普遍相关性，让一个外国人来判断就相对容易，因为这方面主要不依赖被用来写出那首诗的语言。

布罗茨基先生不是一位易懂的诗人,但哪怕是粗略的阅读也会发现,如同梵高和弗吉尼亚·伍尔夫,他有着把实物想象成神圣征兆,想象成来自无形世界的信使的非凡能力。这里是几个例子:

但这座房子难以忍受它的空荡荡。
单是那锁——它似乎有点不殷勤——
就很慢才认出房客的触摸
并在黑暗中作短暂的抗拒。
——《房客……》

那火,如你听见的,正逐渐熄灭。
角落里的影子们一直在变换。
现在对它们挥拳或叫喊去阻止
它们正在做的事情已经太晚。
——《那火……》

一只紧抓着枕头的手
正滑下光溜的床柱,
以这种笨拙而哑口的姿态
摸向一团云乳。
一只被粗粝岩石磨损的袜子
在黑暗中拧成天鹅似的弧度。
它的漏斗形口全是渴望;

它仰视如熏黑的渔网。

——《天使之谜》

收起你的雨伞,如同白嘴鸦收起
它的翅膀。它的柄尾露出一只阉鸡。

——《罗马一座老建筑》

不完全是春天,但有点像。
世界如今已散落,弯曲。
衣衫褴褛的村子瘸着腿。
在厌烦的一瞥中才有直。

——《泥泞路的春季》

跟他某些同代人不一样,布罗茨基先生的诗歌似乎站在也许可称为马雅可夫斯基的"公共"诗歌的传统之外。它从不使用最强音。事实上,尽管布罗茨基先生是充满独创性的,但我会倾向于把他归为传统主义者。首先,他展示一种对故土的过去的深深尊敬和爱。

这些狗,被记忆驱动,依然
在曾经熟悉的地点抬起它们的后腿。
教堂墙壁早已被拆毁,
但它们在梦中看见教堂……

对它们而言教堂依然屹立着;它们清楚看见。
人们眼中明摆着的事实

对它们而言全是冰冷。这种品质
有时候被称为"狗的忠诚"。
而如果我热切地谈论
"人类历史的接力赛",
我会以这种接力赛而不以任何东西发誓——
这世世代代的竞赛,他们闻过
并将闻着古老的气味。

——《沙漠中的暂停》

他还是这样一种意义上的传统主义者,也即他对所有时代的大多数抒情诗人都感兴趣的东西感兴趣,就是说,对个人与自然、与人工制品、与被爱和被尊敬的人的相遇感兴趣,对省思人类状况、死亡和存在的意义感兴趣。

他的诗是非政治的,也许是蔑视地非政治的,这也许可解释为什么他迄今难以获得官方认可,因为我在他的诗中找不到哪怕是最严厉的审查官会觉得是"颠覆性"或"不道德"的东西。可被视为"政治的"诗行只有这些:

告别那先知,他曾说:"确实,
你没有什么可失去了,除了你的锁链。"
实际上还有良心——如果要说的话。

——《瓶中信》

一种任何马克思主义者肯定也会同意的看法。至于他的艺术信条,没有任何诗人会有异议:

似乎艺术要争取的乃是
准确而非对我们说谎，因为
它的基本法则毫无疑问
是坚持细节的独立性。

——《蜡烛台》

在阅读了克兰教授的译本之后，我可以毫不犹豫地宣称，约瑟夫·布罗茨基在俄语中肯定是第一流的诗人，一个他的国家应该为他自豪的人。我对他们两人都感激不尽。

布罗茨基于一九七二年六月被驱逐出境，奥登的序于一九七三年四月发表在《纽约书评》杂志。布罗茨基的《诗选》出版时，已经是一九七三年年底，奥登已于九月二十九日逝世。

布罗茨基被驱逐出境，目的地原本是犹太人的以色列，布罗茨基拒绝，于是被强制送上一架飞往维也纳的客机。布罗茨基去拜访住在奥地利的奥登，受到奥登的友好接待，"在奥地利那几个星期，他像刚孵出小鸡的善良母鸡那样看管我的事情"。奥登帮他穿针引线：向其代理人推荐布罗茨基，建议布罗茨基去见什么人，避见什么人。于是开始有一封封"W. H. 奥登转"的电报送到布罗茨基手中，奥登还要求美国诗人协会为布罗茨基提供一点经济援助，该协会拨出一千美元——这笔钱布罗茨基一直用到他抵达密歇根大学任教。布罗茨基离开维也纳，与奥登一齐到伦敦，在奥登的老友斯蒂芬·斯彭德的家中住了两晚，不久奥登即安排他出席当年的国际诗歌节。

第二个分水岭是布罗茨基到美国五年后的一九七七年夏天，他在纽约买了一台打字机，开始用英语写散文和评论。他说，当一个作家用母语以外的语言写作，其原因可能是基于必要（例如英籍波兰作家康拉德），或基于野心（例如美籍俄国作家纳博科夫），或为了取得更大的疏离效果（例如法籍爱尔兰作家贝克特）。但布罗茨基自称，他用英语写作纯粹是为了使自己更亲近他认为是二十世纪最伟大的心灵——奥登，也就是"为取悦一个影子"。他还说，即使他被视为奥登的模仿者，"对我来说也仍然是一种恭维"。十年后的一九八六年，布罗茨基出版了他这些文章的结集《小于一》，立即获得全国书评人协会批评奖。次年他因其诗歌成就获得诺贝尔文学奖，但他这本杰出的散文集肯定是他得奖的重要因素。这本散文集除了向俄罗斯现代诗的重要人物阿赫玛托娃、茨维塔耶娃和曼德尔施塔姆——致敬外，还对二十世纪诗坛一些重要人物如希腊诗人卡瓦菲斯、意大利诗人蒙塔莱和当代同行沃尔科特进行了眼光独到的评论。当然还有对奥登其人其诗的评析：《取悦一个影子》深入展示奥登的成就和奥登对他的影响；《论奥登的〈1939年9月1日〉》则用了五十余页的篇幅抽丝剥茧地分析奥登这首诗。关于布罗茨基这种细读，爱尔兰诗人谢默斯·希尼称赞说："布罗茨基对《1939年9月1日》所做的逐行评论，是对作为人类一切知识的清音和更美好的精神的诗歌所唱的最伟大的赞歌，如果可以用评论一词来形容这篇如此欢腾、如此舒畅和如此令人心旷神怡的权威文章的话。"布罗茨基最后一次见到奥登是在伦敦斯彭德家中。在用餐时，由于椅子太低，女主人拿两卷《牛津英语大词典》给奥登当坐垫。布罗茨基当时想，"我看到的唯一一位有资格用那两卷词典当坐垫的人"。一九九五年斯彭德逝世，布罗茨基向他的遗体告别时低声说："请向奥登和我父母问好。"想不到几个月后他也匆匆告别人世。

"一个半房间"的生离死别

《小于一》除了上述评论文章外，尚有数篇非常精彩的散文，包括《一座改名城市的指南》，写彼得堡这个城市的性格和变迁；《小于一》，写他踏入社会的见闻和省思；《一个半房间》，写他与父母在一个半房间里的生活，他与他们之间的关系。

布罗茨基的父亲是一位海军军官，他有两个学位：列宁格勒大学地理系和红色新闻学校新闻系。他先参加海军，当摄影记者，去过芬兰，后来又随一批军事顾问一同到过中国。但当他得知因他的身份（犹太人、印刷厂东主的儿子、非党员）无法使他继续升职尤其是到外国旅行之后，他只好去从事新闻工作，也为地方报纸写文章，后来成为海军博物馆摄影部主管。布罗茨基从小就梦想当海军，直到去美国后也仍然喜欢与海军有关的一切，比如潜艇、战舰等。他十四岁报考潜艇学院，并且通过所有考试，最后同样因为是犹太人而未被录取。布罗茨基的母亲懂法语，爱读俄国古典文学，当过德军战俘的翻译，有少尉军衔，后来还有机会晋升，但她宁愿做各种文书工作，包括会计和文员。他们生活并不富裕，但有教养，有小资产阶级情调。布罗茨基是独子，他们都很疼爱他。父母有一间大房，有一张奢侈的大床——是他们结婚前从二手家具店买到的。布罗茨基那半间房则由两个几乎直达天花板的大拱门隔着，随着他日渐长大和对隐私的渴求，他先是拼命往拱门塞各种箱子和物件，后来是放置书架。

布罗茨基十五岁辍学，因为他讨厌学校，讨厌老师，也因为他想帮助家计。那时他父亲从海军退职后，由于年纪已大，加上是犹太人，很长时间找不到工作，一家人几乎全靠母亲微薄的工资度日。布罗茨基开始做各种体力工作，业余大量阅读，结交朋友，并决定做个诗人。父母对他的文学追求感到困惑，他们原希望他当个画家，但布罗茨基自知没有绘画天分。尽管如此，父母并没有阻止他搞文学，还大力支持，因为他毕竟是他们的儿子。后来，当布罗茨基开始发表作品时，他们还挺高兴，甚至感到骄傲。当然，作为父母，他们最关心的是他桌上有没有面包、衣服干不干净、身体健不健康。布罗茨基被判刑，不用说给他们带来很大的打击。布罗茨基被驱逐后，他们余生的希望便是见儿子一面。在往后十多年时间里，父母都是在政府各部门间奔走中度过的，为了争取出国见儿子，但次次被拒。由于通信不方便，布罗茨基每周都给双亲打电话，但电话里又不敢说什么，只能婉婉转转、吞吞吐吐，问天气、问健康，其实彼此也就是为了听听对方的声音，布罗茨基终于感到国际电话真是好。母亲在电话中总会问："你五分钟前在干什么？"他答："我在洗碗碟。"她会说："啊，很好。太好了，洗碗碟。"然而她念念不忘的还是这句："儿子，我今生唯一的愿望，就是再见到你，这是我还想活下去的唯一理由。"

但是，母亲终于还是没见到儿子，她在一九八二年逝世了。十三个月后，一位邻居发现他父亲躺在那空荡荡的一个半房间的一张扶手椅上死去了，同样没见到儿子。布罗茨基说，他不只感激父母给予他生命，而且感激他们没有把他们的孩子养育成一名奴隶。

耶稣宝训：善恶观

布罗茨基在《小于一》中有一篇较少受人注意但非常重要

的文章,叫作《毕业典礼致词》,是他在美国威廉斯学院任教时对毕业学生发表的演讲。说它重要,是因为它披露了布罗茨基的善恶观,从中可以看出他为人处世的方式。这篇文章的核心是耶稣的"山上宝训",相信读者对耶稣这句话都耳熟能详:"但若有人打你的右脸,把左脸也转过来由他打。"但是很多人对这种非暴力的理解也仅止于此。事实上这句话还没完,接下去还有:"而若有人控告你,要拿走你的里衣,连外衣也给他。若是有人强迫你走一里路,就跟他走两里。"耶稣说话有三联征的习惯,这则训话的重点不在第一联,而在最后一联。其主旨与非暴力或消极抵抗、与不以牙还牙或要以德报怨毫无关系。布罗茨基认为,这番话一点也不消极,因为它表明,可以通过"过量"来使恶变得荒唐;它表明,通过"大幅度的顺从",可使恶变得毫无意义,从而把那种伤害变得毫无价值。他还举了俄罗斯北方一所监狱发生的事作例子。有一天早上,监狱看守向囚犯们宣布,要把放风场里堆得两三层楼高的木材劈光,并要求囚犯们与狱方人员一齐劳动,进行"社会主义竞争"。这时一名青年囚犯问道:"要是我不参加呢?"看守答道:"那你就没饭吃。"接着大家都鼓足干劲劈起木材,那个囚犯也加入了。但是当大家停下来吃午饭的时候,他仍继续挥舞斧头。囚犯和看守们都取笑他。到了傍晚时分,看守们换班了,囚犯们也停工了,但那青年囚犯仍继续挥舞斧头。五点过去了,六点过去了,那柄斧头仍在上下挥舞。这回看守和囚犯们不得不认真瞧起他,他们脸上那嘲弄的表情也逐渐变得迷惑继而恐惧。到七点,那青年囚犯才停下来,也不吃饭,走进牢房躺下来倒头便睡。在他以后坐牢的时间里,便再也没有人号召看守与囚犯进行社会主义竞争,尽管放风场里的木材堆得越来越高。布罗茨基认为,这位青年囚犯可能比宣扬非暴力主义的托尔斯泰和甘地更理解耶稣宝训的真谛。

与中国的关系

布罗茨基与中国的关系，有三点比较明显。第一点是他的摄影记者父亲曾随苏联军事顾问团来中国，直到一九四八年即布罗茨基八岁时才回国。父亲回家，成为布罗茨基记忆中的重要事件。父亲带回很多纪念品，包括数套中国瓷器，其中有一些瓷雕醉翁（"喝得醉醺醺的渔民"）——布罗茨基的母亲希望等他结婚时把这些精致的瓷器送给他。此外尚有剑（后来给充公了）、俄文打字机（后来布罗茨基用它写作）和字画。布罗茨基说，中国"使我们的小餐具室、柜子和墙壁获益良多"，意思是说摆满了那些纪念品。也就是说，他是在颇有中国气氛的家庭环境中长大的。

第二点是他青年时代随一支地质勘探队到过中苏边境。后来他在接受美国文学杂志《巴黎评论》访问时回忆说，他在黑龙江以北的伊尔库茨克待过相当长的时间。有一次发大水，他甚至过江去了中国。"不是我存心要去，而是运载我们全部物品的木筏漂到了阿穆尔河（黑龙江）的右岸。所以我在中国待了一会儿。"

第三点是他那首著名的"中国题材"诗——《明代书信》。这首诗分别有常晖（见《从彼得堡到斯德哥尔摩》，漓江出版社）、王守仁（见《安魂曲》，花城出版社）和刘文飞（见《世界文学》一九九六年第一期）等人的译文。布罗茨基曾与沃尔科特合作，由沃尔科特把这首诗译成英文，受到好评。据说布罗茨基在美国每次朗诵自己的诗,都要读《明代书信》。曾有采访者好奇地问为什么,布罗茨基说,因为他一位已经去世的俄罗斯朋友非常喜欢它,还因为这首诗是由"昔日老朋友"沃尔科特翻译的。我主要但不是完全根据沃尔科特的英译,将这首诗译出来,并参考一些研究者尤其是马克·加姆萨的解读和最新研究成果,对这首诗的内容和背景略加说明。

明代书信

一

"自那夜莺挣脱笼子飞走
至今快十三年了。入夜时
皇帝和着一个犯错裁缝的血
喝药,然后靠在枕头上,转动发条鸟,
让均匀的歌声缓缓带他入梦。
如今在我们天朝庆祝的
就是这个无欢乐可言的奇数周年。
抚平皱纹的特殊镜子
一年比一年贵。我们的小花园荒废了。
天空也被尖顶刺穿,像针扎进病人的
肩胛骨和后脑勺,我们只能望其颈背。
每逢我跟太子谈天象
他就开始说笑话……
亲爱的,你的野鸭给你的这封信
是用墨水写在皇后给我的薄米纸上的。

不知何故米越来越少，米纸却源源不绝。"

二

"俗话说：千里之行，始于足下。
可惜回家之行并不
取决于那双足。比千里
还多千万里，尤其是从零算起。
一千里，两千里——
一千意味着再也无缘
重返故乡。而这种无意义像瘟疫
从文字蔓延到数字，尤其是到零。

风把我们吹向西，像进出
干裂豆荚的黄颗粒，而那高墙耸立着。
墙下人丑陋而僵硬如可怕的笔划，
如我们凝视的任何难辨字迹。
这样朝着一个方向牵扯只会
把我拉长，像一个马头，
全部体力被影子消耗在
与野麦枯叶片的摩擦上。"

这首诗表面上是一位宫女（第一部分）与其爱人（第二部分）的通信，但实际上带有布罗茨基自己的影子。夜莺挣脱笼子快十三年，暗指从布罗茨基一九六四年、一九六五年被审判和开始国内流放至他写这首诗时的一九七七年，这应该就是

"无欢乐可言的奇数周年"。尚有另一个"无欢乐可言的奇数周年"——他一九七二年被驱逐出境,至今五年。"无欢乐可言"原文是"невеселые",意为不快乐、无欢乐、悲哀,沃尔科特译为"wrong",意为错的、坏的、不公正的、不应该的、不合适的等等。原文"无快乐可言"是对"周年"的描述,"wrong"则似乎不是对"无快乐可言"的翻译,而是对它的注解,甚至是对它的评论。诗中的"野鸭",有研究者认为可能是指《诗经》中的"雎鸠",因为俄国译者找不到对等词,于是把它称为野鸭。米纸又称宣纸,当然米纸并非真的是白米做的。宫廷中皇帝饮"犯错"的裁缝的血,以及用机械鸟的歌声来催眠,太子不务正业等等,都显示宫廷生活的残暴和无聊,王朝正在衰落。从"十三年"、"奇数周年"和第二部分男子的身份都有布罗茨基的影子这一角度看,则宫廷无疑是暗指苏联政权。

第二部分的男子,是一个流放者。布罗茨基非常喜欢老子的《道德经》,经常跟人谈论老子的哲学,所以他引用老子是一点不奇怪的。那墙很可能是指长城,但由于没有指明是 the Great Wall(长城)而仅仅说是 the Wall,有研究者认为可能也暗指柏林墙。所谓的"无意义"和"零",是指流亡本身的状态,但这种状态未必不是一种解放。布罗茨基在《我们称为流亡的状态》中,有一段话可作为注脚:"不妨说,我们都为一本词典而工作。因为文学就是一部词典,是解释这种或那种人类命运的意义、这种或那种经验的意义的集成。它是语言的词典,生命在里面对人说话。它的功能是拯救下一个人,一个新来者,使他免于掉进老陷阱,或要是他不管怎样掉进去了,就帮助他明白他只不过是遭到同义反复的打击而已。如此一来他就不会那样大惊小怪,从而在一定程度上更自由。因为理解人生的各种术语的意义,理解发生在你身上的事情的意义,乃是一种解放。在我看来,我们称为流亡的状态,似乎需要有一个更充分的解释,也即尽管它以痛苦而为人知晓,但也应该知晓它那使痛苦麻木的无限性,它的健忘,它的超脱,它的冷漠,知晓它那些可怕的人性或非人性的前景,而对这些前景我们没有任何尺度来衡量它们,除了我们自身。"所谓没有任何尺度,也就是零。

"风把我们吹向西",西的对立面是东。东不是指中国,而是指俄罗斯。布罗茨基从俄罗斯(东方)被吹向西方。

布罗茨基本人在一个时间和地点未明的录音中朗诵《明代书信》时介绍说:"这些信不是实际的信。这首诗显然是一种风格化。第一封信是一个女人,一个宫女写的,写给她远走他乡的丈夫,第二封信假设是那位丈夫的回复。"在担任美国桂冠诗人期间在国会图书馆朗诵这首诗时,他作了类似的介绍,还连带介绍了"里"的长度,并评论说,明代虽然生产了红花瓶,却是中国历史上最残酷的朝代。他还特别指出,诗中的"hieroglyph"(象形字、象形符号,我在这里译为"笔划")乃是一种"疏忽",实际上指汉字。布罗茨基的介绍与前面的解读并不冲突,因为诗人介绍自己的诗,只是勾勒一个轮廓。奥登的权威研究者门德尔松就说过,奥登介绍自己的诗时,总是过分简化。关于"风格化",第一部分确实相当风格化,但是第二部分尤其是结尾时,布罗茨基本人的独特性便尽显出来了。

此外,读者是否对第一部分宫女的信(其实也像独白)感到有一丝熟悉(所谓"风格化")?没错,这有点像中国古典诗里闺中妇女的独白。这就涉及布罗茨基与中国的关系的第四点,也即他对中国古典诗歌是相当熟悉的,同时也说明把他的"野鸭"与《关雎》联系起来并非胡乱猜测。布罗茨基喜欢唐诗尤其是李白和王维的诗，这可能比较多人知道。他认为李白的《长干行》是哀歌的一个典范，并向他的学生们推荐，这首诗被庞德译为《河商之妻：一封家书》，非常出名。但随着研究的深入，研究者还发现布罗茨基深爱的女人，他为她写过很多情诗的马琳娜·巴斯马诺娃（即他诗中著名的"M.B."）的叔叔米哈伊尔·巴斯马诺夫是一位汉学家，曾于一九四九年至一九六九年任职苏联驻中国的外交官，翻译过许多中国古代诗词，包括李清照的《漱玉集》和《辛弃疾诗词集》。

据俄裔美国汉学家塔尼娅·施托希说，布罗茨基还与列宁格勒的汉学家鲍里斯·K.瓦赫京（女作家薇拉·潘诺娃的儿子）有交往。瓦赫京曾挑战布罗茨基在俄语隔行对照本（估计是指上一行汉语，下一行有对应的俄语译文）里的翻译词（可能是宋词），结果布罗茨基极有创意的翻译使瓦赫京赞叹不已。而男诗人在词中从女性视角倾吐相思和离别之苦的情况就更普遍了，故施托希认为《明代书信》中的女性视角同样有可能是受了词的影响。人们只知道布罗茨基在纽约是狂热的中餐爱好者，但没人想到他晚年竟然因为喜欢中国古典诗词而开始学汉语。施托希在二十世纪九十年代曾教布罗茨基学了一些汉字，并鼓励他翻译中国古典诗。据她说，布罗茨基翻译过四首唐诗但没有发表，另外还与她合作写了两首中国古典风格的诗。在布罗茨基给施托希的最后一封信中，他表示"得计划去一趟中国，否则来不及了"。

诗艺：孤立的声音

布罗茨基无疑是本世纪一位诗歌巨匠，堪称奥登的大弟子——在我看来，他的散文甚至比奥登更上一层楼，写得更严谨和完美，简直无懈可击：他的适可而止的分寸感，他的充满机智和自省的论述，他的练达而又复杂的文风，都堪称经典。不错，他自称意图模仿奥登。但是，被模仿者往往没有意识到自身的弱点，而模仿者却能处处发挥被模仿者的优点和克服被模仿者的缺点，况且布罗茨基远远不是一个模仿者，他是把奥登的文风发扬光大了。奥登的文章虽然充满真知灼见，但是他很多文章都是应邀写书评的结果，其中不免掺杂一些水分。布罗茨基在这方面非常清醒，清醒得让人觉得要是跟他面对面，定会忐忑不安。

在诗歌方面，布罗茨基是一位严谨的形式主义者，在严谨的同时有非常浓厚的实验倾向，他的诗歌之刀既坚韧又锋利：在传统的、现代的基础上掺入崭新的当代感性。几乎所有诗歌形式和体裁都被布罗茨基试穿过，并且都是那么匀称、适度。就"哀歌"而言，他写了很多以"哀歌"为标题的诗，包括《几乎是一首哀歌》《罗马哀歌》；其他标题和体裁如"牧歌"、"变奏"、"诗章"、十四行诗、十二行诗节、"六重奏"、无题、八行诗、三行诗节、圣坛诗（圣坛形图案诗）、夜歌，等等，几乎所有大师试过的并取得成绩的形式和体裁他都要试。至于风格，他更是多种多样，既可以写得很深沉广阔，又可以轻松讽刺；可以写得很日常化，又可以玄思冥想。在诗行的安排方面，他既可以工整严格，又可以长短不一。在意象的采集方面，从鸡毛蒜皮到海阔天空，从天文地理到机械设备，简直无所不包，又都可以运用自如，科学的意象一进入他的诗句就立即变得服服帖帖、自然而然。总之，他在传统与个人才能之间取得了难得的平衡。

在这一切的背后，布罗茨基那个孤立的声音一直弥漫着。这种孤立的声音是他的总体作品给人留下的印象，在具体作品中，他的声音是安静的，而他本人也一直偏爱诗歌中安静的声音。这又与他强调非个性化有关，这方面布罗茨基从奥登那里获益匪浅，尤其是诗中很少出现"我"。在奥登三百多页的《短诗集》最后的首句索引里，以"我"开头的仅有两首；在布罗茨基一百七十页的英译代表诗集《致乌拉尼娅》中，首句以"我"开头的也仅有四首。做个比较：英译《阿赫玛托娃诗全集》七百余页（前言后语及注释不计），索引里以"我"开头的有一百余首；英译《曼德尔施塔姆诗选》一百三十五页，索引里以"我"开头的则有近二十首。布罗茨基不仅在诗中避免使用"我"，就是在散文中，甚至在自传性的散文中，尤其是在感情开始触动他的时候，也往往用"one"来代替"我"。这个词在不同的语境中会有不同的译法，"一个人""我们""你""谁""我""本人"或干脆不译出来。在布罗茨基的语境中这个词往往要译成"一个人""你"或干脆不译。他醉心于细节，醉心于具体描写，醉心于名词，醉心于发现。他在谈到奥登的魅力时说："奥登真正吸引我的首先是他看问题的超然与客观。他有一种看问题不受环境与个人意见影响的能力，并能从不同方面的细微关系来看待自己熟悉和不熟悉的现象，特别是熟悉的。我以为那就是说对你认为了解的事物要多发呆、多想象。"（《流亡天才——诗人约瑟夫·布罗茨基访问记》，刘志敏译，《国际诗坛》第六辑，一九八八年）布罗茨基本人的作品正是"超然与客观"的最佳范例，而他也确实很注重处理熟悉的事物，处理它们的微妙关系。只是，由于他声音平稳安静，语调倾向于冷淡，词语、意象陌生而坚固，处理的时候又超然而客观，故很多读者并不能很好地理解他——

阅读他的作品同样需要一种安静的、"微妙的"阅读心理，因为布罗茨基"既不大惊小怪，又不多愁善感"。一般诗歌以及一般读者对诗歌的要求都是有起伏、有高潮、有出人意表的文字碰撞，这些都是好诗的要素，不但使诗人自己着迷，也能刺激读者。但是布罗茨基有点不一样，他的诗看上去似乎没有什么起伏、高潮，或者准确一点说，他在诗中把这些东西压住，不对它们做耸人听闻的强调，他是在退潮的时候开始，而不是刻意去营造高潮，因而，很多其实是非常深刻和尖锐的东西都被他孤立的声音平息了。

如此等等

夏天将结束。九月将到来。又是打野鸭、
松鸡、山鹬的时节。"啊，你已经老成这样了，"
一个美人也许会说，而你将翘起你的双管枪，
但只是要深呼吸，而不是要吓走鹌鹑。
而灵敏的肺将因为突然一阵杏仁味
而抽搐。整体上，世界改变如此快，仿佛
它确实在某个时刻开始注射从某个
深肤色的外人那里获取的粪肥。

问题当然不是秋天。也不是一张脸
那种变化如一头被猎人追捕的动物的
样貌，而是画笔被一幅油画闲置的感觉，
那油画无框架，无开始、结束、中间。
更别提美术馆，更别提钉子。

而远方一列火车鸣着笛穿过平原,
尽管如果你细看,将见不到烟雾;
但从风景的观点看,运动是必要的。

这适用于秋天;这适用于时间本身,
就像当你戒烟,又或者当树木
依然像抛弃了车轮的铁路线,
而边缘生锈如同结满疤瘤的森林。
而充满你喉咙的不是一个肿块而是一只刺猬,
因为你再也认不出海上
一艘蒸汽船的侧影,而一架飞机的冷漠外形
失去光环之后在高天里显得怪异。

故此速度加快了。那美人说得对。要是
一个古罗马人此刻醒来,会认出什么?一堆
木柴,上方的蓝色,云的结构,
平坦的水,建筑物中某种东西,
但认不出任何人的脸。这就是为什么有些人
依然时不时出国旅行,但由于无资格享有
第二生命,只好急匆匆回来,惊恐地藏起眼睛。
而由于还没有从告别的姿势中恢复过来,

一块手帕仍然在空气中飘扬。另外那些人,
注定要爱某种不只是生命的东西,他们
心里知道老年实际上就是第二
生命,在阳光中大理石般发白,而不是晒黑,

把目光停留在某一点上,且偏爱历史的
乐趣。而远方越是迷蒙,
像这样一种蔑视目标和枪弹的点就越密,
松鸡、山鹬和受惊的鹌鹑的蛋也就越多斑。

在最后两节,他把假设一个古罗马人醒来与有些人一而再地出国联系起来,再把有些人与另外那些人联系起来,又把出国者与留下来的人用"第二生命"联系起来。"古罗马人""有些人""另外那些人"三者之间用句号隔开,各自独立,又以"故此"和"另外那些人"以及"第二生命"把三者牢牢联系在一起。把各部分拿来独立欣赏已经颇可咀嚼,例如描写出国那段,便是非常典型的熟悉的事物,而他用远距离的客观呈现,不下结论,不"抒情",没有我们熟悉的关于身处异国他乡的倾诉或抱怨,冷静得犹如陌生的风景。若再把各部分联系起来,便复杂得让人无从着手了,用他的一句诗来说,就是"取消了分析",但它们给心灵留下何等丰富的感受。

只有灰烬知道

只有灰烬知道被烧毁意味着什么。
但是当我用近视眼睛往前望我也会说:
并非一切都被风吹走,扫帚在庭院
宽阔地横扫,也不会把一切都清除。
我们将留下来,作为一个被踩皱的烟头、一口痰,
在长凳下的阴影里,那儿角落不允许一线光穿透。
而我们将与尘垢相拥躺下,计算日子,

进入腐殖质、沉积物、文化层。
弄脏泥刀的考古学家将会张开他的嗉囊
打嗝,但他的发现将会震响
整个世界,像埋在地下的激情,
像金字塔的颠倒版。
"腐尸!"他将呼吸,紧抓他的胃,
但最终他将比大地远离鸟儿更远离我们,
因为腐尸即是解脱,免去了细菌,免去了
整体:粒子的化境。

对一般的读者来说,大概会对"埋在地下的激情"感兴趣,但是对更老练的读者尤其是诗人来说,"腐殖质""沉积物""文化层""嗉囊""泥刀""金字塔的颠倒版"这些既具体又抽象的密实坚硬的名词会使他们细味良久。作者处心积虑把它们组织起来,然后又用平静的语调把它们淡化。一般的读者只会看到作者平淡的一面,而用心的读者则会留意作者的用心之处。例如"我们"留下,却是作为一口痰,但我们相拥,甚至进入"文化层",作为腐尸被考古学家发现,"震响"世界(可以想象他的惊呼),那是考古学家和世界的事。我们作为物质的最微小单位已经是解脱了,也达到化境了。

最后,就以布罗茨基晚年一首诗的中译来纪念他吧。这是他最后的英文诗之一,写于他一九九一年至一九九二年在华盛顿特区担任国会图书馆美国桂冠诗人期间。它是我当年从香港美国新闻处图书馆一本一九九二年四月一日的《纽约客》上复印下来的。

寒假诗笺

(华盛顿特区)

一只被大理石的寒冷窝在手里的熟蛋
破裂了,露出其黄昏的蛋黄。无尽的
林荫大道以冰河时代前的胃口吞噬立方形、
长菱形、平行六面体,呈不得体的几何状。
被大雪封住的机场正在舐着蜿蜒、迟滞、
不愿意成为海洋的本地河流的
既不是奶也不是蜜。
先生们,这就是过去好时光。
你的出租车在公路上依旧超过灵车。
一匹狼焦渴地跟一头羔羊或一只跛鸭躺在一起,理由
　是
低温。不过绿色仍然在
街灯中活下来。越是搞砸了
海外的事情,菜肴就越丰富。
而如果股市不再像方尖塔般高耸
也仍然类似于多立克柱
紧紧撑着柱廊,而乞丐
谋杀乞丐。星光抒情而近视
在冬天的穹隆闪烁如下班后的郊区,
充满祈祷,对引力的误差
很敏感,但没有意识到自身的局限;
事实上,扩张得厉害。然而未来
却怎么也看不到,它用来自

奥那那共和国或本地制造的浴室瓷砖
包围你的温柔问题。这仍然是过去好时光，
既有奇趣名胜，又有未完成的生意。
因为，坦率地说，即使是一只天鹅
那侧面也等于二，它搅乱倒影
如果不是掌声。因为你过了午夜的窗口闪耀
如一个中国人扫视发黄的书页，
拖延梦境——连同梦境里常有的瘪轮胎，连同
向餐刀求爱的红色肉类，或向食草动物求偶的牧场。

一九九六年三月初稿
一九九六年十一月修改

从奥登的一首诗说起

英国电影《四个婚礼和一个葬礼》是一部很有趣的喜剧，它也有一个很严肃的场面：一名男同性恋者在一个婚礼上因心脏病猝发而死，他的一位伙伴在哀悼仪式上读了"伟大的同性恋者"英国现代诗人奥登的一首诗来悼念他，整个场面颇为感人。

因为这首诗，英国掀起一阵"奥登热"。出版社趁机推出一本收有奥登十二首诗的小书《告诉我爱情到底是什么》，封面还注明"包括《四个婚礼和一个葬礼》中的那首诗"。那首诗原是组诗《十二首歌》的第九首，但现在被加上一个题目，叫《葬礼蓝调》。香港某女歌星也在电视节目中大赞特赞，还四处向朋友打探哪里可以找到奥登的诗集。

那首诗是这样的：

> 停摆所有的钟，切断电话，
> 拿一根多肉的骨头防止狗乱叫；
> 让钢琴安静下来，并在低沉的鼓声中
> 抬出灵柩，让哀悼者来凭吊。

让飞机在头顶上悲鸣盘绕
在天空中写下"他去世了";
给广场鸽子的白颈系上黑纱蝴蝶结,
让交通警察戴上黑棉手套。

他是我的东、西、南、北,
我的工作周和休息日,
我的正午、半夜、谈话、高歌;
我以为爱情会长存:我错了。

现在不需要星星,把它们熄灭;
收起月亮,拆下太阳,
倒掉海洋,清除树林,
从此再没有什么称得上值得。

奥登在谈到诗作结集出版时好像曾经说过,在一本诗集里,真正为作者所喜爱的佳作是很少的,大部分均由一些只算过得去,甚至是平庸的、真正意义上的"拙作"充数。这首悼诗就技术而言,只能算是一首过得去,甚至是平庸的"拙作",既没有惊人的想象,也没有出色的隐喻,由于是一首悼诗,故亦缺少奥登平时最为拿手的尖锐反讽——它跟流行歌曲的歌词几乎没有多大分别。

奥登本人确实也写过一些叫作"歌"的东西,通俗易懂。像这首诗,它基本上是运用浪漫主义一贯的技巧,那种预计会在此类场合出现的"高山低头""河水停流"之类的措辞被轻易而娴熟地运用进去。第二节尤其极端，作为本世纪一位伟人，一位举足轻重的现代主义作者，奥登竟能（竟敢）写出这些平庸得甚至让人感到肉麻的句子，着实会使他的欣赏者不知所措——老实说，我就被诗中的老套、陈旧和公式化的排比吓了一跳。

但是，对一般读者，尤其是较少接触诗歌的读者来说，这首很容易欣赏的诗却能够略微纾缓他们在面对困难的现代诗时所怀的自卑感，尤其是当他们知道这首诗乃是出自一位众望所归并且在一般情况下并非很易懂的大师之手的时候。

呀，现代诗竟然可以这么易懂！这位诗人是谁？快点再多找些他的作品来读读。也许，某个少年就这样迷上奥登，把他的《长诗合集》和《短诗合集》熟读了，还把他的两本散文集《序跋集》和《染匠之手》也看了，并进一步迷上现代诗，说不定将来成了一位杰出的诗人。但是，更大的可能是，这位年轻或另一位不年轻的读者进一步看了奥登的诗后，大失所望，为他一生只写这么一点儿好诗而扼腕痛惜。

然后再看看那些迂腐的诗人或批评家的反应。他们会振奋于竟然找到一首可以解释的诗。

瞧，第一节描写多么生动；第二节想象多么丰富；第三节节奏错落有致；第四节大胆夸张，真是鬼斧神工！

好了，再来看别的技巧。全诗从地上的狗，到天上的飞机；从广场的鸽子，到星星太阳月亮；从东西南北，到白天黑夜；从短暂的到永恒的，真是无所不涉，都在向一个人致哀。拟人化的场景穿插于松紧适度的排比句之间，层层相扣，随着主题的步步深化而层层推进。

够了。

从奥登的一首诗说起 059

我说奥登这首诗平庸，恰恰是因为他按照一个普通读者可以接受的标准来写这首诗。就像一个人经过一段时期的写诗训练之后再来写小说便轻而易举一样，一个大诗人写起歌词般的诗来真叫驾轻就熟，不费吹灰之力就把普通读者的口味玩弄于股掌之间。

这里有两个问题可以顺便谈谈。首先，既然目前这首诗的质量是平庸的，那么，怎样才算是不平庸的或优秀的诗呢？对不起，无可奉告。一般来说，既然我们认定目前的形式和措辞是不好的，那么，很自然地，朝他相反的方向发展便应是好的了。对，但只是好的开始而已。一首好诗就是从这里开始：从避免或抛弃一般读者和低能诗人习惯了的一切修辞、格式和思想方法开始。反过来说，一个未来的优秀诗人要做的第一件差事便是写不为普通读者欣赏的诗。他要学习的不是如何达到奥登这首诗所达到的技巧，而是如何摆脱这些模式化的技巧。他要学会藐视平庸的想象力，不走公路而走小径，甚至翻山越岭在所不惜。他还要磨炼出灵敏的听觉，不能以朗朗上口的节奏讨好自己或读者。不能让读者看了上一句便预计到下一句会有什么起伏。他要做到，当他对某个拙劣的诗人的某首拙劣的诗嗤之以鼻时，不仅是因为诗中老套、陈旧、公式化的措辞和形式，还因为诗中老套、陈旧、公式化的音乐。

其次，这首诗除了最后一节还有一点新鲜之外，其他都不值得一个想做优秀诗人或优秀读者的人效法。但"奥登热"的掀起，责任在谁呢？当然，普通读者附庸风雅，一生从未试过读诗但有一部电影使他们一下子读到一首他们认为的好诗，他们怎能不兴高采烈地奔走相告呢？可是最大的责任恐怕要算在作者身上。第一，他写这首诗本身就是一个错误，哪怕他只把它当作一首歌。他写了之后还发表并且收入他的诗集里，更是一错再错。一个诗人有时也会写累的，想象力会处于低潮，遣词造句皆不如意，这时他最好去写散文，而不应该把自己的诗廉价化。一个诗人在编诗集的时候，最好把犹豫不决的作品全部删掉，平庸的就更不用说了。要不然，像奥登这样死了十多年了，还有人给他"揭伤疤"，把他的平庸之作拿出来"发扬光大"。这恐怕不是他愿意看见的事。

这么说来，"奥登热"只是因为奥登的诗歌机制出现故障、保健工作没有做好所引起的一次流行感冒。然而更可悲的是，哪怕这种平庸之作，也是很多垃圾诗人一生都写不出的。他们一生营营役役，东奔西跑，从不做出任何努力去提高自己的水平，而只想更多地出入各家各户的客厅，最后也只能落得被扫进垃圾堆的命运。这种奥登式的感冒甚至轮不到他们，因为他们都患了诗歌癌症——无药可救。

一九九五年

蒙塔莱的艺术

在我的读诗和写诗生活中,不知出现过多少次这样的情况:喜欢上某些诗人,然后又不大喜欢了;或先不喜欢,然后慢慢喜欢上了。但意大利诗人蒙塔莱是个罕见的例外:自从我喜欢上他的作品之后,便未曾放弃继续阅读他。我几乎每年都有一两次要重读他的诗。并且,由于他的缘故,我不断地阅读意大利诗歌,好像是想窥探他诗歌艺术的秘密似的。虽然我难以肯定自己在多大程度上理解了他,但是他却因此引导我阅读了很多杰出的意大利诗人,尤其是莱奥帕尔迪。

蒙塔莱的魅力,一直吸引我又使我迷惑。这种魅力,在不同中译本、英译本,在不同的中译者和英译者笔下,都一直保留着,尽管保留的程度有所不同。我所说的迷惑是:为什么他具有这种可以在不同语言译本和不同译者笔下得到保留的特质?而我发现,这又得从他的魅力中去寻找。

他的语调低沉,文字凝练,阅读他的诗作,总能感到一种持久的沉思贯穿其中。"贯穿"正是他的主要魅力之所在。他的诗歌语言像任何伟大现代诗人的语言一样耐人寻味,但他的了不起之处在于，读者在欣赏他的语言时，他的语言立即引导读者穿过语言，进入现实世界，进入意大利的风景里。与此同时，当读者被他诗中迷人的世界和风景吸引住时，这世界这风景又立即引导读者贯穿这世界这风景，进入那令人再三回味的语言。即是说，他诗中的语言不是被用来解释事物的，他诗中的事物也不是被用来作为语言的注脚的。

蒙塔莱的另一个魅力是那种几乎可以称为感伤的东西。我说"几乎是感伤"，也即意味着绝非感伤。那是一种持久的忧伤，蕴含着一个普通人对自然和世界尤其是自然世界的思索、反省以及最终的不解与迷茫。他把这份忧伤维持得如此平衡，几乎可以说是危险的。现代诗人几乎都尽量避免去写忧伤的东西，更不要说感伤的了。但是，现代人内心深处的那份忧伤，并没有因为我们生活在现代而有所减弱，那是人类亘古的情感。但正因为其普遍性，诗人们对这份忧伤的表达往往十分概念化和普遍化，处理得都不大好，这也就是危险之所在。而蒙塔莱刚好维系住它，牵动它，又不被它带着走。

蒙塔莱最大的魅力和最大的迷惑是他诗中那个"你"。这个"你"无所不在，并且每次出现，在时间上、节奏上、情感上都恰到好处。对于这个谜一般的"你"的处理，是蒙塔莱诗歌艺术中最不同于其他诗人的地方，也是他对诗歌艺术的一大贡献。这个"你"，是如此神秘，飘忽不定，成了一种缓冲、协调的元素，那"贯穿"的元素。它既是世界、现实、诗歌，又是作者自己、作者的情人或妻子、某个人、某事物。

在第一本诗集《乌贼骨》第一首诗《柠檬》中，蒙塔莱便以其圆熟的技巧和深刻的思想展示他的才能。这首诗同时也是他的诗观的最初宣言，也可以说是被称为"隐逸派"的诗歌的宣言，这一派有两位代表人物获得了诺贝尔文学奖，蒙塔莱是其中一位，另一位是夸西莫多。

这首诗开头便说，"听着，桂冠诗人仅仅钟爱 / 稀罕的名树：黄杨、茛苔"。

> 而我，更喜欢通向青草芜蔓的道路，
> 孩子们在路边浅浅的污水坑里
> 捕捞孱弱的鳗鱼；
> 更喜欢穿越沟壑野坳，
> 经过丛丛芦苇的小径，
> 把我带向栽着柠檬树的田园。
> （吕同六译，下同）

这里，柠檬并不是高贵的名树的反义词，也即是说，如果那些名树代表着诗歌中的"雅"，蒙塔莱所倾心的诗歌却并不意味着"俗"。柠檬闻之香、尝之酸，是清贫的人们能够"享得"的"一份微薄的财富"。这里再次值得注意的是，蒙塔莱虽然把柠檬与贫苦人联系起来，但"享得"这"财富"，却又使它与一般的"穷苦"境况保持距离。这也就是为什么，在蒙塔莱以后的诗歌中见不到刻意描写下层生活的痕迹，他关注的显然是更普遍的人类境况。诗歌那份微薄的安慰，亦透过柠檬昭示出来：

> 有那么一天，从虚掩的大门里，
> 庭院的树丛间，
> 我们又瞥见了金黄色的柠檬。

诗歌蕴含的喜悦，也便是那样的一瞥：我们从生活虚掩的大门，看到心灵的树丛间，文字那金黄色的柠檬在闪耀。对于生命、生活、生存，蒙塔莱也都保持着这份清醒（而柠檬又是多么醒神）。对于"生活之恶"，他说：

> 我不晓得别的拯救，
> 除去清醒的冷漠。
> 　　　　　　　　——《生活之恶》

但是，人生的苦难就像高墙上嵌立的锋利的玻璃碎片，当"似火的骄阳令人晕眩"的时候，便会有"一阵莫名的心酸涌袭心间"（《夏日正午的漫步》）。它们构成的对比，与其说是显露蒙塔莱的矛盾，不如说是揭示他的复杂，以及人生的复杂。唯其清醒，才不会被概念化的主观意识所淹没，也才能呈现人生不同时刻、人类不同心境的复杂性。一方面，他以类似谴责的口吻质询：

> 幸福，为了你，
> 多少人在刀斧丛中走险？

另一方面，却不禁为幸福的引力所吸：

> 似柔美、烦扰的晨曦，
> 激起屋檐下燕巢的喧嚣，
> 你穿破凄雾愁云，
> 照亮一颗忧伤的心。
> 　　　　　　　　——《幸福》

在生活之恶这枚硬币背面,有着生活之善、生活之美。但蒙塔莱同样不是善与美的歌颂者。他把自己置于硬币的边缘上,感受着"真",感受着此时此刻:"此时此刻,你细细观察世界吧,睁开你的双眼,或者闭上你的双眼。"(《此时此刻》)有时候,甚至可以说,更多的时候,他是眯起双眼,既可以观察那似火骄阳,又不至于被它刺伤。

最近读到英国诗人杰里米·里德翻译的蒙塔莱选集《海岸警卫员的房子》,极其震撼。我已经提到过,看过多种蒙塔莱的中译和英译,都可以从中感受蒙塔莱的重要性。但是里德这个译本使我第一次彻底陷入,真可以说不能自拔。我也第一次感到,蒙塔莱已不是"伟大"可以涵盖。在喜欢并熟读他的作品数年后,受到新的震撼,这在我的读诗经验中又是绝无仅有的。我的灵魂感到如此巨大的骚动,以至于我开始彻底反省自己目前的生活和诗歌。

我把他拿来与自己对照,并不是要攀比他,而是恰恰相反,要拿他来见证我的生活和诗歌的种种不足。蒙塔莱诗中呈现一种辽阔的沉思的空间,这种沉思的空间,既需要沉思,又需要空间,或者说,这种沉思需要有足够的空间来支撑和凝聚。这种空间,又需要同样辽阔的时间或者说辽阔的时间感来补充,而事实上时间与空间往往就是互补的。

无疑,蒙塔莱的诗,正是我内心深处最渴望写的诗。那种生与死、现实与想象、心理与细节、时间与空间、生活与艺术、自然与文字的紧密糅合和交融,只能以"奇迹"来形容。而他的每一首诗,都是一个个奇迹的宣示:诗竟可以写成这个样子!在我的诗歌创作中,有一年几乎空白,以至我的诗选中这一年只有一首诗。其实，这一年我写了另外近二十首诗，都是些想模仿蒙塔莱的诗，我说"想模仿"，是因为我根本连模仿也达不到。这些诗当然是尽数毁掉了，唯一留存下来的是：我知道蒙塔莱是一个多么"困难"的诗人。他的拒绝被模仿和他的具有可译性似乎很矛盾，至今对我仍然是个谜。

蒙塔莱诗中时与空的辽阔，并不是以牺牲深与细为代价的，恰恰相反，他在这两方面同样达到令人仰望的高度，这也正是他的了不起之处。当然，如果联想到蒙塔莱是一个沉思的诗人，那么他诗中体现无比的深度、广度和阔度，仍然是不足为奇的。但是，他深思之余的精细，才真正令人目眩。沉思往往引向抽象，引向概括性的措辞，但蒙塔莱诗中却布满细节，精挑的细节。这些细节准确得生出犀利之光，穿透词与物。这样说来，蒙塔莱似乎是一位综合各种似乎互不相容的诗歌要素的诗人，但是，我们往往在综合性的诗人身上看到综合的面貌，甚至可以说，综合性的诗人往往是炫耀型的诗人。而蒙塔莱刚好相反。他的隐遁化、个性化和神秘化，令人要把他所属的"隐逸"派改为"封闭"派，而英文 hermetic 恰好是"封闭"的意思。

我一向喜欢那些风格多变的诗人，因为我觉得，不断探讨诗歌语言的可能性，乃是诗人的天职。这也显示诗人对语言的尊重。风格固定的诗人，难免有懒惰之嫌，一劳永逸，实在与诗人这个称号不大匹配。几乎所有重要诗人都是风格多变的，至少都有前后两个时期的显著变化。一些前后时期不同风格的诗人，都有一个共同点，即由繁复趋向简约，或由隐晦趋向明朗，或由艰涩趋向流畅，或由玄思趋向实在。美国诗人洛威尔的早期作品是严谨的形式主义，仅以这些作品，已令他置身于一流诗人之列，但他中年之后突然风格大变，剖析自己的家族史、家庭史、精神病史，开创影响深远的自白诗。保罗·策兰早期诗歌意象密集、句子长，后期诗歌留下较大空白或谓空间、句子短小。英国诗人奥登青年时代充满锐气，实验性很强，中年以后则趋于形式上的严谨，甚至有点保守了。

蒙塔莱的诗歌亦有前后期的不同风格。他的前期诗正好是他前三十年的创作，也即《乌贼骨》（一九二四年）、《境遇》（一九三九年）和《暴风雨及其他》（一九五六年），里德的英译本也正好汇集了蒙塔莱这三部前期诗集。后期作品以《萨图拉》（一九六三年）开始，以《集外诗集》（一九八一年）作结。毫无疑问，蒙塔莱的主要成就以及他对现代诗的主要贡献是在前期作品中，这与洛威尔的演变刚好相反。蒙塔莱的前期风格可称为繁复和精细，充分容纳了语言与肌理的丰富性和暗示性，同时调动读者的所有感性与触觉，像

> 如同高楼间阴暗的泥地上，
> 灰白的小草渴念太阳。
> ——《地中海》

或

> 棕榈树上忽地跌下一只耗子，
> 电光在导火线上，
> 在你盈盈双眼的
> 修长的睫毛上灼灼闪烁。
> ——《海滨》

他开始后期创作的时候，也刚好是经历丧妻之痛的时候。对妻子的回忆、对生与死的探讨进而对宇宙、世界和历史的思索，成为这个时期的主要特征。如果说，前期作品着重触觉的话，后期作品也许可以称为着重智性。语言趋于明净，思路清晰，有时带有教谕的味道。蒙塔莱曾在文章中承认自己漠视周遭的事件，故他不认为如果他大半辈子发生的事情以另一种方式出现，他的诗歌也会随之不同。因为他只忠于内心世界，对现实有自己独特的看法，也有独特的阐释角度。不过，他的后期作品已把眼光投向外部，或者说开始对社会现实发表意见。纯粹就诗艺的深奥而言，显然我更喜欢他的前期作品，但是当我第一次拿起吕同六、刘儒庭译的蒙塔莱诗选集《生活之恶》时，我从最后一首读起，竟有另一种喜悦。后来，每当再读蒙塔莱，虽然反复品尝他的前期作品，但总无法抗拒他后期作品的诱惑。布罗茨基认为，要读一个诗人，最好是看其全集，我十分同意。若只能看到选集，也应该前后期全看，因为我们读的，不仅是诗人的诗路历程，还有诗人的心路历程，而心路历程，是同等重要的，如果不是更重要，尤其是一个大诗人的心路历程。

一九九七年

怀疑和天真

用一粒沙观看

我们叫它一粒沙。
但它不叫自己粒或沙。
它没有名字也过得很好,
不管是普遍、特殊、
短暂、永久、不准确
或恰当的名字。

它不在乎我们的顾盼,我们的接触。
它不感到自己被看见和接触。
它掉落在窗沿上这一事实
只是我们的经验,而非它的。
这跟它掉落在任何事物上没有分别,
它并不确定已经完成掉落
或仍在掉落。

从窗口可以观看美丽的湖景,
但湖景本身不观看自己。
它存在于这个世界,没有颜色和形状,
没有声音,没有气味,没有痛苦。

湖底无底地存在,
湖岸无岸地存在。
湖水不感到自己是湿是干。
波浪也不感到自己是单数或众数,
它们掀起,听不到自己溅在
不大不小的卵石上的声音。

而这一切发生在本来没有天空的天空下,
太阳在那里谈不上沉落地沉落
不隐藏地隐藏在一团不觉得自己在隐藏什么的云背后。
风吹它,其理由
只不过是吹罢了。

一秒过去,
另一秒,
第三秒。
但它们只是我们的三秒。

时间像一个送急件的信使飞驰而过。
但这只是我们的比喻。

> 这人物是虚构的,他的匆忙是想象的,
> 他的消息是非人的。

很多重要诗人的创作,都是一开始就很好的,后来一直保持优质的创作,甚至越来越朝着组诗和大部头的长诗发展,迈向伟大。其中有一些人到了中年之后甚至要到晚年或死后才博得人们的称赞,但这并不意味着他们早期的创作是低水准的,而是表明他们有其不易为人接受的独特性。重要诗人一开始写坏诗,后来越写越好的例子非常少,据说里尔克初出道时极其平庸,可惜我们看不到他平庸到什么程度,我们看到的是他经过对自己的严格要求和严格训练产生出来的杰作。

像今年诺贝尔文学奖得主波兰女诗人维斯拉瓦·辛波斯卡那种创作演变的例子,几乎是绝无仅有的。她早期的诗不只是诗质本身的平庸,而且是思想倾向上的平庸——攀附斯大林主义,以当时的意识形态和教条作为创作的基础。据说,她早期两本诗集无论在风格上、形式上还是语言上,都与当时大量生产的平庸之作没有什么区别,并且有一种政治上的简单性。把辛波斯卡的创作演变放置在东欧国家的背景下来考察,就会发现更加难能可贵。东欧国家的文学史告诉我们,很多以前非常优秀的作家,后来纷纷自愿或非自愿地屈服于教条主义意识形态的压力,越写越平庸,不仅在创作上愧对艺术,在人格上也愧对自己和人类的良知。至于那些固执地坚持己见的诗人,等待他们的则是可怕的命运:或是自杀,或是被迫害至死,或是被驱逐出境,或是出逃流亡。

辛波斯卡的独特性在于,她是听从缪斯的召唤,进行自我演变和自我提升的。她在写了一两本平庸的诗集之后便逐渐走上怀疑的道路，她不仅没有屈服于教条的压力，而且没有屈服于另一种教条的压力：反共的压力。她这种取向，与去年诺贝尔文学奖得主爱尔兰诗人谢默斯·希尼有着相同之处。希尼作为一位在北爱尔兰成长的诗人，一直受到要求把他的诗政治化的压力，而他一方面抵制这种压力，尤其是抵制同行和同胞的指责，另一方面不断在诗艺上精益求精，努力寻求并且找到了一条既不沉溺于诗艺、以诗艺回避现实，同时又不以民族主义替代诗艺的钻研的独特道路。据说，辛波斯卡后来出版诗选，第一本诗集的诗作一首也没有收进去，足见她的清醒。

辛波斯卡思想上的这种取向便决定了她诗艺上的基本取向，她说自己"珍爱怀疑"。在确立怀疑的基本态度之后，接下来便是如何表述这种怀疑。她选择了反讽。而她的成就不在于选择了反讽作为她的表述方式，而在于她的"反讽的准确性"。她获奖的理由即是她的诗"以反讽的准确性使历史和生物的脉络得以昭显在人类现实的碎片中"。要写反讽的诗并不难，事实上反讽技巧已成为现代诗的入门技巧，谁都可以露几手。要把反讽贯彻于整体创作中，则是非常困难的，很容易流于一般的讽刺——也就是说，很难把握和保持反讽的准确性。在讨论辛波斯卡的诗歌风格时，应避免把"反讽"与一般"讽刺"混同起来。前者是一种理智的思考，后者则有轻佻的意味。在辛波斯卡的反讽中，有着对人类前途的关注，对文明危机和价值危机的忧虑，并隐含伴随这种忧虑而来的某种悲伤和怀旧。要在整体作品中达到反讽的准确性，则是一种高难度的挑战。辛波斯卡自称，题材对她来说不是问题，困难在于如何准确提炼。这种准确性，包含于作者的整体世界观、人生观和个人修养，也就是说，稍微失去节制，效果就会立减，甚至变成败作。辛

怀疑和天真

波斯卡的作品基本上保持水准，也就是说，她对每一首诗的均衡的控制是比较好的。

二十世纪的诗歌，是以"严肃"著称的。所有获得诺贝尔文学奖的诗人，也都是以庄严的风格和措辞著称的。而辛波斯卡的前辈米沃什更是以庄严著称，他诗中的谴责口吻和对于人类良知的不倦追求，为二十世纪诗歌树立了一个典范。而辛波斯卡具有他们的一切重要思想特质，但以一种很少人采用，或者说不敢采用和羞于采用的手法来表达她对人类文明危机、价值危机的忧虑，这需要巨大的勇气，或者说，需要一种"天真"。而"天真"，正是理解她诗歌的关键字眼。她自己也说，没有什么问题比天真重要。她阅读范围极广，对一切充满好奇。她喜欢阅读科学、历史和人类学著作，读词典和指南书。据说在她撰写的无数书评中，仅有若干篇是属于文学的，其他都属于烹饪、旅游、园艺、巫术、艺术史等等。这种天真与好奇造就的广博，也应被纳入她的总体诗学中来考虑。米沃什称她的作品为二十世纪诗歌的异数，是十分中肯的评价。

她的诗是以人类的基本现实或者说基本处境为探索对象的，而不仅仅局限于波兰具体的现实和处境；或者反过来说，她选择了波兰具体现实和具体处境中具有人类普遍性的"碎片"，来展示人类普遍的现实和处境，并进而揭示历史和生物的来龙去脉。这也就是为什么她的诗不仅能够获得波兰读者的共鸣，也能获得外国读者的共鸣。据说，她的最新英译本出版后，很快便卖完。

鉴于她的怀疑取向，读者便不能因为她是女诗人而以为她一定会有女权倾向。她认为，在当今时代，没有任何问题是不既牵涉到女性又牵涉到男性的，也就是说，男女均应放置在人类的普遍处境中加以考虑，而不应以女性来对抗男性，或者相反。这与她的政治观相一致，她说，她的诗是个人的，而不是政治的，并补充说："当然，生活与政治交织，但我的诗是严格地不属于政治的。它们更多地关注人与生活。"因此，她的诗充满日常的、普通的事物，在她看来，这些事物都各有自己的生命。也因此，在她的诗中看不到"廉价的滥情"。

意识形态一直困扰着现当代诗人，这种困扰，既有外部的压力，也有内部的压力。而怀疑，则是诗人消解或抵制外部压力的最佳态度。辛波斯卡说，任何诗人都不应允许自己被绑在意识形态的马车上，并说任何教条都是一种人工制品，旨在掩饰真实世界。"作家不可使用这件工具，而要亲身去应付这个世界。"但是就连"怀疑"本身，也会构成另一种压力。而辛波斯卡的独特或者说幸运之处在于，她还具备了消除"怀疑"的压力的另一件活宝——天真。她的诗具有一种惊人的简朴性和可沟通性，她喜欢使用叙事、轶闻，但又把它们建构在一个诗意的世界上。也就是说，她在表现她的纯真的同时，又把它提升至智性的高度。而读者几乎同时能够感知和觉察到这两者的完美结合，无须批评家来饶舌。可以说，她的获奖，不仅进一步确认了自密茨凯维奇以来就具有伟大传统的波兰诗歌的成就，而且确认了当代世界诗歌的多样性。对读惯欧美主流诗歌并因此形成牢固诗歌美学观念的诗人们来说，辛波斯卡的获奖将会给他们带来诗歌观念上的冲击和挑战，至少带来怀疑——无论是怀疑辛波斯卡还是怀疑他们自己。

一九九七年

一个时代的终结

> 我看见这一代最优秀的心灵被疯狂摧垮……
> ——金斯堡《嚎叫》

美国著名诗人、"垮掉的一代"代表人物艾伦·金斯堡因肝癌在纽约逝世,终年七十岁。金斯堡可以说是五十年代以来美国最敢言的作家,并且贯彻到底,在近一两年来的访谈中仍不断抨击美国右翼、保守势力。与此同时,他仍保持势头颇佳的创作,死前还在写诗。他五十年代以诗集《嚎叫及其他诗》崛起于诗坛,与《在路上》作者杰克·凯鲁亚克、诗人劳伦斯·费林盖蒂、格雷戈里·科尔索、小说家威廉·巴勒斯等,形成了后来影响深远的"垮掉的一代",并成为嬉皮士运动的先声。金斯堡终生嬉皮,在生活上如此,在社会上如此,在诗歌上也如此。他的逝世,标志着一个时代的终结。至少,现在暂时看不到还有什么人可以像他那样坦率、敢言,那样与美国政府对着干,而又那么有号召力——他的影响所及,不只是诗歌界、文学界,还有音乐界、艺术界。

金斯堡的诗歌十分庞杂，既有个人经验尤其是同性恋经验的自白，也有更广泛的社会和政治的批判。虽然他那种无所不包的写作风格也导致他制作了大量垃圾，但是他正是在这堆很多时候甚至是下流的语言垃圾中建立诗意，或者反过来说，破坏诗意。他在破坏中创新，在创新中又埋下破坏的炸药。他的诗歌，无论是语言，还是节奏，都像他所传达的信息一样，是激进的、反建制的，横扫一切陈规俗套。他不只是随随便便，而是太随便了，可是他的尖锐的思想和强壮的创造力却能够很好地综合他的庞杂和随便，形成了一种承接惠特曼和威廉·卡洛斯·威廉斯伟大传统的风格。正是唱着"自我之歌"的惠特曼这位精神上的导师最初触动了中学时代的金斯堡，继而是面对面接触的导师威廉斯为《嚎叫及其他诗》写序，充分肯定了金斯堡的诗歌志向。

《嚎叫及其他诗》除了《嚎叫》之外，最重要的作品要算《向日葵经》，它把现代人被摧残而又苟延残喘的心灵刻画得极其逼真而又优美动人：

> 我走在锡罐香蕉码头的岸边上然后坐在一个"南太平洋"火车头的巨大阴影下望着满是盒子屋的小山上空的落日哭起来。
> 杰克·凯鲁亚克坐在我身旁一根破裂的锈铁杆上，伙伴啊，我们思想着同样的灵魂思想，荒凉忧郁眼睛悲伤，被节节疤疤的机器树的钢根茎包围着。
> 油腻腻的河水映照红色的天空，太阳在旧金山最后的峰顶上沉落，河流里没有鱼，山上没有隐士，只有我们自己双眼积满黏液余醉未醒如老流浪汉在岸边上，疲倦而狡猾。

看那向日葵,他说,天空下一团死沉沉的灰影,大如一个人,干枯地坐在一堆旧锯屑上——我着魔似的奔上去——那是我的第一朵向日葵,对布莱克的记忆——我的幻象——哈莱姆

和东部河流的地狱,使"乔斯·格里斯三明治"叮当作响的桥梁,死婴儿车,被遗忘、未翻新过的无花纹黑轮胎,河岸诗,避孕套和水壶,钢刀,没有什么是不锈的,只有阴湿的腐殖土和锋利的人工制品流入往昔——

而那株灰色向日葵背对夕阳,易破损地荒凉,眼里积满旧火车头的煤灰和尘埃和浓烟的污垢——

点缀着模糊尖刺的花冠垂吊破裂如一个破冕,种子从脸上脱落,而那张脸即将变成呼吸晴朗空气的无牙之口,太阳光线在它一头浓发上湮灭如一团干硬的铁丝蜘蛛网,

叶子从梗中翘出如手臂,如从锯屑的根茎里伸出的手势,

灰泥从黑枝上掉出,耳朵里有一只死苍蝇,

凋败不堪的老东西哟,我的向日葵啊我的灵魂,然而我爱你!

那肮脏不是任何人的肮脏,而是死亡和人类的火车头,那一身的尘土衣服,那层铁路黝黑皮肤的面纱,那脸颊的烟雾,那黑色惨状的眼睑,那煤烟子的手或阴茎或比污秽更糟的人工隆起物——工业的——现代的——那整个玷污你疯狂的金冕的文明——

还有那些模糊的死亡念头和多尘的无爱眼睛和残余和底下的枯根茎,埋在成堆的沙和锯屑里,橡胶美钞、机器的皮肤、哭泣咳嗽的车厢内脏、伸出锈舌头哀叹的寂寞空罐头,我还能列举多少啊,某根鸡巴雪茄熏黑的灰烬,手推车的尿和车厢多奶汁的乳房,椅子坐烂了的屁股和

发电机的括约肌——所有这些

纠缠在你干瘪的根茎里——而你在夕阳下站立我面前,你的形体焕发光芒!

绝对完美的一朵向日葵!完美卓越可爱的向日葵的存在!一只清新自然的眼睛向着新臀部的月亮,醒来生气勃勃激动兴奋在夕阳阴影中抓住朝阳金色的每月微风!

多少苍蝇在你周围嗡嗡叫对你的肮脏一无所知,而你诅咒这铁路的天空和你的花朵灵魂?

可怜的死花朵?什么时候你忘记自己是一朵花?什么时候你看着自己的皮肤并断定你是一个无能龌龊的老火车头?一个老火车头的阴魂?一个曾经无比强大的疯狂的美国火车头的幽灵和鬼影?

你从来不是火车头,向日葵,你是向日葵!

而火车头你,你就是一个火车头,勿忘我!

于是我抓起那棵粗大骨架的向日葵把它插在我身边像一柄权杖,

并向我的灵魂还有杰克的灵魂以及任何想听的人布道,

——我们不是我们的肮脏皮肤,我们不是我们可怕荒凉浑身污垢没有形象的火车头,我们内心全部是金色向日葵,被我们自己的种子和一个个渐渐长成夕阳下一棵棵正式的疯狂的黑色的向日葵的毛茸茸赤裸裸的圆满身体所祝福,被我们一只只在疯狂火车头河边夕阳旧金山堆积成山的锡罐黄昏静坐的幻象阴影下的眼睛所窥视。

伯克利,1955

美国当代诗歌史上有一个流派，叫作"自白派"，主要是指罗伯特·洛威尔、约翰·贝里曼、西尔维娅·普拉斯和安妮·塞克斯顿等人的创作，他们都自剖个人历史，尤其是精神病史。但是在我看来，金斯堡比上述数位诗人都更具自白色彩，并且，这种自白的因素一直贯穿着他的诗歌。他最著名的作品《嚎叫》便是一首写个人同性恋经验和政治上激进的家庭背景的长诗，他的宣泄是赤裸裸的，歇斯底里的。

继《嚎叫》之后，金斯堡又写了纪念母亲的长诗《哀祷》，这首诗把个人自白推向极端，也是金斯堡最重要的作品之一。它具有极强的震撼力，又很感人。也许可以说，它是一首自传诗。他母亲是一位狂热的马克思主义者，金斯堡出生不久她即陷入精神困扰，后来精神分裂，患有严重的妄想症，老是觉得有人要谋害她，甚至怀疑丈夫与希特勒、墨索里尼和罗斯福串谋要杀死她。金斯堡便是在这种恐怖的环境中度过了他的童年和少年时代。他非常脆弱和痛苦，当母亲住进精神病院，他便觉得很不安全，可是当母亲回家，他又会变得更不安全。他多次目睹母亲企图自杀以及歇斯底里发作：她会大喊大叫，声称医生往她的头脑里植入了铁丝，以图控制她。《哀祷》把这些经验全写进去。他对母亲亦怀有内疚感，因为是他亲手签字把母亲再次送进她最憎恨的精神病院。诗中写道：

哦母亲

别了

连同一只长长的黑鞋

……

……

别了

连同你乳房粉瘤上的六根黑毛

别了

连同你的旧衣服和阴道周围一道长长的黑须

别了

连同你那松垂的肚皮

连同你对希特勒的恐惧

连同你讲糟糕短篇小说的口腔

连同你那些腐朽的曼陀林似的手指

连同你那佩特森肥大的门廊似的双臂

连同你那罢工和大烟囱似的肚子

连同你那托洛茨基下巴和西班牙战争

……

连同你那俄罗斯的眼睛

连同你那没有钱的眼睛

……

连同你那埃拉诺婶婶的眼睛

连同你那饥饿的印度的眼睛

除了童年与少年时代的经验之外,构成金斯堡诗歌要素的另一个经验是同性恋。他直到青年时代才发现自己是同性恋者,并且不敢面对现实,毕竟他当时还是一个害羞的青年。在心理医生的鼓励下,他终于克服困难,成为一个公开的并且是彻头彻尾的同性恋者。可以说,金斯堡是一位不断克服种种个性弱点的诗人,然后又极致地发挥优点,以及揭示自己克服弱点的经验。在诗艺上,他也是如此。他早期的作品大部分是即兴式的，靠的是经历和活力，但是，慢慢地，他也像大部分优秀诗人一样，发现了诗歌的拯救力量和技术探险的魅力，这可见于他一九七三年出版的诗集《美国的堕落：有关这些州的诗篇》。这本诗集体现了他诗艺的成熟，受到很高的评价，并获得权威的国家图书奖。

相信金斯堡逝世后，他的事迹也许会随着时间而逐渐被人淡忘，但是他的诗，则会在时间的波浪的冲洗下显现其真、其善，也许还有其美。

一九九七年

最后一位现代主义者的现代观

当墨西哥诗人奥克塔维奥·帕斯在一九九〇年获得诺贝尔文学奖时,我就想,这大概是最后一位现代主义者获得这个奖了。他也可以说是唯一一位健在的纯粹意义上的现代主义者,或至少可以说是唯一纯粹意义上的超现实主义者。据说,杀死或吞掉"帕斯爸爸"已成为当今墨西哥青年知识分子的开笔仪式。这也难怪。按帕斯的说法,"现代"的特点乃是不断否定,那么,一个现代主义者被同胞否定,也许正意味着这些同胞也是同道呢。

事实上,若按照他对现代主义运动所作的严格定义,他自己也只能算是现代主义的嫡系传人而已。他认为,欧美所谓的现代主义,其实应称为先锋派,真正的现代主义运动始于拉丁美洲,以达里奥在一八八八年出版的诗集《蓝》为标志,传到欧美时,该运动已接近尾声。帕斯认为,把晚于美洲和西班牙语数十年的欧美先锋派称为"现代主义",是一种"文化的傲慢、种族中心论和对历史的冷漠"。欧美先锋派运动的主流是超现实主义,而帕斯四十年代在法国即与超现实主义健将阿拉贡等人过从甚密,并在诗歌创作上接受超现实主义的影响,自己因此成为拉丁美洲重要的超现实主义诗人，由他讲这番话，也许颇为可信。但是如此一来，帕斯自己是不是"嫡系传人"也成为疑问了。

帕斯认为，现代性就是批判性，因此，他把十八世纪以降的浪漫主义界定为现代性，而现实主义则是"一个现代的概念"。现代性以前的文学是以英雄传奇和虚幻故事作为叙事主题的，而浪漫主义开始在诗中以"我"的观点来批判世界，并把诗歌的语言还原到"诗自身"。这些方面可在长诗中获得印证。象征主义则引进另一个变化，"将短诗的美赋予长诗"，即是说，以往的长诗是叙事性的、直线结构的，而象征主义则打破延续性，留有空白，留有停顿，推崇朦胧，像一个个小岛组成一个群岛。帕斯甚至认为，超现实主义是浪漫主义的极端化，"浪漫主义所有的诗歌、情爱与形而上学的伟大主义都被超现实主义者接了过来并使其达到极致"。现代性的另一个重要方面是其革命性，现代性打破了诗歌与神话联系的纽带，"使诗歌立即与革命思想联系起来。这个（革命）思想宣告了神话的末日——这样它便成了现代的核心神话"。因此，从浪漫主义到我们所谓的后现代主义的现代诗歌史，在帕斯看来也就是它与神话的"关系史"。现代性的核心之核心则是否定性，它总是在不断否定之中，尤其是否定自己，并且在否定中不断得到滋养，也就是肯定。如此肯定与否定，就像"不断革命"一样。

那么在世纪末，诗歌往何处去，如何定位？帕斯认为，现代诗歌的特点之一就是其"少数派的坚强意志"，这点相信很多写诗的同行都会认可。浪漫主义诗人曾经寻求广大的读者，并且有些人例如拜伦、雨果和拉马丁等诗人确实做到了。但是浪漫主义的火焰消散之后，诗人就退出公开的舞台。"从伟大的象征主义者们开始,诗歌就成了孤独的反叛,语言或历史在地下的捣乱。"没有任何一位开创性的现代诗人寻求大多数的认可,相反,所有人都选择了"蓄意与公众情趣为敌的写法"。也就是说,诗歌仍然坚持其现代性。畅销书只是商品甚至只是废品而已,一阵风过后就烟消雾散。而诗歌"不追求不死而追求复活"。确实,如果我们翻开任何语种的文学史,都处处发现这种情况。甚至可以说,文学史就是追求复活的历史,诗歌史更是如此。无论哪个地方,无论哪种环境,诗歌始终被传播和阅读。当我们看到一些亲近诗歌的人离开后,还来不及叹息或惋惜,另一批人数更多的亲近者又从地平线冒出来了。所以诗歌永远不能以销量来衡量,也拒绝这种衡量。诗歌既是现代的,又是批判现代的。可以说,任何人阅读或写作诗歌,在这个现代世界即意味着他或她秉持着批判精神和不妥协态度。

帕斯很早就写诗,也很早就写批评。他自称:"在我的文集中,我自愿为诗歌效劳,在他人和自己面前,我替她解释、将她捍卫、为她申辩。"但是,尽管帕斯的诗歌作品已有几个中译本,他创作的另一个重要方面——批评,中译却一直欠奉。这本《批评的激情——奥·帕斯谈创作》多少可以略微弥补这方面的欠缺。说"略微弥补",是因为帕斯的批评著作极其丰富,这本书占他的总批评著作不到十分之一。

从这本中译选集中,似乎感觉到帕斯只是从外部环境来分析和谈论诗歌,是宏观的、宽泛的,好像没有钻到诗歌的核心去与读者分享写诗和读诗的乐趣。这也是本书的缺点之一。事实上这只是帕斯的一本文集的节选而已,并且访谈录占去了三分之二篇幅。作为帕斯的第一本中译文集,中译编辑有必要更全面地挑选帕斯的文章,尤其是针对"谈创作"。就我所读的一些帕斯的英译本看，帕斯较详尽而深入地谈论诗歌和诗人的文章还是相当多的，其中包括两三本专著。

这个中译本的另一个缺点是翻译不够专业化，同一个人名在不同文章中有不同译法。由于帕斯涉猎广泛，文中既有西班牙语人名，又有英语、法语人名，译者大部分均以西班牙语拼音法译出，结果很可能会使没有经验的读者如坠雾中。例如加拿大学者麦克卢汉既被译成标准译法，又被译成"麦克卢安"，画家康定斯基被译成"卡定斯开"，爱尔兰诗人叶芝被译成"叶兹"，葡萄牙诗人佩索阿被译成"贝索阿"，美国女诗人伊丽莎白·毕肖普有一处译成标准译法，另一处则译成"伊莉莎白·比夏普"，美国诗人威廉·卡洛斯·威廉斯被译成"威廉姆斯·卡洛斯·威廉姆斯"，法国诗人、诺贝尔文学奖得主圣-琼·佩斯被译成"St-J.珀斯"，德国诗人贝恩被译成"本"，美国诗人华莱士·史蒂文斯一处被译成"韦勒斯·史蒂文斯"，另一处被译成"威廉斯·史蒂文斯"，《泰晤士报文学增刊》则被译成《时代文学增刊》等等，均表明中译者很不够职业水准。

一九九六年

歌德的智慧及其他

读《歌德谈话录》（朱光潜译，人民文学出版社，一九九七年），惊叹他的智慧。我想起数日前读贺拉斯《诗艺》，觉得我们现在知道的，他早已知道了。歌德谈话的范围广泛得多，但给我的感觉仍是一样的：我们现在知道的，他早已知道了。

歌德经常谈及他那个时代的文学的种种弊端，例如谈近代文学的弊端，认为根源在于作家缺乏高尚的人格。记得弗罗斯特曾在一篇散文里谈到，每一个时代的人都会埋怨自己的时代不如以前的时代，华兹华斯如此埋怨，阿诺德如此埋怨。屈原也抱怨他那个时代的人们，说比赛阿谀奉承已成为人们的生活习惯，并说他孤独地被他那个不幸的世纪所困。弗罗斯特说，其实每一个时代都不比以前的时代更好或更坏。我同意这种看法。但我一直想不出这种埋怨的原因。现在看歌德，突然领悟到了。每一个时代的伟人都具有高尚的人格，例如屈原，也是高尚得令人仰望。但是，每一个时代都有太多没及格更没人格的作家，这些作家很快就被淘汰掉了，只剩下那些伟大的作家和作品令人仰望。由于我们只能读到能留下来的伟大作家的作品，即使有机会读其他二三流作家的作品，也很少去读，因为不值得去读，还因为我们总是选择最好的来读。又由于我们生活在当代，经常要碰到坏作家和坏作品，于是留下这样的印象，觉得一代不如一代。另外，歌德也经常谈到德国人的不行和不足，而推崇外国作家的东西（页一三九至一四〇），这道理也是一样的。因为能为他所知的外国作家肯定都是他们民族中比较出类拔萃的，给人印象是外国的东西更好。这正是不同文明之间交流的重要性和必要性：彼此交流好东西。

歌德又说："软弱是我们这个时代的特征。"（页一八二）这句评语仍然适合我们这个时代。又说："我们这老一辈子欧洲人的心地多少都有点恶劣，我们的情况太矫揉造作了、太复杂了，我们的营养和生活方式是违反自然规律的，我们的社交生活也缺乏真正的友爱和良好的祝愿。每个人都彬彬有礼，但没有人有勇气做个温厚而真诚的人，所以一个按照自然的思想和情感行事的老实人就处在很不利的地位。……如果在忧郁的心情中深入地想想我们这个时代的痛苦，就会感到我们愈来愈接近世界末日了。罪恶一代接着一代地逐渐积累起来了！"（页一七〇）他当然向往古代的纯朴生活，一如我同样向往他那个时代的生活。可是古代的生活同样充满人性的罪恶。屈原埋怨他那个时代的小人太多，但丁则从更高的境界俯视他那个时代的种种丑行。我想，不同时代对罪恶和痛苦的承受力都不同。如果按照歌德那个年代计算和积累下来，则我们已生活在但丁的地狱！但我相信我们的时代不比歌德那个时代更好或更糟，显然，是因为我们的承受力增强了。至于"一个按照自然的思想和情感行事的老实人就处在很不利的地位"，我想，这种按照自然的思想和情感行事的人，就是诗人了。但是，诗人可以长出另一个保护层,一如歌德一方面应付俗务,戴着世俗高官的面具,另一方面却严格按照理想中的要求来生活。当然,生出保护层需要痛苦的代价,但是一个诗人在决定做诗人的那一刻,大概也已经把这种代价纳入预算了。此所以我仍能愉快地阅读和写作,其中的丰富性并不亚于歌德。

歌德多处谈到作家需要先精通一门技艺,然后再旁及其他,一通百通。"说到究竟,最大的艺术本领在于懂得限制自己的范围,不旁驰博骛。"(页八〇)记录者爱克曼也提到:"歌德虽力求多方面的见识,在实践方面却专心致志地从事一种专业。在实践方面他真正达到纯熟掌握的只有一门艺术,那就是用德文写作的艺术。"(页七九)歌德又说:"每个人都要把自己培养成为某一种人,然后才设法去理解人类各种才能的总和。"(页七八)又说:"聪明人会把凡是分散精力的要求置之度外,只专心致志地学一门,学一门就要把它学好。"(页二六)因此,当爱克曼透露他要干这样干那样时,歌德总是劝他只限于发展自己的诗艺。不过,在我们这个时代,分散精力,在知识表面上乱摸的人,往往被视为聪明人。真正的聪明人反而要大智若愚。

我想起英国诗人斯蒂芬·斯彭德在自传《世界里的世界》中记述他与艾略特的一次谈话,也涉及这个问题。当时斯彭德二十岁,艾略特四十岁。斯彭德向艾略特表示,他不只想写诗,可能还要写长篇小说和短篇小说。艾略特说,诗歌这行业,需要用一生的时间全神贯注。斯彭德说,他想成为一个诗人兼小说家,例如像哈代那样。艾略特表示,在他看来,哈代的诗永远像小说家的诗。"那么歌德呢?"斯彭德问。艾略特答道,歌德的情况与哈代差不多,只不过是在更大的程度上。在我看来,歌德的见解,艾略特的见解,以及艾略特对哈代和歌德的见解,

歌德的智慧及其他

其实并不冲突。

一个人必须先精于某行业的某方面，再精于整个行业，再旁及其他行业。艾略特所说的，是从某行业（文学）的某方面（诗歌）着手。歌德说的是从某行业（文学）着手，再旁及其他行业（例如科学和哲学）。哈代其实在写小说前已写诗，但他写了二十年小说，其间没写诗；停止写小说后，再写诗。这样分开，恰恰表示他是很专注的。我不觉得把诗写得像小说家写的诗有什么不好，就像艾略特把戏剧性引入诗歌。我想，当时艾略特如此说，是为了强调他最初那句话——那句话绝对是真理。（艾略特本人在早年确实对歌德有不少偏见，后来写了一篇评论歌德的长文，把歌德与但丁和莎士比亚相提并论，还详述自己如何年少无知，误会歌德，艾略特作为伟人的谦虚、严谨和自我批评尽见于此，读来令人动容。）

斯彭德的自传临结尾时，谈到他再见奥登。这时奥登已移居美国多年，大家都发生了很大的变化，无论是在生活上还是在思想观念上。"虽然奥登的变化有时候像一个万花筒，伴随着出现一个与之前完全不一样的图案而发生急剧变化（除了那个万花筒和形成图案的块状不变外），但是从我们在牛津的日子，到现在已经二十年了，他的生活一直保持目标的一致性，这点是我的任何朋友都比不上的。在纽约这里，他过着与牛津时期一样的简朴生活，房间里没有什么摆设。他依然专注于一个目标：写诗，他的所有发展都是在这个目标之内。当然，他的生活并非完全没有受到非文学事务的扰攘，但这些扰攘并没有改变他的生活方式。其他人（包括我自己）都深陷于生活的各种制度中——工作、婚姻、孩子、战争，诸如此类——我们大家与自己当初相比，已出现巨大的鸿沟……奥登有发展，却依然是同一个人。"

保持目标的一致性，正是一切伟人的重要禀赋。锁定一个目标，然后开始磨炼自己，逐渐接近目标，整个过程既漫长又专注，而漫长与专注正是精通的要义。奥登在《序跋集》里，有一篇谈论王尔德的文章，提到艺术家的修炼，可以视为他的夫子自道："一个以艺术为业的人可能像大多数人一样，会很虚荣，渴望一夜之间名成利就，并因为得不到而受苦，但他的虚荣永远屈从于他的骄傲，即是说他一点也不怀疑自己所写的东西具有独一无二的重要性。如果他像司汤达那样对自己说他是为后代写作，严格地说，那是不真实的，因为很难想象后代是什么样子的；他其实是要说，他相信他的作品具有永久的价值，肯定世界迟早会承认它。他不是为生活而写作，而是为写作而生活，他创作以外——社会生活和个人生活——的苦与乐对他来说是微不足道的，两方面的失败都不会减低他对自己的力量所怀的信心。王尔德虽然写了一部传世杰作（按：指《认真的重要》），但他不是一位以艺术为业的人，而是一位表演者。在所有表演者身上，虚荣都比骄傲重要，因为一位表演者只有在与观众有一种互相投契的关系时，他才真正是他自己；一旦独处，他就不知道自己是谁。"这位艺术家对自己所怀的信心是从哪里来的？是从他的目标的一致性来的。由于专注于目标，他每走一步，都不是白费，而是积累：不仅积累经验，而且积累智慧。这里，奥登不仅提供了一条成功的途径，而且提供了一条哪怕不成功，也仍然可以活得自足、自在、自信，从而免受外部力量左右的途径。

作家不精于本门和本业，不从最小的基本功磨炼自己，便会好大喜功。歌德对此又有十分睿智的见解。他说："你得当心，不要写大部头的作品。很多既有才智而又认真努力的作家，正是在贪图写大部头作品上吃亏受苦，我也在这一点上吃过苦头，认识到它对我有多大害处。"（页四）害处之一是："如果你脑子里老在想着一部大部头的作品，此外一切都得靠边站，一切思虑都得推开，这样就要失掉生活本身的乐趣。为着把各部分安排成为贯通完美的巨大整体，就得使用和消耗巨大精力；为着把作品表达于妥当的流利语言，又要费大力而且还要有安静的生活环境。倘若你在整体上安排不妥当，你的精力就白费了。还不仅此，倘若你在处理那样庞大的题材时没有完全掌握住细节，整体也就会有瑕疵，会受到指责。这样，作者尽管付出了辛勤的劳力和牺牲，结果所获得的不过是困倦和精力的瘫痪。"（页五）害处之二是："大部头作品却要有多方面的广博知识，人们就在这一点上要跌跤。"（页七）

不过，我也怀疑，上述种种真知灼见，对于那些未达到一定境界的人，又有什么用呢？其实，真理早就摆在人们眼前，可人们总是视而不见。就像有那么多伟大的作品供人们读，人们却视若无睹。这种真知灼见，唯有对那些抵达真理国界的人，才有用处。在真理王国以外的人，你给他一张真理王国的地图，在他们看来也只是一张纸而已；但对于抵达真理王国边界或已进入真理王国的人来说，那张地图就能使他们豁然开朗。此所以，虽然爱克曼洗耳恭听，并且记录下来，但他却未能成就自己的大业，而是以歌德谈话的记录者而为人所知。即使明白，也可能只是表层的明白，一如处于圆的起点而不是终点。必须悟，才是真正的明白并融入悟者的精神，就像完成一个圆，处于圆的终点。汉语的"领悟"，就是把"悟"的东西"领"进精神里，而不是停留在理解的表层。悟的条件就是悟者必须有天分，那天分，就是已经储备足了能量，等待悟的机缘，也就是开窍。开窍就是来到真理的王国打开地图，表层的明白就是打开地图而不在真理的王国。

这句也很精彩："俗套总是由于想把工作搞完，对工作本身并没有乐趣。一个有真正大才能的人却在工作过程中感到最高度的快乐。"（页三六）这种快乐，也会很自然地传达给读者。一般来说，带有太强目的性或太强主观性尤其是功利性的创作，只想强暴地使用和操纵文字的人，不仅自己写得辛苦，毫无乐趣，而且写出来的作品也闷死人。沃尔科特在他那本同样充满智慧的《沃尔科特谈话录》中，曾一再提到现在太多人写的诗都闷死人，没有乐趣可言。他非常推崇奥登，就是因为奥登诗中不仅充满机智，而且充满乐趣。

一个作家承接经典及古典作品之源流，是打开大境界的关键。歌德尤其精于此道。他说："各门艺术都有一种源流关系。每逢看到一位大师，你总可以看出他吸取了前人的精华，就是这种精华培育出他的伟大。"（页一〇五）又说："鉴赏力不是靠观赏中等作品而是靠观赏最好作品才能培育成的。所以我只让你看最好的作品，等你在最好的作品中打下了牢固的基础，你就有了用来衡量其他作品的标准，估价不至于太高，而是恰如其分。"（页三二）又说："我们要学习的不是同辈人和竞争对手，而是古代的伟大人物。他们的作品从许多世纪以来一直得到一致的评价和尊敬。一个资禀真正高超的人就应该感觉到这种和古代伟大人物打交道的需要，而认识这种需要正是资禀高超的标志。"（页一二九）"要在世界上划出一个时代，要有两个众所周知的条件：第一要有一副好头脑，其次要继承一份巨大的遗产。"（页四十三）

歌德又说："国家的不幸在于没有人安居乐业，每个人都想掌握政权；文艺界的不幸在于没有人肯欣赏已经创作出的作品，每个人都想由他自己来重新创作。此外，没有人想到在研究一部诗作中求得自己的进步，每个人都想马上也创作出一部诗来。……因此，人们不知不觉地养成了马马虎虎的创作风气。人们从儿童时代起就已在押韵作诗，做到少年时代，就自以为大有作为，一直到了壮年时期，才认识到世间已有的作品多么优美，于是回顾自己在以往年代浪费了精力，走了些毫无成果的冤枉路，不免灰心丧气。"这种人就是读得少和不想读，自以为是天才。可是，如能在这时悔悟过来并急起直追，也许还来得及。另一类人更可悲："不过也有些人始终认识不到完美作品的完美所在，也认识不到自己作品的失败，还是照旧马马虎虎地写下去，写到老死为止。"（页七七）不过，如果没有这批人，并且是这么一大批人，也就没有所谓的文艺界了。行行出状元，但行行都是由平庸之辈填塞着。

爱克曼对歌德说，他接触社会，总是带着个人喜恶，要找到生性与他相近的人，可以与之结交。对此歌德尖锐地指出："你这种自然倾向是反社会的。文化教养有什么用，如果我们不愿用它来克服我们的自然倾向？"（页四一）又说："大多数德国青年作家唯一的缺点，就在于他们的主观世界里既没有什么重要东西，又不能到客观世界里去找材料。他们至多也只能找到合自己胃口、与主观世界相契合的材料。"（页四六）又说："一个人如果想学歌唱，他的自然音域以内的一切音对他是容易的，至于他的音域以外的那些音，起初对他却是非常困难的。但是他既想成为一个歌手，他就必须克服那些困难的音，因为他必须能够驾驭它们。就诗人来说，也是如此。要是他只能表达他自己的那一点主观情绪，他还算不了什么；但是一旦能掌握住世界而且能把它表达出来，他就是一个诗人了。此后他就有写不尽的材料，而且能写出经常是新鲜的东西。至于主观诗人，却很快就把他的内心生活的那一点材料用完，而且终于陷入习套作风了。"歌德这里说的，事实上适合于描述从事任何行业的人，也就是说，这种真知，已近于道破天机。歌德这里所指的主观诗人和客观诗人，事实上揭示了一个诗人步向成熟的必要历练。浪漫主义时代的歌德提出掌握客观世界，与现代主义时代的艾略特提倡非个性化，恰恰道出艺术是无所谓主义的，也不分时代。智者总是懂得排除各种主观色彩，而直抵客观世界，看到真理。

歌德对于独创性的见解也十分有独创性："人们老是在谈独创性，但是什么才是独创性！我们一生下来，世界就开始对我们发生影响，而这种影响一直要发生下去，直到我们过完这一生。除掉精力、气力和意志以外，还有什么可以叫做我们自己的呢？如果我能算一算我应归功于一切伟大的前辈和同辈的东西，此外剩下来的东西也不多了。"（页八八）这也可以反过来印证我前面提到过的"我们现在知道的，他早已知道了"的观点。由此我想到沃尔科特在谈话录中多次提到的模仿。他认为不要怕模仿，模仿乃是磨炼技艺的好途径。他说："如果有人说我写得像某某某，我会感到荣幸，而不是相反。"（大意）他甚至说："青年诗人不应该有个性，他们应该是彻底的学徒，如果他们想当大师。"又说，作为一个诗人，如果能为诗歌这棵巨树添加一两片叶子，就死而无憾矣。这与歌德的说法相同。这点，又可以跟上面歌德有关与古代伟人打交道的谈话联系起来，就是承接前人的血脉。

传统其实不是用来打破的，而是用来延续的，认识到延续比打破重要，则诗人就不会过分迷信自己的独创性了。迷信自己的独创性的人，往往不读前人作品，尤其是前人的伟大作品，即有，也读得少，这样一来，常常出现这种尴尬场面：他以为自己独创，但其实前人已写了，并且写得比他更好。传统的压力与张力便在这里。所以布罗茨基说，很害怕自己认为精彩的句子，前人已写过了。有了这种担心，则他自会读遍各国各时期的伟大作品，然后添加沃尔科特所说的树叶，这便是真正的独创性——他与其他人的树叶其实是一样的，但他添加了一两片。我的意思很简单，我们现在并没有写得比前人好。至多是写得像前人那么好——一如此已是大成就，如果要谈成就的话。关于多读，我想援引美国诗人威尔伯的一句话，他说："我认识几位作家……他们读得很少。这并不是说他们是坏作家，但是在某些情况下，我觉得如果他们多读书，他们也许会成为更好的作家。"我也认识或知道一些作家，不仅读得少，而且颇以此自傲，以为少读甚至不读而又能写出好作品，才显示他们有天分。这种自以为是，与歌德所提到的那种自以为很有独创性的作家，如出一辙。

在谈话录临近结尾时，歌德又说："严格地说，可以看成我们自己所特有的东西是微乎其微的，就像我们个人是微乎其微的一样。我们全都要从前辈和同辈学习到一些东西。就连最大的天才，如果想单凭他所特有的内在自我去对付一切，他也决不会有多大成就。可是有许多本来很高明的人却不懂这个道理。他醉心于独创性这种空想，在昏暗中摸索，虚度了半生光阴。我认识过一些艺术家，都自夸没有依傍什么名师，一切都要归功于自己的大才。这班人真蠢！"（页二五〇）问题在于，那些自诩为天才的人，确实是单凭那点特有的内在自我去对付一切，并且觉得自己已有很大成就。而他们认为自己已有很大成就，恰恰在于他们没有多读伟大的作品，因为他们就用他们自诩的很大成就，来跟他们周围那些成就无法跟他们比的人比，而跟那些人比，他们确是有成就的，而且是很大的！一如歌德在另一处所说的："当然，一个人必须自己是个人物，才会感到一种伟大人格而且尊敬它。凡是不肯承认欧里庇得斯崇高的人，不是自己够不上认识这种崇高的可怜虫，就是无耻的冒充内行的骗子，想在庸人眼里抬高自己的身价，而实际上也居然显得比他原有的身价高些呢。"（页二二九）

歌德又说："一般说来，我们身上有什么真正的好东西呢？无非是一种要把外界资源吸收进来，为自己的高尚目的服务的能力和志愿！"（页二五〇）这句话非常重要。也就是说，如果一个人有什么天才的话，就是身上有一点能量。但自诩天才者，常常只做到发挥这点能量，压倒周围一些人，然后就觉得有成就了。尤其是在一个其文学仍处于较幼稚阶段的环境，例如当代中国文学界，凭这点能量打出一定名堂还是可以的，却不能成大器，在十年八年后，就会被另一批同等的人压下去。培养真正的大器和大气，便是要不断精进，多读伟大作品，并结合时代，所谓与时并进，把那点能量不断扩充，把外界的能量不断吸纳进来，如此良性循环。另一方面，我觉得一个作家阅读经典的重要性在于，一般人阅读经典只是作为读者，欣赏好作品，而作家阅读经典，则可以完成一个"圆"，也即作家可以通过阅读经典而把经典的精神和质素延伸到他自己的作品和他自己的时代。而传统的血脉，主要正是由这种作家承接的。

但这里存在着一个悖论，也即伟大的经典会窒息作家的创造力。歌德也曾多处提到这点："(莎士比亚)他太丰富,太雄壮了。一个创作家每年只应读一种莎士比亚的剧本,否则他的创作才能就会被莎士比亚压垮……拜伦不过分地崇敬莎士比亚而走他自己的道路,他也做得很对。有多少卓越的德国作家没有让莎士比亚和卡尔德隆压垮呢!"(页九三)关于拜伦与莎士比亚,歌德在另一处有论述:"不过单作为一个人看,莎士比亚却比拜伦高明。拜伦自己明白这一点,所以他不大谈论莎士比亚,尽管他对莎士比亚的作品能整段整段地背诵。他会宁愿把莎士比亚完全抛开,因为莎士比亚的爽朗心情对拜伦是个拦路虎,他觉得跨不过去。"歌德又说:"我如果生在英国做一个英国人,在知识初开的幼年,就有那样丰富多彩的杰作以它们全部的威力压到我身上来,我就会被压垮,不知怎么办才好。"(页十五)

如何看待作家与传统拒绝又接纳的关系?我倾向于认为,首先拒绝。本来应该担心,一个有志于创作的青年人如果埋首于传统作品,就会走不出来,变成一个纯粹的读者。不过,就当代而言,大部分青年人都是读现当代作品而漠视传统作品,甚至只读自己小圈子里的作品。沃尔科特在谈话录中曾多次抱怨美国当代诗人尤其是青年诗人无知,并把整个美国当代诗歌称为过于"地方化",只管写美国人自己的日常生活,缺乏更高和更广的志向。我倒觉得青年人开始时对传统无知是件好事,以免窒息创造力。但是,在写作了十年八年后,他的目光便应该逐渐移离现当代,投向传统,无论是外国的传统还是本国的传统。如一直无知下去,就会自以为是,变成一生的无知。传统乃是真功夫、深功夫,对传统无知,乃是一个诱饵,让你先尝到创造的甜头,先对自己高估一番,前无古人一番,然后逐渐深入,逐渐发现自己的无知——至此,那条连接传统的脉络就开始打通了,一个作家便踏上坦途了:真正的创作始于这个时候的脚下。即是说,一个青年作家,自以为是并不要紧,要紧的是在对自己的不足有所觉察的时候,便应及时反省,诚实地自我批评。艾略特对待歌德前后不同的态度,便是一个杰出的榜样。

一九九八年

青年人的经验与苦练

英国诗人斯蒂芬·斯彭德在自传里说:"青年人接受坏东西,不是因为坏的判断力,而是因为缺乏经验。他们既喜欢上好的,也喜欢上坏的,并且分不清一个作家表明他力图要做到的效果和他实际上做到的效果。"又说:"我逐渐理解两种诗人之间的区别:一种是允许他们的想象力引导他们进入一个以诗意的用语构成的欢愉的花园;另一种是把语言当成一个工具,把他们的经验的复制品劈成文字。"

缺乏经验可分为两类:经验浅与经验少,两者是不大一样的。经验浅就容易接受坏东西,哪怕看到的是好作品,也是在表层上欣赏;经验少,却可能有一定的深度,但能够使他进入一定深度的作品却不多。前者倾向于接受坏作品,但接触面可能颇广;后者倾向于接受好作品,但接触面则会比较窄。他逐渐学会享受诗意言说的花园的欢愉之时,也是他积累了一定的经验之际。

斯彭德回忆他与艾略特的交往,并说艾略特在一本小册子里提及青年人应该受到这样的忠告:"朴实、谦逊、严格和苦练。"

这里每一样都非常重要,但实行起来都非常困难,尤其是后两种。朴实和谦逊有些人可能天生就有,即使没有,后来也可以培养,而即使自己不培养,也会受到要求他培养的外部压力。例如谦逊,面对一位杰出的前辈,一个青年人是不能不谦逊的。但是严格和苦练却是完全需要后天坚持的。青年人除缺乏经验外,还急于获得承认,急于发表作品和出版诗集,而顾不上严格和苦练。更有甚者,即使他知道需要严格和苦练,也不一定能做到。一个诗人能否有所成就,完全看他能否过严格和苦练这两关,尤其是苦练。但现在的诗人越来越没有耐性了,而耐性正是苦练的关键。

弗吉尼亚·伍尔夫说,一个人在三十岁之前不应出版作品。她说,在三十岁之前写的东西,都应扔掉或搁置一旁。有一次斯彭德把一部小说交给伍尔夫的出版社,被退回了。伍尔夫与他讨论这部小说,于是斯彭德问道,是否可以重写。她大声喊道:"扔掉!扔掉,重新写出完全不同的东西。"

斯彭德提到他写了一篇文章评论艾略特的散文,批评他。发表后,自己觉得不妥。于是把文章寄给艾略特,并写了一封信解释。艾略特回信,对其中一两个观点表示不同意,但十分温和。"他最后说,我批评他的作品时,一定要写出我确确实实感到的东西,并说我们的公共关系与我们的私交无关。"当时斯彭德有些著作是由艾略特的费伯出版社出版的。艾略特的大师风范现在看来,不仅令人肃然起敬,而且令人怀念。

几乎与此同时,斯彭德一位朋友也写了一篇文章评论一位作家朋友的小说,也是觉得不妥并写信道歉,但那个作家回信说:"我一点也不能原谅你当众往我背后捅一刀,更不能原谅你私底下道歉。"这位作家的器量显然远远不及艾略特,但是青年人写文章,往往过于情绪化,尤其是评价前辈时往往有某种情结,而不是写出自己确确实实感到的东西,故同样不能原谅。并且我相信,那位青年人自己所受的打击,远远比那位作家所受的打击大。

  由此我连带想到,作家与批评家应保持距离。与批评家太密切,尤其是在中国,往往会造成过分赞赏,而这对两者都没有好处。读者很容易判断出他们的共谋,结果往往造成相反的后果——而这又正是他们应得的。很多作家喜欢缠上批评家,很多批评家也喜欢缠上作家。但读者不喜欢。读者的眼光始终是雪亮的。读者之中当然包括敏感的同行。但是,最坏的情况却是,作家与批评家之间这种共谋,甚至会被一位极其普通的读者发现——事实正是如此。

一九九八年

本土与传统
——谈"发展中的诗歌"

由香港艺术中心主办的"香港国际诗歌节"一月十日开幕,至十七日结束。有六位外国诗人访港,参加朗诵和一系列研讨会。他们是南非的布雷滕·布雷滕巴赫、德国的汉斯·马格努斯·恩岑斯贝格和约阿希姆·萨托里乌斯、墨西哥的奥梅罗·阿里迪斯、荷兰的伦科·坎珀特和捷克的米罗斯拉夫·霍卢布。加纳的科菲·阿武诺亦是被邀请的诗人,但临时因故未能出席。

七位诗人的作品,我大部分都已通过一些英译选集和若干英译个人诗集看过。这回我负责翻译他们寄来准备朗诵的大部分诗作,增加了对他们的印象。这些诗人各有优点和特色,但我从布雷滕巴赫、阿武诺和阿里迪斯的诗作中,嗅到了一股浓烈的"发展中的诗歌"的味道,故想在此略谈我的看法。

"发展中的诗歌"当然是我杜撰的,它与发展中国家或第三世界不一定有必然的联系。这个概念,是我在两三年前翻译加拿大诗人阿尔·珀迪和帕特里克·莱恩的作品时萌生出来的。我发现,他们有一个特点,就是充满活力。相对于已到达顶峰的英美诗歌,他们可以说是还在山腰上奋力前进,但恰恰是这

种"奋力",有一股难以抗拒的魅力。例如阿尔·珀迪这首《卡里布马》:

在"百里场"那些牛仔在一个灰如
石头的早晨骑马进来装腔作势地
卷着香烟一只手勒住半驯化的反叛野马
——像极了骑着有威士忌酒颜色似的
　　眼睛的危险女人——
就是那类曾经与她们的恋人一起跌死
头上着火大腿上有滑不唧溜的泡沫的女人
——也许是河狸族女人或卡里尔族女人或
　　越过这个峡谷尽头远在那两个小山脉侧面
来自太阳猛烈的平原那边的
　　黑脚族印第安女人

但是只有马
　　　　等在马厩里
拴在小旅馆
　　　　站在黎明中
在城镇外吃草身旁到处是
吉普车和福特牌车和雪佛兰牌车和
繁忙的低声嘟哝的护栏卡车它们很重要地
奔驰在人类设计的道路上
在大农场主和城里望族和商人
那些以安全闻名的道路上
　　　　在高高大草原上

只有马和骑手
　　　干草中的风
在小山下的寂静中橐橐而行
有时候掉下
　　　遗失在干草中的
　　　金桔子般的粪便

只有马
　　　没有秒表的回忆或宫廷祖先
或在尼罗河谷拖运赤裸的石头并使起
埃及人那种顽固性子的骞驴或
急急穿过近亚细亚[1]的野驴和
在非洲的高原上尖叫的最后白氏斑马
　　　这些蹄声如雷的奔腾者
　　　早已失去联系的亲戚们
马的鬼魂在风中歪歪斜斜穿行
它们的名字是风的惯用语
它们的生命是太阳的生命
　　　在寒冷的正午抵达这里
　　　在尘土散发的汽油味中
　　　在杂货店等待
　　　十五分钟

---

[1] 黑格尔把亚细亚再分为近亚细亚（波斯、叙利亚、小亚细亚等）和远亚细亚（中国、印度等）。

这些诗人的特点是生活气息浓、本土意识浓，相对于高峰时期或已进入后现代时期的欧美诗歌的抽象、零碎和专注于挖掘语言本身的可能性而言，他们更着重于在诗中夹杂个人经验、当地风物、神话、传奇，同时并不缺乏语言的敏锐性。另一方面，这些诗人本身都是根植本土而又远离本土、接受欧美思潮和文学传统洗礼的，他们在诗中便有意识或无意识地表现了城与乡、古老与现代、本土与外力之间的碰撞、矛盾和冲突，使得他们的诗行在充满活力的同时包含着诗意的紧张。他们的诗作都写得比较长，句子也比较长，并且在排列上长短穿插，上一行与下一行之间的断句或续句也往往不规则。

一种宽广的现实感始终弥漫于他们的作品。这种现实感并非来自于简单的现实主义或对现实的表现，而是来自于与现实的摩擦——思想与现实的摩擦、词语与现实的摩擦。一旦擦出火花、擦出热度，往往变成极迷人的句子，有时候也会变得很超现实。另一个特点是一种雄厚的、浑然一体的感觉，这在布雷滕巴赫的诗中尤其明显。他有点像聂鲁达，在雄浑之余，佳句迭出，例如这首《梦也是伤口》：

> 所以每个梦都偷偷地刻它的小字母
> 黎明时分我们在玻璃中寻找墨水的痂皮
> 将它们贮藏在安全的档案里
>
> 但是伤口永不会愈合
>
> 最黑暗的血继续在白纸上
> 盛开革命的果园

或在花园里盛开爱的泡沫

那永不会愈合的花园

即使耳聋也可以做梦
就像疯子可以自由地低声念他们的字母
盲人也可以观望风

痛苦使我们都淤肿成更亲密的阴影
我青春花园里的鸟儿
是多么绿，太阳是多么成熟和斑斓
而雪永不会愈合

大地是一个拥有丰盛人民的统治者
人民是拥有丰盛树林的国王
恐惧或憎恨的树林，或渴望的树林

而它们永不会愈合梦

因为这是我们唯一无垠的乐园
我们富饶如一个渔民
挑选和计算他的终极的蛋卵

把鱼放回大海
为了像蛋卵那样讲话
为了像多年流血的波浪那样歌唱

以那永不会愈合的血

士兵有豌豆似的眼睛
农民有泥土的双手
而他们全都梦见消息和世界

充满永不会愈合的花朵
现在就连鹦鹉也入诗,一只黄鹦鹉
从诗篇抱怨到诗行
用它舌头那黑色的帆布恸哭

使它的歌声永不会愈合

因此我的夜晚永不会懂得愈合或阅读
因为你已经来了要放掉我最后几滴血
你是否也将仅仅成为我皮肉上的一块疤痕?

没有血我们就不可能流血
而我们的梦是夜晚的血
就像我们是血并在血中做梦

所以我依然是一个床上元帅
夜复一夜遣散我的军队
把墨滴从我心中挤掉

为了你，虚构的，你永不会愈合

　　我们的身体无非是躯壳
　　注定要萎缩成拐杖
　　当最后不做梦了，我们便去睡觉
　　只有到那时流水才会变成醋
　　寂静才会把它的彩虹伸入天空
　　然后我们的梦就会相逢

　　但愿这些字母不会愈合
　　肯定地，这些伤口永不会愈合

　　他们这种发展中的或者说崛起中的强有力的风格，事实上是一种对本土与外来传统之间关系的适度把握。刚才提到的那两位加拿大诗人的诗歌传统是英美的；阿武诺也是以英语写诗；布雷滕巴赫主要以南非荷兰语写诗，但也写英语诗，其传统营养主要也是英语诗；阿里迪斯的诗歌传统则是产生很多杰出现代主义诗人的西班牙语。他们都是一方面接受非本土的诗歌传统的培植，另一方面吸纳本土口述传统，结合从非本土诗歌传统继承来的技巧，写本土题材。他们取得的突破和成绩，无论是对于受大陆大传统、台湾小传统压力的香港诗人，还是对于接受外来影响的大陆诗人和台湾诗人来说，都不是没有启发意义的。

一九九七年

"死亡没有形容词"
——纪念捷克诗人霍卢布

　　米罗斯拉夫·霍卢布（一九二三至一九九八）是当代东欧最重要的诗人之一，对当代一些著名英语诗人例如英国桂冠诗人特德·休斯和爱尔兰诗人谢默斯·希尼产生了颇深的影响。

　　东欧诗歌较集中地进入英美诗人的视野，始于六十年代。当时阿尔·阿尔瓦雷兹出任企鹅出版社的编辑顾问，推出英译本"欧洲现代诗人"丛书，第一辑即是霍卢布、波兰诗人赫贝特和南斯拉夫诗人波帕。阿尔瓦雷兹后来在其编辑的费伯版《欧洲现代诗选》的前言里曾提到，"欧洲现代诗人"丛书出版后并不太受注意。但是，对于像我这种出生于六十年代的后辈诗人来说，这套丛书却如雷贯耳。因为我知道香港的前辈诗人中，有不少人读过这套丛书，七十年代香港《罗盘》诗双月刊曾连续两期推出东欧诗歌专辑。八十年代末期，我在香港旺角一家旧书店的英文流行小说中掏出这套丛书的其中数本，每本十元，真是喜出望外，几乎惊叫起来。

　　我曾在一九九七年香港国际诗歌节上，遇到霍卢布先生，印象深刻，也算是一种缘份。我把一本刊有他的诗作的《罗盘》

送给他，跟他说这可能是他的作品最早的中译，他很高兴。我当然免不了要拿他的诗集的英译本请他签名，同时也高兴于有机会翻译他的诗。我跟他说，我打算把译诗交给北京的《世界文学》发表，请他授权并放弃版权费。他说没问题，但发表后得寄一本样书给他。遗憾的是，诗作早就在《世界文学》发表了，样书也已寄到我这里多时，可我这个懒人老是拖延，还未寄出，就传来他逝世的消息，他是在一九九八年七月十四日逝世的。这个遗憾真是无可挽回，也无可弥补，但我真的没想到他会这么快就辞世，他还很灵敏的，又那么注意健康，应该再活十几二十年才对！

在诗歌节期间，霍卢布先生的衣着一直保持无可挑剔的整齐，又非常有风度。他既活跃，又沉默：一方面，他几乎出席所有活动，并且是极认真地参与，包括提问题，发表意见；另一方面，他永远选择一个不惹眼的位置坐下，只有当他发表意见，从后排座位传出带捷克口音的英语时，大家才发觉他的存在。他不大合群，喜欢独处，但当你跟他搭话，他会立即精神一振，有问必答。他似乎很会养生：如果你坐在比他更后的座位上，会发现他偶尔打一会儿盹，然后又警觉地醒来，神采奕奕。作为免疫专家，他似乎有洁癖。有一晚大家到新界一个"大排档"吃饭，让客人体味街头风味，可是霍卢布一见到周围脏乱的环境，大概是免疫机制发出警报，连忙表示身体不适，要先回去！有一个下午在艺穗会，朋友拿来照相机拍照，我请霍卢布与我合照，他很乐意。可是当他发现我们后面墙上挂着一幅挺恐怖的艺术品时，立即表示应换一个背景。"这画太丑！"他说。

霍卢布的父亲是律师，母亲是教师。第二次世界大战后，霍卢布就读布拉格查尔斯大学医学院，一九五三年在捷克科学院微生物研究所取得医学博士学位。他后来研发了一种无毛老鼠（裸鼠），用于研究各种疾病。他撰写了一百多篇科学论文和一本专著《裸鼠免疫学》。他逝世前任布拉格临床实验医学研究所的首席研究员，乃是该领域的权威人物。但他在国内外，却主要以诗歌著称，也正是写诗为他惹来不少麻烦——在"布拉格之春"发生后不久，他即成为捷克"不存在的人"，他的作品不但被禁止发表，就连提及也不行。从一九七〇年至一九八〇年，他在捷克未发表过任何诗作，变成译作先在外国发表（被译成三十几种文字），原作却长期无法在祖国问世的怪事。他的诗作在国内只能"写给抽屉看"。

但是，科学研究却成为他建立个人风格不可或缺的基础。英国作家C. P. 斯诺在《两种文化》一书中认为，科学家与表现想象力的作家之间，已出现无可填补的鸿沟，彼此已没有对话的语言。不过，仍有一些作家致力于"第三种文化"，不仅要沟通两者，而且要做到合而为一，浑然一体。霍卢布就是这种诗人，但他的杰出之处又恰恰在于剔除传统"诗意"的因素，像培养赤裸裸的老鼠那样，培植一种赤裸裸的诗歌，用的是简白的语言、坚固的事实。希尼称，霍卢布的诗具有一种"讲出真相的迫切性"。

霍卢布用科学和理性来培养对意识形态的免疫力。任何夸饰、任何神秘或虚假的东西，也都是他所反对的。就连现代主义、后现代主义之类的标语，也是他不屑的。对于诗歌中的抒情性，他也投以怀疑的目光。因为打从他开始写作，他周围的一切诗歌，都是一片乐观主义，或歌颂斯大林，模仿文学上的苏联模式。他多年前接受《经济学人》访问时曾说，在这种环境下，"任何抒情状态在心理上都是不可能的。当你生活在一个禁止你说任何你想说的话的时代,当你必须隐藏起一部分自己,那你最好就完全不要谈自己。最好不要表达你内心的感情,因为坦白说,你无法畅谈你的感情。条件是如此可怖,唯一可能的事情就是白话直说。不评论。抒情即是评论"。事实、直白即是反对谎言的最有力武器,也是支持一种崭新的诗歌的最有力的方式。他又说:"当与死亡——递增的死亡——面对面,任何类型的抒情都是多余的,甚至是不恰当的。死亡就是死亡。死亡没有形容词。我总觉得自己不喜欢形容词。我喜欢动词和名词,而不是形容词。"他有一首诗,叫作《苍蝇》,通过一只苍蝇的活动来描写战争场面:

> 她坐在一根柳树干上
> 观看
> 克雷西山局部战况
> 喊叫声,
> 喘气声,
> 呻吟声,
> 践踏和跌倒。

> 在法国骑兵团发动
> 第十四次进攻期间
> 她与
> 那只来自瓦丁库尔的
> 褐眼雄蝇交配。

> 她夹起双腿摩擦

当她坐在一匹开膛剖肚的马上
沉思
苍蝇的不朽。

她宽慰地飞临
克莱沃公爵
那条蓝色舌头上。

当一切归于平静
只剩下腐烂的低语声
柔软地盘旋在尸体上,

只剩下
几条手臂和腿
仍在树林下抽搐,

她便开始把卵
下在皇家军械士
约翰·乌尔
仅有的一只眼睛上。

她就这样
被一只逃出埃斯特雷
火灾的
褐雨燕吃掉了。

真是怵目惊心。霍卢布这种单刀直入，既是一种科学态度，也是一种诗学态度，科学与诗学在这里取得完美的统一，同时又可以用来抵抗政治上的专制主义和假大空。他曾说："我只有一个目标，却有两种达到目标的途径，而我两者都用上了。"

一九九八年

玛丽安·摩尔

一座坟墓

人凝视大海,
以那些跟你一样对大海拥有同等权利的人的角度,
站在某样东西的中间乃是人之常情,
但你不能站在这东西的中间;
大海没有什么可给予的,除了一座挖好的坟墓。
一株株冷杉列队而立,顶端都有一只翡翠绿的火鸡脚,
矜持如它们的轮廓,默不作声;
然而,压制并非大海最明显的特征;
大海是一个收藏家,即刻还你一个贪婪的眼色。
你之外还有其他人也有那样的眼色——
他们的表情不再是一种抗议;鱼不再调查他们
因为他们的骨头没有留存:
人抛下渔网,没有意识到他们正在亵渎一座坟墓,
然后迅速划着船离去——桨叶

一齐搅动,像水纺蛛的脚,仿佛没有死亡这回事。
皱纹排成密集的队列前进——在泡沫的网络下美丽极
  了,
并上气不接下气地消散,而大海窸窣作响,出入海藻间;
鸟儿在空气中高速畅游,此前一直都在发出尖叫声——
它们之下,游动着的龟壳在悬崖脚边鞭挞;
而海洋在灯塔的脉动和打钟浮标的噪音下
如常推进,仿佛它不是那个掉下的事物都必然要沉没
  进去的海洋——
在那里如果它们翻转和扭曲,也不是因为自愿或自觉。

如果说诗歌的定义是一块圆饼,那么,当玛丽安·摩尔两位朋友在一九二一年没跟她打招呼就为她出了一本诗集时,这块圆饼便多了一块突出物,那就是摩尔的诗。她没有想过要当诗人,而她的诗之所以被称为诗,是因为"无法把它归入其他类别"。或如兰德尔·贾雷尔所言,"她扩大了诗歌的疆域"。

她的诗不好欣赏也就不足为奇了。连 W. H. 奥登一开始也无法适应,因为他"听"不出她的诗。奥登是一位形式主义者,也是一位现代主义者,但他的诗的现代性是在既有的诗歌机制也即那块圆饼内的创新,并且他不写自由诗。摩尔的诗不只是自由诗,而且是音节诗,她不理会韵脚,而只计算音节。有时一行(节)诗仅有一个音节,有时可多达二十个,其捉摸不定连老练如奥登者亦把握不住。

这只是她的难懂之一。难懂之二是她的跳跃,这点再次把奥登难住了,并且觉得,相对来说,兰波的诗就有点形同儿戏了。这种跳跃再次与她对音节的考究有关。她也许有她的思路,但

她之所以上路完全是因为路上曲折的音节。为了获得音节上的满足，她会频频引用从各种报刊书籍摘录来的妙句，诗歌史上恐怕再没有第二人像她在诗中使用了那么多的引号；她还会经常"跨字"——把一个字切割下来，一半留在上一行或上一节，一半跨到下一行或下一节；此外，为了抓住突然间冒出的音节或使音节复杂起来，她会牺牲所有的逻辑性，于是出现跳跃感、陌生感、疏离感。

"贴切"是摩尔谈话和写评论常用的词，她的诗正是贴切的贴切体现。伊丽莎白·毕肖普回忆说，有一次她说出一个句子，摩尔竟"爱不释手"，最后把它放到她的一首诗里，这其实也是她引用书刊妙句的延伸。她的诗往往是因为看到或心中冒出一个贴切句子而激发的。因为要处处贴切，她的诗便成了精妙的同义词。因为精妙，故对自己苛刻。"一个作家如不能对自己苛刻，那就是对自己不公平。"因为苛刻，便不能容忍老套，便尊重别人的精妙，引而用之，以致"我几乎像个剽窃者"。

摩尔的语调之低，也是她难懂或者说难以捉摸的原因。所有的精妙都被这种近乎冷峻的低调轻轻冲淡，稍微走神，就会被忽略。这种低调其实是一种克制、一种均衡。接近低调需要耐性，但诗人通常是高调或高姿态的，或温和的，像摩尔如此冷淡，恐怕找不到第二人。又因为她的措辞、意象、节奏都极其丰富多变和复杂，在低调的处理下，均变成了隐秘之物。但是只要随便抽出一段，专心阅读，其精妙便跃然纸上。这就是为什么读者往往是在看了一些著名诗人如艾略特、奥登、贾雷尔的大力推荐尤其是看了他们评论中的引诗之后才去接触摩尔的诗。但恐怕大部分读者又会在打开她的诗集时畏缩不前，而宁愿再去阅读那些引诗，尤其是宁愿相信这些著名诗人在引用她的诗时那种无可置疑的口吻。又或者多次阅读那些引诗之后，才渐渐习惯她的低调并咀嚼出那精妙的味道来，然后喜欢上她，而一喜欢上她，书架上很多了不起的诗人，甚至包括那些推荐人，便会黯然失色。

这种低调和冷淡又与她大量使用名词有关。布罗茨基在谈到写诗经验时曾提到俄国诗人叶夫根尼·莱因教他在句子里多塞名词。因为名词是实在的、坚硬的、持久的，不会因为时过境迁而丧失其特质。摩尔的名词不大一样，她以描写动物和植物著称，诗中动植物名称之多又是找不到第二人的。作为名词，动植物更富于运动感、立体感，更多变，也更有伸缩力。同样是名词，"石头"或"河流"的意义都是相对单一的，而像"穿山甲"这样的名词就不一样了，它使人想起它的鳞甲，它的龟缩，连带它挖洞时给青山留下的一大堆新土以及它遇到危险时一卷而滚下山坡的形象。

也许是因为她写这些"实物"和她用词的精确，使人产生错觉，以为她的诗是写实主义的。正是这种错觉，使人一下子难以适应她诗歌背后的复杂性。这种现实，诚如史蒂文斯所说的，其实是一种抽象。简言之，摩尔的难懂正是源于她诗歌的抽象本质与表面现实之间的巨大落差，读者置身其中犹如堕入深渊，或如奥登所言"摸不着头脑"。一旦在两者之间找到平衡点，读者便会读出"兴味"——这是摩尔小姐爱用的另一个词。

英雄

哪里有个人喜好我们就去。
　那里地面是酸的；那里有

豆茎高的芦苇，
　　蛇的皮下注射牙，或
　　风从那棵嵌着猫头鹰的半宝石猫眼的
　　被忽视的紫杉吹来"受惊婴儿的声音"——
醒着，入睡，"竖起的耳朵延伸至精微处，"诸如
此类——爱情不生长。

我们不喜欢某些事物，而英雄
　　却不；偏离墓碑
　　和不确定性；
　　到人们不愿意去的
　　地方去；受苦而不
　　诉苦；在有东西躲藏着的地方
　　站住聆听。英雄退缩
如同苍蝇扇着低声的翅膀飞出，睁着一对黄色
眼睛——绕来绕去——

带着水鸣的颤抖音调，低，
　　高，以假男低音的啁啾声，
　　直到皮肤起疙瘩。
　　雅各临终时问
　　约瑟：这些人是谁？并祝福
　　两个儿子，小的最多，惹恼约瑟。而
　　约瑟又惹恼某些人。
辛辛纳图斯即是；雷古卢斯；还有我们
某些同胞也是，尽管

必要的角度

很虔诚,像朝圣者必须慢慢走

　　去找他的经文;疲累但怀着希望——

　　希望不是希望

　　直到所有希望的理由

　　都消失了;而且仁慈,看到

　　一个同类的犯错时怀着

　　一个母亲的感情——一个

女人或一只猫。洞窟边那个穿着男长礼服的

端庄得体的黑人

回答那个问跟她一起的男人这是什么、

　　那是什么、玛莎葬在哪里的

　　观光的无畏女流民,

　　"华盛顿将军,这里,

　　他的夫人,这里",说话的样子

　　好像是在戏剧中——不看她;带着一种

　　人类尊严感

和对神秘性的敬重,站立的姿态就像

一株柳树的阴影。

摩西不愿成为法老的孙儿。

　　我所吃的并不是

　　我天生的肉,

　　英雄说。他不是出来

　　观光而是要看

水晶那样的东西——充溢着灵光的
令人震惊的埃尔·格列柯——它
不贪求它放弃的任何东西。你也可以把这
理解成英雄。

一九九五年

洛威尔和他的当代性

海伦·文德勒的评论集《一部分自然,一部分我们》收录了她二十世纪七十年代写的评论,论及二三十位当代美国诗人。她独钟史蒂文斯和罗伯特·洛威尔,所以评论这两位的篇幅特别多。文德勒无疑是一流的诗评家,不过,虽然她已经非常难得,但我还是觉得,读诗论,还是艾略特、布罗茨基、希尼的东西最酣畅,洛威尔的同代人贾雷尔的诗论也还不错。一句话,还是"诗人批评家"的东西耐读。诗人批评家往往能说到"诗人读者"的心坎里去,这里那里不经意露一两招,让人看看他的功力,而这种功力,一般读者很容易忽略过去,只有"诗人读者"才会心领神会。非诗人批评家,即使是最好的,例如文德勒的论述,也常常是解释作者的东西,且引用很多诗歌片段。而诗人批评家的批评,都是要给诗歌带来发展或改变的,往往能把他们的锐利触觉,磨到诗歌现状的锋刃上。诗人批评家的批评,较少引用诗歌片段,而是滔滔不绝论述下去。年轻人写诗,恰似非诗人批评家式的描述,表达的技巧不够繁复、幅度不够宽广,且不大懂得使用比较客观化的论述,倾向于套用别人的感受力。

成熟诗人则可以做到既细致又客观。

话说回来，多引用些诗人的句子或观点，确实能吸引人。例如洛威尔的一些妙句："由前中年到后中年的过程，比一根火柴在水中叹息还短促。""没有妻子的男人，犹如没有外壳的乌龟。"文德勒复述洛威尔的一个观点，与我曾经表达过的一个观点不谋而合："洛威尔告诉我们，每一代人都过着相同的生活，他们那个时代的生活。现在的人，并不比过去或未来的人更聪明或更愚蠢。"

文德勒回忆说，有一次她与洛威尔在哈佛校园散步。洛威尔语带幽默和嘲讽地说，某某人最近写他，说他 violent（暴烈）。文德勒说，还有某某人写他，说他 comic（滑稽）。洛威尔不满地说："为什么他们总是说不出我最想他们说的？"文德勒问："那是什么？"洛威尔说："我是令人心碎的。"这句话太对了！其实，洛威尔早就向批评家们暗示过这句话了。他在评论好友贾雷尔时，曾说："我认为，他成了他那一代人之中最令人心碎的英语诗人。"

我记得我读他的诗，以及后来读他的《散文集》，看到这句话，就觉得最适合用来形容他本人。有些诗人评论另一些诗人，真是一句讲尽。例如阿赫玛托娃说茨维塔耶娃是"从高音 C 开始"；茨维塔耶娃形容阿赫玛托娃是"哀泣的缪斯"；阿赫玛托娃形容布罗茨基有一个"孤立的声音"。全是切得最准的评语。奈何，洛威尔眼光如炬，看别人都看得很准，却没人说出他心中那句话。

当代最优秀的一些诗界人物，青年时代都受过晚年洛威尔的恩泽。沃尔科特在洛威尔去加勒比海时招待过他，洛威尔则待他如儿子。他给沃尔科特一个意见,沃尔科特接受并终身受用。

洛威尔对他说，不要在每一行诗前都用大写字母。别看这是小枝节，其实包含大奥秘。布罗茨基除了赶上认识晚年的奥登之外，还认识晚年的洛威尔，并在洛威尔那里读到沃尔科特的《另一种生命》，而他们两人则相识于洛威尔的葬礼上。沃尔科特首次来纽约时，洛威尔为他安排朗诵，并且发表了一番极其赞赏的话。沃尔科特也赶上认识奥登，不过却是在一次聚会期间在电梯口碰到的，他对奥登表示感谢，奥登对他的感谢表示感谢。布罗茨基青年时代也赶上认识阿赫玛托娃。我直到最近在某一篇文章里才获知，原来希尼二十世纪七十年代初到美国时，也曾"登堂入室"，与洛威尔有过深入交谈。现在更惊奇于文德勒也与洛威尔有过看来颇亲近的交往。沃尔科特与希尼交往，则始于一位著名诗人写文章批评希尼，十分刻薄，沃尔科特觉得不公平，于是写信安慰希尼。后来沃尔科特出版他最重要的诗集《星苹果王国》，希尼写了一篇极出色的评论。我两天前刚把这篇文章重看了一遍，又是好像第一次看一样。可见好文章确实经得起一看再看，也应该一看再看。

　　沃尔科特说，洛威尔为人极好。这也可从洛威尔的散文中看出。洛威尔是那种性情中人。他的评论虽然有很多真知灼见，其实写得并不是很出色。这是他的性情使然。性情中人，适合写诗，却不适合写评论。文德勒其实也是那种真情流露的评论家，这种人，写评论如要达到她现在这种高水平，所下的功夫要特别深，学养要特别丰饶和多样，才可克服这种性情带来的弱点。这种弱点就是不能极其有节制地、冷静地、权威地、有说服力地铺展和论述。但这种性情中人写诗却变化多端，不得了，洛威尔就是如此。他生活动荡，感情丰富，学识渊博，历练也极深极多极广，技巧之锻造更是犀利如锋刃。真可以点石成金。

艾略特的技巧严谨，奥登的技巧"融化"，洛威尔的技巧精湛而尖锐。就感觉力而言，艾略特是典型的现代，奥登是向传统倾斜的现代，洛威尔是向现代倾斜的当代。读艾略特，你会感到他属于某个特定的不是太远的过去时期；读奥登，你会觉得他属于任何时期，且适合你自己的任何时期；读洛威尔，你会觉得他就在你身边，包含你所有的生活，无论是精神的、肉体的、日常的，还是历史的、社会的，并且你读着读着，会发现你身边的一切，都可以提炼出尖锐的诗。

《日复一日》是洛威尔生前最后一本诗集，这之后还有一些零散作品，至今一直未结集，我只看过其中一首《夏潮》，是他死前不久发表的。香港七十年代一本很好的诗刊《罗盘》在洛威尔逝世时立即原文转载，后来汉密尔顿在其《洛威尔传》中，也全文引用这首诗：

> 今夜
> 我望着涨起的月亮游动
> 在云层的三条玛瑙静脉下，
> 把假银盘的酥皮投射
> 给海岸饥渴的花岗岩边缘。
> 昨天，太阳的丛集火花；
> 今夜，月亮没有卫星。
> 这整个挥霍无度的、屋内的夏天，
> 我们那拥塞游艇的港湾
> 未被尝试地躺着——
> 在我看来逼真如你的画像。
> 我奇怪谁竟会让你摆出如此精巧的姿势

在他那意大利小帆船的船头，
犹如一个没有双腿供其飞翔的女艏饰像。
时间借出它的双翅。去年
我们的醉后争吵没有任何解释，
除了一切，除了一切。
那棵橡树是否挑衅了闪电
当我们听见它的大树枝连叶子掉下？……
我的木制沙滩梯被一阵霹雳击得直摇晃，
并重复它那嘎吱嘎吱的单一节奏——
我无法走进下面的海水里。
经过如此多有逻辑的审问，
我无法做任何重要的事情。
东风带来数十里的扰乱——
我想到自己的儿子和女儿，
还有在怪岩架上的
三名继女，
波浪可怕的钟钟响冲刷着岩架……
逐渐侵蚀我所站立的护堤。
她们父亲的非母性接触
颤抖在松动的扶手上。

我一直感到奇怪的是，洛威尔的诗全集至今也一直没有出版，尽管他大部分诗集我都有了。

自《生活研究》开始，洛威尔诗风大变，其中一个显著特点就是一种崭新的当代性。《日复一日》也延续这个特点，对生活之贴近，简直无以复加，以至成了预言——整本诗集笼罩着死亡气息，成为所谓的谶语，例如《最后散步？》《自杀》《我们的来生》《葬礼》，还有哀悼朋友，等等。《我们的来生》中写道："这一年杀死了／庞德、威尔逊、奥登……"《给贝里曼》一诗中他写道："我总是想活下去／以免你写哀歌。"贝里曼真的先走一步，把哀歌留给洛威尔来写。更令人吃惊的是，诗集分三部分，每部分最后一首诗的标题分别是《告别》《结束》和《尾声》！

整本诗集充满浓厚的自传色彩，他自己曾有"用诗写自传"的说法。他的诗始终有一份忧伤的情感和忧患的意识，这是十分非美国化的，可能与他继承的欧洲传统有关，尤其是蒙塔莱和帕斯捷尔纳克的影响。他用他那本极具创造性的翻译作品《模仿集》给美国诗歌注入欧洲感受力，也因此，某些本土化意识十分强烈的诗人和读者十分不喜欢他。去年我在国际诗歌节上碰到帕斯的译者艾略特·温伯格，此君似乎只专本土化意识一味（也即威廉斯宣扬的"根植于美国"的风格），提起洛威尔，他真是咬牙切齿：I hate him！（我憎恨他！）[1]

洛威尔的当代性是如何达到的，我依然没有把握。也许跟他的尖锐有关。他的尖锐在于，当你阅读的时候，每一行诗都会引起你足够的警觉或警惕，不是他有什么强大的想法或理念引起你的注意，而是他处理文字的技巧已使他的文字有了某种知觉。例如 "when he next wakes up, / the sun is white as it

---

[1] 整理这篇文章时，觉得似乎需要澄清一下。这里说的本土化意识，应该是指温伯格对美国诗人的要求。温伯格本人对所有外国诗都感兴趣，包括中国诗（他后来编了一本中国诗选）。我就曾与他谈过很多欧洲诗人，包括意大利的赞佐托。

mostly is"(当他又再醒来,/太阳白得像它最常见的)。这里的"as it mostly is"便是处理得令人警觉(但一翻译,味道全没了)。希尼在《洛威尔的权威》一文中说:"他想要的结果并非展示,而是揭示。"[1]

有些初学者,凭其直觉,往往也能达到一种貌似的当代性。之所以仅仅是貌似,是因为处理文字的技巧仍不足以唤醒那种知觉。即是说,初学者与大师也是起点与终点的区别:后者完成一个圆。希尼在同一篇论述洛威尔的文章中引用波兰女诗人斯维尔的一段话,她说作家有两个任务:"首先,是创造自己的风格;其次,是摧毁自己的风格。后者更困难,也更耗费时间。"当一个诗人摧毁自己的风格,他已是在揭示而不是展示。洛威尔在《生活研究》之前是建立自己的风格,从《生活研究》开始,他摧毁了自己的风格。摧毁意味着重建。重建即重组一切。

洛威尔的当代性也与他处理日常经验和个人生活有密切关系。他曾说过:"为什么不把发生的事情说出来?"对此,文德勒有精辟的论述:"'为什么不把发生的事情说出来?'这是一个颠覆性的问题,因为这是创作班二年级学生的问题。二年级学生当然不能把发生的事情说出来,即使他以为自己正在这样做——他弄出来的总是一大堆老生常谈。但是洛威尔可以做到,因为对他来说英语中的每一个词现在都具有明显的音乐价值,他可以用一种明察秋毫的准确性'把发生的事情说出来'。"

这里说的,其实也是洛威尔完成了一个圆。他已经抵达随

---

[1] 这句话见于希尼评论集《舌头的管辖》。当我整理这篇文章,核查这句译文时,发现这句话在后来的《希尼三十年文选》中不见了,句子所属的那段文字亦做了改动。

洛威尔和他的当代性

手拈来皆成诗的境界。他用最精湛的技巧写具有浓厚自传味道的最"身边化"的事情，也许这就是他的当代性的成因之一。

"每一个词现在都具有明显的音乐价值"，这句话在我看来特别重要，因为我觉得这正是洛威尔的迷人之处，尽管这点可能与他的当代性无关。刚才提到建立与摧毁个人风格，摧毁即意味着重建和重组一切，其实也就是重新认识和重新使用他所认识和使用过的词语、经验，并使它们具有明显的音乐价值。正是明显的音乐价值织成一张神经网，使文字有了知觉。

突然想起拉金。拉金也技巧精湛，也写日常经验。但是，他虽然晚洛威尔一代，却没有洛威尔那种当代感，甚至可以说，他在这方面给人"落后"洛威尔整整一代的感觉。拉金的日常经验是总结性的，是观念化的，尽管他笔下的人事也是具体的，或者说，他是把他的观念具体化。而洛威尔处理的是此时此刻，并且与自我融为一体。洛威尔不把自己当成一个他者来处理，却可以保持一种更高更远的距离，一种奇异的冷静：在自白的同时保持冷静。拉金把生活、把世界当成观察乃至谴责的对象，自己是旁观者或评判者；洛威尔把自己的生活和世界当成生活和世界（甚至可以说，不存在"把……当成"，而是"就是"），似乎不存在一个观察者。

我并不认为具备这种崭新的当代性，就比不具备这种当代性好。例如拉金的荒凉现代感——更确切地说，后工业社会感——也许比当代感更具毁灭性。与洛威尔相比，绝大多数重要诗人都是缺乏这种当代性的，尤其是这种"崭新"的当代性。洛威尔的个案是非常罕见的。

一九九八年

作家口中开出的花朵

我向来倾心于一种更切入本质的阅读。无论批评家多么能说会道，直接接触作品，才是切入本质的阅读。因为作品是真正的存在，不依附别的东西，你在其中放任你的想象力，一如作家写作时放任他的想象力。所以我更倾心于阅读作家自己写的创作谈或评论，而不是批评家的，尤其是学院式批评家的。

阅读作家的访谈，是绝对的享受和启发。漫无边际、上下古今、东拉西扯、答非所问。这种形式有时比作品本身更富于即兴性，所谓出口成章，很多真知灼见脱口而出，令说话者自己瞠目结舌。也许很多作家都有这种经验：碰到谈话的对手，通宵达旦，精彩万分，谈话结束后却十分空虚，也十分遗憾——要是用录音机把谈话录下来，岂不是一部天才之作！但是谈话转瞬即逝，那些精辟的见解旋即化为乌有。本雅明认为，不是我们用语言思考，而是我们在语言中思考。海德格尔则说，语言是人口中开出的花朵。语言有其自在性，语言自己说话，或者说，语言借人的口说话。这是就语言的本质而言。但是我们大部分人都是在使用或利用语言，我们讲而不说。诚如海德格尔所言:"说与讲不是一回事。一个人可以喋喋不休地讲,却始终什么也没有说。另一个人可以保持沉默,但正因为一言不发,他说了很多。"所谓沉默是金。真正的说,能够拓深说者和听者的心理空间和思维空间,而不是停留在与事实对应的表层讲话上。作家的谈话似乎介于两者之间,一方面,他为了回答提问者可能提出的平庸问题而讲了一大堆废话,另一方面他不受提问的约束,甚至不受他自己的约束(写作时却会受自己的约束),让语言自己说话,让他自己下意识的语言之潜流,溢出他的口腔。鉴于访谈形式的片段性质,我们阅读时,就完全可以绕过那些很基本的白痴问题,而选择我们自己感兴趣的话题来读。即使是白痴问题,有些作家也可以谈得妙趣横生。总之,读者完全可以做一只蜜蜂,看到作家口中开出花朵,就去采。

精彩的访谈往往需要天时地利人和,不同时间、不同环境和不同的提问者,可以做出完全不同甚至相反的访谈。如果我们喜爱的作家都能出一本访谈录,让我们好好地体验他们在不同环境下的感受,采他们口中开出的花朵之蜜,那就再好不过了。

当我见到密西西比大学出版社出版的一套作家访谈丛书,真是大喜过望。不仅因为看到这种自己喜欢的"讲话文章"的结集,还因为不少作家都是我十分喜爱的,但平时不容易搜集他们的资料,更不敢奢望得到他们的访谈结集。尤其是美国女诗人伊丽莎白·毕肖普、女批评家苏珊·桑塔格、加勒比海诗人沃尔科特和小说家奈保尔,都是我心仪的作家。此外尚有阿娜伊斯·宁和诺曼·梅勒等。该丛书编辑得颇为全面,书前是编者撰写的一篇很有系统的导言,书后附有谈话中涉及的话题或作家的名字之索引。内容方面,既有对话式的访谈,也有报道式的和记录与作家交往的回忆式文章。读者既可倾听作家的谈话，也可通过报道者或回忆者的眼睛观察作家谈话以外的一些生活细节，例如毕肖普的一位学生在她搬家时用三天时间帮助她整理书籍，使人有机会一窥她的阅读兴趣：除了预期中的各种文学书籍外，是各式各样的词典、旅游及风景书籍、动植物书籍。"讲话文章"文字都流畅简明，读起来速度极快，专心看数小时，就可以看完一本，令人体验到一种无比的畅快感。

有些作家同时也是评论家或散文家，故我们如想了解他们对社会、艺术、人生等方面的看法，通常都可以从他们的评论集或随笔里获得，例如桑塔格和奈保尔。但是像毕肖普和沃尔科特这样几乎不写或很少写评论或随笔的诗人，谈话录便成为了解他们的看法的最佳途径了（毕肖普有一本散文集，但也是很"纯"的散文）。

在其好友、大诗人罗伯特·洛威尔逝世后，毕肖普实际上成为美国首屈一指的诗人。她并不是能言善辩的诗人，在哈佛大学开现代诗课程时，通常只有三五位同学来听讲，因为她的课程与当时盛行的新批评完全背道而驰。她无法，也厌恶剖析诗作，还要求同学背诵诗。她可以背诵数十首华莱士·史蒂文斯的诗作，但有时却不知道它们的标题。有一次她又脱口背出一节史蒂文斯的诗，累得同学们查了半天，才查出诗的出处。她说，史蒂文斯最伟大的主题不是他自己称为"最高虚构"的诗歌，而是他生活的地方佛罗里达——"最高风景"。这一见解对任何喜爱史蒂文斯的读者来说，无疑是最高启迪。她曾长期生活在巴西，她说自己并没有"无家"的感觉，也没有"有家"的感觉，诗人"把家带在身边"。她说，诗歌不是用来"解释"的，而是用来"体验"的，诗歌自己发言。她多次提到不喜欢诗歌评论，而推崇阅读的潜移默化。关于诗歌最重要的元素，她认为是"惊喜":一首诗的题材和语言都应令人惊喜,要让读者在看到新鲜而陌生的事物时有一种惊喜。这与爱尔兰诗人希尼关于一首诗必须有"小小的惊喜"的观点不谋而合。毕肖普有时坦率起来,也真令人"惊喜",尤其是在评论某些作家的时候。她一位朋友打算把她写给他的信捐献给图书馆,并说会给阅览书信者一定的限制。毕肖普说,信没有什么秘密,何须限制。那位朋友说,譬如有封信谈到某某某令你毛骨悚然。毕肖普说:"我仍坚持这个看法。"她又问:"还有别的令你觉得不妥的吗?"那位朋友说,你谈到某某某时说他是个白痴。毕肖普说:"但他确实是个白痴呀!"

毕肖普是个封闭型的诗人,不喜欢接受访问,接受访问时亦不大合作,故访谈中有不少废话,尤其是重复。这与充满活力的沃尔科特刚好相反。他是我很喜欢的诗人,十分多产,且风格多变,这与他的老朋友布罗茨基十分相似。但是他不像布罗茨基那样写大量且精彩的评论,我看过他一两篇文章,很难跟布罗茨基或希尼相比。但是天呀,他的访谈却光芒四射!如此健谈,谈得如此地道,涉及面又如此之广。他来自加勒比海的圣卢西亚,又长居另一个岛国特立尼达,然后打入英国、美国最高学府,最后获得诺贝尔文学奖。他血统极杂,又来自前殖民地、第三世界、"外省"。他谈起后殖民地的经验,十分"立体",不会囿于一般的反殖民"官腔",包括肯定英式殖民教育。他对加勒比海的同行有诸多诟病,认为加勒比海没有什么好诗,又说美国诗歌过于"地方化",不敢用大写字母写 Pity(怜悯)、Love(爱)。他谈政治、谈社会、谈生活,都"深入浅出"。当然,最深入最令人喘不过气的,是谈诗歌。书中最后一篇访谈更是全部用来讨论英国诗人奥登,不得了!他似乎十分懂得控制访谈场面（别忘了他还是一个戏剧导演和画家），也几乎无所不知，并且是"真知"和灼见，使得整本访谈录几乎没有一句废话，也令我这个读者废寝忘食——简直是沉浸于花海蜜海，读得如此饱满，以致无法反刍，无法做出具体评论。况且他的谈话是如此滔滔不绝，想引用也无从下手。

一九九六年

理查德·威尔伯谈诗

美国诗人理查德·威尔伯在《威尔伯访谈录》中,有一段谈到诗歌创作:"构造某种完全是随心所欲的东西,没有任何人帮忙,又是出于纯粹的愉悦和自我愉悦,然后还发现它竟然对一小部分人有用,再没有比这更美妙的事情了。"

我也十分欣赏这段话,看似平凡,但是一个人,尤其是一个诗人,如没有达到某种境界,是说不出来的:"我坦白承认自己是个乐观主义者,并且我希望不是一个浅薄的乐观主义者。我总是——不是总是,而是几乎总是——站在事物积极的一面。我会说:'不过话说回来,这挺好的。'"这句话除它的内容外,其说话的方式也十分克制,有清醒的自我意识。这也是一种机智。米沃什有一首诗,叫作《偶然》,写对过去的回忆,当你就快觉得他是在悲伤时,他就来一句:"我这样问,不是出于悲伤,而是出于惊奇。"事实上,这种例子在米沃什的诗中俯拾皆是。他常常描写很平凡的事物,当你就快觉得这样是不是太平凡了的时候,他突然来个晴天霹雳,掷出一个使你如坠雾中的句子,令你想了大半天,并且要把整首诗再看一遍,甚至一看再看。

威尔伯又说:"简单地说,我觉得宇宙充满光荣的能量,觉得这能量倾向于构成图案和形状,觉得事物的最终特质是美而善的。我完全清楚我这样说,要面对各种相反的证据,也知道这一定是部分地基于性情,部分地基于信念,但我是这样看的。我的感觉是,当你发现世界的秩序和善的时候,它并不是你强加上去的——它很可能真的就是某种存在于那里的东西,尽管那里也有可能存在一团糟和邪恶和无序。我不认为事物的基本特质是无序或无意义的。我不知道我是怎样得出这种看法的,但我是这样觉得的。"

威尔伯自称,可以背诵几乎所有弗罗斯特的诗!谈到劳伦斯·汤普森那本提供大量弗罗斯特负面材料的传记,威尔伯说:"我非常清楚,他是个(比汤普森描写的)远远更为黑暗和危险的人。他有妄想症,还有一种野蛮的竞争性。但是你跟他在一起的时候,却没有这种感觉。"

这与布罗茨基的看法相似,他认为弗罗斯特是一位"恐怖的诗人",当然他这样说,是怀着敬意的。值得注意的是,威尔伯提到弗罗斯特的"竞争性"(好胜心)。这也是我对弗罗斯特的感觉。他那种"我不上当"和"我偏要这样,咱们走着瞧"的拒绝接受邀请的心态,就是一种竞争心态,而这种心态,背后有某种妄想症在起作用。尽管我十分尊敬弗罗斯特,但我永不会感到热爱他,因为他这种竞争性带有某种冷酷(竞争怎能不冷酷!),使我在欣赏他的诗的同时,与他这个人(他的诗人形象)保持距离。当然,弗罗斯特的诗人形象,是与他本人无关的。所以威尔伯与他私交,觉得他这个人很好。

威尔伯引用弗罗斯特一句话的大意,十分值得注意:"诗歌的材料应该是在经验上平凡,在文学上非凡。"

理查德·威尔伯谈诗

我发现外国诗人在文章和谈话中，都花很大篇幅谈论作诗的韵律、形式、技巧等等，威尔伯也是如此。威尔伯还说，写讲究形式的诗，如果对自己苛刻，进度会特别慢，因为各方面都要考究，节奏、韵律、脚韵、遣词造句等等。

数年前看阿什伯利接受采访，谈到好诗的标准，是"每个句子至少要有两个兴趣点（interesting points）"。现在看威尔伯访谈，才发现这句话源于奥登。威尔伯说，希望像奥登所说的那样，写诗每一行要有不止一个令人感兴趣的词（more than one interesting word per line）。有一次看到布罗茨基谈到暴力，说不会使用语言的人，才会使用暴力。后来读奥登一篇文章，才发现布罗茨基那句话源自奥登。

威尔伯谈自白派，十分有见地："我真的觉得西尔维娅·普拉斯的后期诗是疯狂的，而它们很不幸又是她最好的；我还觉得，无论它们有什么优点，都存在着那个局限。我就不觉得洛威尔最好的作品是可以这样形容的。我觉得，每逢他情绪上有病，并不能有助他写作。他不是因为生病才写作，而是哪怕生病也写作。罗特克也可作如是观，而我相信，安妮·塞克斯顿也可作如是观，不过我对她不是那么熟悉。至于痛苦，它是可接受和必要的材料。诗歌的其中一项工作，就是使不能承受的变得可承受，不是通过虚假，而是通过清晰、准确的对抗。即使是最欢快的诗人，也必须把痛苦作为全人类的一部分来处理；他不应该抱怨，不应该整天想着他个人的厄运。"又说："我觉得真相，尤其是关于自身的真相，是很难讲述的，而一旦你要自白，你就很有可能在讲述某些真相之余，还会撒谎。你清楚意识到自己是这首诗的材料的一部分，这可能会把你引向以不好的方式说假话。有好的虚构和坏的虚构。美化你自己的那种虚构是不好的,无论是对你自己还是对读者而言。而我觉得,自白诗人往往倾向于美化自己,不管他是否意识到这点。"

威尔伯眼中普拉斯的局限,在希尼看来却是张力,如果不是突破。希尼评论集《舌头的管辖》中有一篇文章,专论普拉斯。他说:"普拉斯后期著作最有价值的部分是,痛苦和对遗忘的拥抱已经被竭力按压成某种服从,或至少被抒情冲动本身那种本质上愉悦人的力量维持在片刻的平衡中。"希尼的意思是说,尽管普拉斯在痛苦和遗忘的挣扎中写作,甚至靠这种挣扎写作,但是抒情诗本身予人快乐的本质依然作为某种戒律约束着她,而她正是在这种约束中或与这种约束的争持中迸发天才的光芒。

在《威尔伯访谈录》一书中,有一篇是他与擅于朗诵的诗人 W. D. 斯诺德格拉斯的对话,谈到朗诵。斯诺德格拉斯说,他有一次听他的学生在酒吧朗诵,大受震撼,因为他原来觉得学生写得不怎样的诗,现在听起来比他原来感觉的好多了。他以为默读就能判断诗的好坏,事实并非如此。我完全同意这种看法。记得诗写得很好的美国女诗人乔丽·格雷厄姆曾谈及她与诗歌的相遇。她原是学电影的。有一次她在纽约大学的走廊迷路了,突然听到通道里传来朗诵声。她听到:"I have heard the mermaids singing to each other, I do not think that they will sing to me."(我曾听过美人鱼向彼此歌唱,我不觉得它们会向我歌唱。)她大惊,这是什么?原来是一位诗人在课室上读艾略特的《普鲁弗洛克的情歌》。她就这样情不自禁地坐到课室后面。"可以这么说,我从此就一直坐在那里。"这句话除了说她从此踏上写诗的道路,还暗示诗歌朗诵的魅力一直伴随着她。而我想,她如果不是听到而是偶然读到这句话,她不一定就会"一直坐在那里"的。这就是朗诵的力量。

沃尔科特在访谈中，曾多次提到好诗应该可吟可诵可记。据说布罗茨基朗诵自己的作品时，经常是背诵的。

默读其实也是有声音的，因为声音是诗歌的核心，其重要性大于意义，而声音的"意义"在我看来甚至大于文字的意义（字义）。但是默读把声音压住了，朗读则把被压住的声音解放出来。字义唤起的是视觉的想象力，声音唤起的则是艾略特所称的"听觉的想象力"。

一九九八年

纽约诗派和奥哈拉

纽约诗派是当代美国诗坛一个非常重要的流派，主要成员包括约翰·阿什伯利、弗兰克·奥哈拉、肯尼思·科克、芭芭拉·盖斯特和詹姆斯·斯凯勒。核心人物是前三位。很多自称的流派往往比他们的命名者更早地成为过眼云烟，而很多非自愿地被称为流派并产生影响的，其成员又往往不大同意这种划分甚至公开否认。纽约诗派属于后一种情况，他们虽然不至于否认有这样一个流派，但也不忘指出，他们只是一群走在一起的人，彼此的风格却天南地北，风马牛不相及。阿什伯利的作品抽象、零碎，奥哈拉在现实与超现实之间取得奇妙的平衡，科克则常常陷于玄思。

在四十年代，阿什伯利进入哈佛大学读书，遇到青年诗人科克。阿什伯利后来回忆说："肯尼思是第一位可以谈话的同龄人。"后来他们又认识奥哈拉。奥哈拉生机勃勃，并能以他这种生机勃勃感染周围的人，在任何场合都能成为中心人物。后来他们在纽约又结识一大批纽约派画家，当时纽约是艺术世界的中心，抽象表现主义的勃兴使大洋彼岸的巴黎黯然失色。正是因为有纽约派绘画，后来才有人给这些纽约诗人冠上"纽约派诗人"的称号。

纽约派诗人的共同点主要体现在生活和兴趣上，而不是在风格上。他们都喜欢热闹的大都市生活，喜欢看电影、听音乐、读书、看画，以及最重要的：结识朋友，与朋友们聊天、交流、玩乐。他们都非常健谈，从后来他们接受采访看，记者一个问题，他们可以密密麻麻答上两页。阿什伯利在谈到纽约诗派时说："我们是一群碰巧互相认识的诗人；我们聚在一起念诗给对方听，有时候合作写东西。"他又说："我想，我们的共同点是实验倾向，更富实验性地使用语言，比较不讲理性。"

科克说："我们住在同一个地方，这一点很重要，无论那是个什么地方。鉴于我们对文化、谈话、刺激和其他人的巨大兴趣，我不认为我们在较小的城市里会很快乐。……对我来说，重要的是我们在一个能够支撑我们的城市。"而纽约使他们如鱼得水。

长期生活在纽约的已故著名女诗人玛丽安·摩尔曾经在一首有关纽约的诗中提到"经验的可获得性"，科克很同意这种说法。

奥哈拉天才洋溢，却英年早逝。他不仅是一个杰出的诗人，还是纽约现代艺术博物馆的馆长。在他逝世前，他的诗歌艺术成就像当时其他纽约派诗人一样，并未获得适当的承认。奥哈拉死后，科克和其他朋友到他的寓所，整理他的遗稿，被那惊人的数量吓坏了。奥哈拉这些遗稿全部装在纸箱里，每首均有日期。

奥哈拉是个大忙人，每天都填得满满的。白天是约人或人家约吃午餐、晚宴、鸡尾酒会，晚上则去看电影、听歌剧、看芭蕾舞，有时甚至与人吃早餐。此外尚有他在博物馆的全职工作，经常要把工作带回家里做。还有，他把很多时间花在画家们的工作室里。这样，他只能尽量挤时间来写诗了。他常常在博物馆吃午餐时空出十分钟写一首或半首诗。只要能抓住一分半刻，他就写。

他还练出了在任何情况下都可以写诗的本领。如果屋里有人，他会说"请等一等"，然后写出一首诗。如果他写作时让人家给打断了，不要紧，他就把那打断也写进诗里。如果有人来找他，喊一声："弗兰克，我可以打开窗子吗？"也许这个句子就会被他顺手牵进诗里。他还喜欢扭开收音机边听音乐边写作。总之他脑子里装满诗歌细胞，只要来点儿刺激，他就能赚它一首。

他喜欢城市，尤其是纽约。他歌颂它，赞美它。他能够自然然地把朋友的名字、街道的名字、电台节目里的名字装进诗里。化腐朽为神奇，化普通为非凡。因此他的诗也充满淡中有浓、松中有紧、乱中有序的特色。例如"一旦你陷于无助，你也就自由了"，又如"一盎司的提防／就足以毒死一颗心"。

每逢夏天，奥哈拉就会经常到纽约长岛对面一个叫火岛的地方去度过一晚甚或一两周，那里到处是沙滩，而他喜欢游泳。有一次他又到那里度周末，不幸被一辆海滩汽车碾死了，年方四十。他曾写过一首非常优美动人的诗，就叫作《在火岛跟太阳谈话的真实记录》：

今天早晨太阳大声而清晰地
把我喊醒，说："嗨！我已经
用了十五分钟来叫醒
你。别这么无礼，你是
第二个我选择亲口对他

纽约诗派和奥哈拉

说话的诗人
　　　　　所以你
为什么不更留心点？如果我可以
透过窗子烤你来叫醒你
我就会这样做。我不能整天
在这里转悠。"

　　"对不起，太阳，我昨夜
跟哈尔聊得太晚了。"
"我叫醒马雅可夫斯基时他反应
要快多了，"太阳暴躁地
说道，"大多数人都已经起床
在等着看我是不是
要露一露面。"

　　我试图
向他道歉。"我昨天错过了你。"
"那更好，"他说。"我不知道
你要出来。""你一定对我
来得这么近感到不解吧？"
"是呀，"我说并开始感到很热
心想也许说不定是他在
烤我了。

　　"坦白说我想告诉你
我喜欢你的诗。我每次出来
都看到很多，而你不错。你也许
不是地球上最了不起的东西，但是
你与众不同。现在，我听一些人

说你疯狂,我觉得他们都过度地
使自己平静下来,而其他
疯狂诗人则认为你是个沉闷的
反动分子。不是我。
　　　　　　保持下去吧
就像我这样不去理会。你将
发现人们总是在抱怨
大气,要么太热
要么太冷太亮太暗,日子
太短或太长。
　　　　　如果有一天你
没露面他们就会以为你太懒
或死了。就这样保持下去吧,我喜欢。

还有不要操心你的家系
是诗意还是自然的。太阳普照
森林,你知道,普照冻原、
大海、贫民窟。无论你在哪里
我都知道并看见你在活动。我在
等待你去工作。
　　　　　而现在你可以说
是在给自己的日子增添光彩,
即使除了我没有人读你
你也不会沮丧。并非
人人都可以抬头看,哪怕是看我。那
会损害他们的眼睛。"

纽约诗派和奥哈拉

　　　　　"啊太阳，我太感激你了！"

"谢谢，别忘了我在看着。我在
这儿跟你说话反而更
容易些。我不必滑到高楼
大厦之间去让你听到我。
我知道你爱曼哈顿，但是
你需要更多地抬头看看。
　　　　　还有
要永远拥抱万物，人民土地
天空星星，像我这样，既自由
又有适当的空间感。这
就是你的倾向，天堂里都知道，
而你应该跟着它下地狱，如果
必要，不过我怀疑。
　　　　　也许我们
会在非洲再次交谈，我也特别
喜欢那地方。现在回去睡觉吧
弗兰克，我可能会在你脑中留下
一首小诗作为我的告别。"

"太阳，别走！"我终于
醒来了。"不，我必须走，他们在呼唤
我。"
　　"他们是谁？"
　　　　　他升起来说："终有

一天你会知道的。他们也在呼唤
你。"他黑暗地升起来,然后我便睡着了。

一九九五年

博尔赫斯的魅力

博尔赫斯的影响力主要表现在两个方面：作为拉丁美洲现代文学的先行者，他启发并带动了整个现已举世瞩目的拉丁美洲文学，几乎所有当今拉丁美洲重要作家都受过他的恩惠；作为一位世界级作家，他冲击了欧美文坛以至当今的中国文坛，甚至被视为后现代主义的鼻祖之一。而他对世界各地作家的具体影响又可分为两个方面：短篇小说和诗歌。他的小说构思巧妙，扑朔迷离，像迷宫，像交叉小径的花园；他的诗则好像是对他的小说的解构：探讨时间、生死、轮回、宇宙，试图解开一个个谜团、走出迷宫、走出交叉小径的花园。

对于这样一位想象力无比丰富的作家，读者自然非常好奇，想多知道一些他的创作经验、阅读经验、思考经验，而他在这些方面都有极其丰富的经验之谈。《作家们的作家》正是这样一本精选博尔赫斯谈创作、阅读和思想经验的书。

令人惊奇的是，博尔赫斯这位其技巧被视为"后现代"的作家，所阅读的绝大部分是古典、经典作品。而他阅读的范围，除文学作品外，尚有大量的历史、哲学和各种学科的著作——

这点读者应不会感到惊奇，因为他以博览群书闻名，并且从事过令爱书者羡慕的职业：坐拥书城的图书馆馆长。只要看看书中若干文章的题目，就足以说明他的论述范围之广泛和独特：《柯勒律治的花》《读者对伦理的迷信》《由隐喻到小说》《论经典》《时间轮回》《谈诗》《谈侦探小说》《关于纳撒尼尔·霍桑》《论永生》《谈恶梦》《谈失明》。每篇文章又都涉及众多作家的名字和著作，而他谈论这些作家和著作时，又都不是"引经据典"，而是信手拈来，即是说，他并不必翻查资料，而仅仅是凭记忆。这才真正称得上广纳博采、上下古今。

博尔赫斯另一个令人惊奇之处是，像他这样一位涉猎如此广博的作家，其行文、语气竟是如此谦逊，那是一种可以称为童真般的谦逊。这种稚气自有一股吸引力，使读者一拿起这本书，就无法放下，非得一口气看完不可，一如他的小说。但是他的小说的魅力在于他的复杂设计，而他的散文的魅力却是彻头彻尾的"随笔"。他说："我是一位讲究享受的读者。"读这些"随笔"，恰好可以用"享受"来形容，并且是莫大的享受。他自称，他的一生，"与其说是致力于生活还不如说是致力于阅读"。在这个意义上，他不仅是一位"作家们的作家"，而且是一位"读者中的读者"。这样的读者对书本自有深刻的见解："爱默生说过，藏书室是一处有着许多迷睡的灵魂的神奇陈列室，当我们呼叫它时，这些灵魂就苏醒过来。要是我们不把书打开，那么这本书只不过是一个现实存在的几何形体，一件与其他东西相同的东西。当我们打开书本，当一本书遇上它的读者时，就出现了美的事物。还可补充一句：甚至于同一本书对同一读者来说，意义也发生了变化，因为我们是在不断地变化着的，因为我们就是赫拉克利特所说的河流。他曾说，昨天的人已不是今天的人，今天的人也不同于明天的人。我们无时无刻不在变化着,可以肯定,我们每读一遍某本书,每回忆一遍这次重读,都会有新意。书本就是赫拉克利特所说的那条不断改变着的河流。"

也许是上帝捉弄人,这样一位嗜书如命的作家,竟患上遗传性的视力衰退,到晚年完全变成一个"文盲"。即使是一个不读书的普通人,一到晚年,都会拿起书籍或报刊消磨时间,而博尔赫斯竟在这个时候失明!我早就知道博尔赫斯失明,并且想象,这是多么残忍的事,真是"惨不忍想"。当我打开这本书,看到目录中的《谈失明》这篇文章时,就迫不及待地先睹为快。可是同样令我惊奇的是,博尔赫斯竟然是如此平静、如此带着童真般的心境来谈论他的失明。

他认为,失明并非完全是一种不幸,反而是一种天赋。一个作家应把所有发生的事看成是一种工具,"所有他碰上的事都有某种用处,对于艺术家来说尤其如此"。因此,失明也是"命运或机遇奉献给我们的许许多多工具之中的一种"。在失明期间,他研究盎格鲁-撒克逊语,研究北欧文学,以听觉世界代替视觉世界,他在一本访谈录中甚至提到,他失明后仍然喜欢看(其实是听)电影!他还以口述的方式每年写三十首诗,他甚至写了一本书,叫作《黑暗颂》。他因此领悟到,诗是以音乐为主的,西方的诗圣荷马据说是个盲人。博尔赫斯认为,希腊人喜欢把荷马说成是盲人,是为了表明诗应当首先具有音乐感。还有另一些伟大诗人和作家也是失明的,例如英国的弥尔顿和爱尔兰的乔伊斯。弥尔顿的《失乐园》《复乐园》,乔伊斯的一部分作品,都是在失明之后写成的。他们在黑暗中推敲文字,反复修改。形象的文字他们看不见了,却藏于心中,他们用灵魂抚摸那些词语,再结合常人难以获得的听觉的优势把它们写出来或口述出来，为我们留下可吟可诵的杰出篇章。博尔赫斯说："谁能比一个瞎子更独自地、孤寂地生活？谁能比一个瞎子更能考察自己，了解自己，认识自己呢？"反过来说，瞎子，尤其是像博尔赫斯这样的瞎子，何尝不是为我们这些视力正常的读者提供了另一种视野，令我们考察自己，了解自己，认识自己。

一九九六年

作家与政治

在文学中,存在着这么两类作家:一类为艺术良心而创作,另一类为社会良心而创作。这样划分,并不意味着前者缺乏社会关注,或后者缺乏艺术关注。毋宁说,前一类作家以突出艺术良心来彰显社会良心;后者则以突出社会良心来彰显艺术良心。所以,这两类作家看似冲突,其实是相通的。

为艺术良心而创作的作家,最引人瞩目的,莫过于前苏联的作家,例如曼德尔施塔姆、阿赫玛托娃和布罗茨基等诗人,他们在社会遭极权主义扭曲的恶劣环境下,冒着生命危险,坚持艺术的至高无上。结果他们不仅维护艺术良心,而且也维护了社会、时代以至民族良心。他们的牺牲精神之悲壮,比英雄和烈士有过之无不及。

德国作家君特·格拉斯属于后一类作家,他像聂鲁达、萨特、略萨、马尔克斯、拉什迪和大江健三郎等小说家那样,除了写一流作品并在作品中充分表达他们的社会关注外,还写评论、演讲以至参加政治活动(聂鲁达和略萨均参加过总统竞选)来加强他们的关注。上述几位作家,都是诺贝尔文学奖得主或多次成为候选人。有趣的是,他们获奖、迟获奖或未获奖,大部分都与政治有关。例如聂鲁达早就应该获奖,但因其左倾思想而迟至一九七一年才获奖,以致成为萨特一九六四年拒绝领奖的理由之一;再如拉什迪,其作品得罪穆斯林,长年累月遭追杀,如果获奖,瑞典文学院可能会连带得罪穆斯林;大江获奖的一个重要原因,则显然是其进步思想。

格拉斯早就该获奖了。马尔克斯、拉什迪和大江健三郎,青年时代都受过格拉斯影响,可是马尔克斯和大江都先于格拉斯获奖。当然,我们不能说施者一定要先于受者获奖,或施者一定要获奖(托尔斯泰和博尔赫斯令多少获奖作家受惠,他们自己却没有获奖)。但是,格拉斯迟迟未获奖,肯定与其政治观点有关。

格拉斯政治观点的核心,是对纳粹大屠杀的激烈反省。这又与格拉斯的成长有关。他是在希特勒政权下成长的,十七岁应征入伍——成为最后一批入伍者,来不及打仗纳粹就投降。好危险!格拉斯说:"我可以发誓,如果我年龄大六七岁,我会参加那场大犯罪。"格拉斯认为,魏玛的崩溃和德国的统一,是纳粹崛起的重要条件。故他从六十年代起,就坚决反对统一,而倡议德国实行"邦联"制,也即"两国一族",类似"一国两制"。他说:"我们应该警惕——就像我们的邻国那样警惕——这个统一的国家造成多大的痛苦,给别人和我们自己带来怎样的不幸。"

这个观点,可能是远见,也可能是偏见。不过,当他把这个观点极端化的时候,便失之武断。就社会制度而言,人类其实是没有什么想象力和创造力的,改造世界改造了这么久,竟然只弄出两种制度:资本主义和社会主义。他梦想一个以"文化德国"统一起来的邦联民族,祛邪扬善。只是,这位极富想

作家与政治

象力的小说家，却忽略人类缺乏想象力的本质。

但格拉斯是极有感召力的，他的正气使人不计较他的偏执，因为他毕竟只是一位发表政治评论的作家，而不是政客。如果他是政客，那就比他"年龄大六七岁"更危险。因为希特勒的得逞，正是德国人不计较他偏执而顺从他的感召力——感召力加偏执加政客，便是邪气。

他终于获奖，则可能与近年诺贝尔文学奖连续授予左派和进步作家有关，而这个趋势，则与冷战解除有关。

一九九九年

说吧,纳博科夫

纳博科夫一向以自负闻名,现在我们就来领教领教。以下文字既是翻译,也是辑录、精选和拼凑自他的访谈录《激烈的意见》(*Strong Opinions*)[1]。

前言
我像天才那样思考,我像杰出作家那样写作,我像小孩那样说话。

简介
我在俄罗斯度过头二十年,在西欧度过另二十年,接着的二十年,也即一九四〇年至一九六〇年,是在美国度过的。现在(一九六五年)我又在欧洲度过五年,不过我不能承诺又要在这里再多呆十五年,以便凑合另一个二十年。

---
1 后来的中译本译为《独抒己见》。

身份

我是一个美国作家,生于俄罗斯,在英国受教育并在那里学习法国文学,然后在德国度过十五年。

自负

我发现一大批自负的作家,例如加缪、洛尔迦、卡赞扎基斯、劳伦斯、托马斯·曼、托马斯·沃尔夫,和可以说数以百计的其他"伟大"的二流作家,写的无非是一些过眼云烟的二流作品。一些可怕的庸才,例如高尔斯华绥、德莱塞,一个叫作泰戈尔的,另一个叫作高尔基的,还有一个叫作罗曼·罗兰的,却一向被当成天才,使得我对所谓的"巨著"大惑不解。例如托马斯·曼那本愚蠢的《死于威尼斯》、帕斯捷尔纳克那本写得糟透了的肥皂剧式的《日瓦戈医生》或福克纳那些玉米棒子芯似的编年史,竟被称为"杰作"。海明威、康拉德、吉卜林、王尔德:写书给少年人看的作家。艾略特、庞德:一个不是很一流,一个绝对是二流。

再来一次!

我不觉得在乔伊斯那本最简明易懂的小说《尤利西斯》中,有很多令人不解的地方。

从乔伊斯那里学到什么?

什么也没有。

果戈理?

我特意不从他那里学到什么。

普希金？

在某种程度上——不会超过像托尔斯泰或屠格涅夫受普希金艺术中的骄傲和纯粹性的影响。

还有呢？

H. G. 威尔斯，一位伟大的艺术家，他是我最喜欢的作家，在我是个小孩的时候。

哪一种语言讲得最漂亮？

我的头认为英语讲得最漂亮，我的心认为是俄语，我的耳朵却说是法语。

用哪种语言思考？

我不用语言思考。我用形象思考。我不相信人们是用语言思考的。他们思考时并不移动双唇。

是否对《洛丽塔》大获成功感到意外？

我对这本小说竟能出版感到意外。

为什么写《洛丽塔》？

不如问我为什么我写我的任何一本书。

读者

有时会有一位友善而礼貌的人（很可能仅仅是出于友善和礼貌），对我说，"纳博科夫先生"或"纳波尔科夫先生"或"纳巴赫科夫先生"——视乎他的语言能力（按：指发音）而定，"我有一个十足像洛丽塔的小女儿"。

事实是……

我大概要为这样一个奇怪的事实负责：似乎人们已再也不愿把他们的女儿叫作洛丽塔了。

《洛丽塔》那位中年男主人公是否真有其人？

在我写完那本小说之后就真有其人了。

写作的乐趣

写作的乐趣与阅读的乐趣一模一样，每个读者在一生中都享受过几本好书，因此，又何必分析双方都知道的乐趣？

陀思妥耶夫斯基

他最佳的小说是《双重人格》，不过它却是对果戈理的《鼻子》的明显而恬不知耻的模仿。

如果选择，喜欢生活在哪个时代？

我对"何时"的选择，会受到"何地"的影响。换句话说，我希望我的头生活在二十世纪六十年代的美国，至于我的其他器官和四肢，我不介意分派一些到各个世纪和各个国家。

采访条件

我有权利纠正与事实不符的错误和个别疏漏（例如"纳博科夫先生是一位留长头发的小个子男人"等等）。

文学传记

写起来很有趣，读起来不那么有趣。

批评家说："纳博科夫的感觉跟任何人都不一样。"

这意味着那位批评家在得出这个结论之前，肯定探测过至少三个世纪的数百万人的感情。

评论家

啊，我很清楚那些评论家：缓慢的头脑，快速的打字员！

被苏俄特工劝谕回国

我问他，我可否获准自由写作，以及如果我不喜欢俄国是否可以离开。他说我会忙于喜欢那里，根本没时间去做再次出国的梦。他说我绝对可以自由地选择苏俄慷慨地允许作家利用的众多主题来写，例如农场、工厂、森林——啊，很多奇妙的题材。

著作被译成外文

如果是我和我太太通晓或能读的语言——英语、俄语、法语以及一定程度上的德语和意大利语，我们会逐句逐句检查。至于日本版或土耳其版，我会尽量设想很可能散见于每一页的灾难。

盛名所累

是《洛丽塔》有名，不是我。

庸人

我们一定不要忘记——而这是非常重要的——唯一在不同政府统治下都同样快活的人,是庸人。

公愤

我觉得很有趣的是,与文学没有关系的人,也会因为我认为劳伦斯糟透了或因为我认为 H. G. 威尔斯是一位比康拉德更伟大的作家而感到愤懑。

"学生革命"

叫嚷者绝不是革命派,而是反动派。最伟大的顺民和庸才恰恰来自青年人,例如嬉皮士和他们的集体胡须、集体抗议。

人与动物的区别

对存在的意识存在着意识。就此而言,猿与人的差距之大是无可估量的,一点不亚于变形虫与猿的差距。猿的记忆与人的记忆之间的区别,是逗号与大英图书馆之间的区别。

梦想成真时

十五岁的时候,我幻想自己是一位世界知名的七十岁作家,扬着一头狮鬃似的波浪形白发。如今(七十二岁),我实际上是个秃头。

一九九九年

契诃夫的传人

一本诗刊和一本选集

雷蒙德·卡佛。那年他十八岁,已经结婚了,在华盛顿东部小镇亚基马一家药店当送货员。有一天他按照地址把一包配药送到一座房子。一位眼神警惕、年纪很大的老人把他让进屋里,请他在客厅等候,而老人自己则去找支票簿。

客厅里到处是书。咖啡桌、茶几、地板,每一个可利用的表面空间都堆着书。

他站在那里等候,目光朝客厅各处扫视。这时他发现那张咖啡桌上放着一本只有一个简单的名字的杂志:《诗》。他感到吃惊,把它拿起来翻看。这不但是他第一次翻看一本诗刊,也是他第一次翻看一本"小杂志"。他还拿起一本书,叫作《小河选集》,是一位作家编的——那时他甚至不知道"编"是什么意思。

他浏览了那本诗刊,又翻阅了那本选集。那本选集里很多都是诗,但也有一些散文,每个部分前面还有一些评论和简介。

他对这一切感到不可思议。在此之前他既未见过一本这样的书,也未见过像《诗》这样的杂志。他内心渴望拥有它们,他真是垂涎欲滴。

老人写罢支票,似乎已看透这位年轻送货员的内心活动。"小伙子,把那本书拿去吧。里边有些东西你也许会感兴趣。你对诗感兴趣吗?那就把杂志也拿走。也许有一天你也会写点东西,到时你需要知道往哪里寄。"

那时他整天都在想着要"写点东西",事实上他已胡乱涂了些蹩脚的诗句。但是他从来没有想到,世界上竟然有一本可以把这种努力付诸出版的杂志。而他现在手里就抓着这么一本杂志——这是一次灵魂的启蒙,他抓着自己的命运了。

他连声道谢,并表示看完后会再来跟老人谈谈他的读后感。当然,他没有再找过那位老人,也不知道他的名字。可这些都已无关紧要,因为最深刻的东西已经像灵魂一样植入他的脑中。

那本诗刊和那本选集里有很多新老作家和诗人的名字。令他印象最深刻的是选集里有人在谈论埃兹拉·庞德,谈意象派,此外还收录庞德的诗作和书信。他还知道那本诗刊就是意象派的重要支持者。当然,他还从书里知道当时盛行的"现代主义"。

这件事发生在一九五六年。

二十八年后的一九八四年,当他作为一位小说家的事业如日中天之际,他给那本仍然健在、仍然以小杂志形式出版的长寿诗刊寄去一组诗。诗刊编辑给他复信,对他的诗大加赞赏,并表示已选出六首准备发表。那时他已写了不少诗,并有诗集问世。

一九八八年,他病逝了。该诗刊后来又再发表了几篇他的遗诗,作为纪念。死前,他完成了第三本诗集《通往瀑布的新路》,

出版时副题为《最后的诗篇》，他在那本诗刊发表的那些诗也收了进去。

爱的权利

《通往瀑布的新路》里除了他自己的诗之外，还在每个部分的开头引用或整首抄录了他写作这本诗集期间所喜爱的诗人的诗，包括波兰诗人米沃什、捷克诗人塞弗尔特、瑞典诗人特朗斯特罗姆、美国诗人罗伯特·洛威尔和查尔斯·赖特。引人瞩目的是诗集里还收录了俄国小说家契诃夫的十五首诗。

这不是耸人听闻。契诃夫的确是一个诗人，他的一篇篇小说就像一首首诗，这是很多契诃夫爱好者都同意的。对某些读者来说，甚至仅仅是"契诃夫"这个名字也会勾起多少人生的惆怅和愁绪。哪个读者看了《带阁楼的房子》或《我的一生》或《带小狗的女人》之后不掩卷叹息呢。而卡佛对契诃夫的尊敬比谁都更有说服力，因为他除了终生热爱契诃夫外，还是美国当代顶尖短篇小说家。

一九八七年九月，卡佛被诊断患了肺癌。经过数月的挣扎之后，又患了脑肿瘤，做了数星期的全面脑放射。这个时候他的女伴、诗人苔丝·加拉格尔正迷上契诃夫。苔丝把《第六病室》中两个片段拿给卡佛看，用以阐述她诗集中所引用的西班牙修女圣特雷萨（德肋撒）的一句话。那是有关灵魂是否不朽的对话。显然，在死神即将来临之际，卡佛需要克服恐惧，他的灵魂也需要其他灵魂的抚慰，而作为人类最优秀灵魂之一的契诃夫正是一个合适的选择。卡佛把这两个片段放入他正在写的一篇散文里，从而开始了与契诃夫一次奇特的、真正意义上的"神交"。

苔丝继续阅读契诃夫。她早上读一个故事，然后在吃早餐的时候把故事讲给卡佛听。她讲得很好，卡佛总会不自觉地被迷住，并且不可避免地要在下午自己读一遍。晚上他们便开始讨论。

他正越来越靠近契诃夫，甚至他的病也是在向契诃夫靠近。六月初，他再被诊断患上肺癌。唯一能够稳定他们情绪、成为他们灵魂的避难所的又是契诃夫。这时候苔丝正在整理卡佛的《通往瀑布的新路》。有一天她发现，她摘录下来的一些契诃夫小说的片段，好像在与她正输入电脑的卡佛的诗对话。她把若干片段分成诗行，并为它们起了题目，再给卡佛看。他们在契诃夫中发现另一个契诃夫，诗人契诃夫。

于是卡佛开始亲自把契诃夫小说中最富诗意的片段摘出来，并动手重新编排。结果是令人振奋的。契诃夫是个写小说的诗人，卡佛是个写如诗的小说同时也写诗的诗人，由卡佛来完成这次诗意的再创造和结合，是再适当不过了。一经重新编排和赋予题目，这些片段便自成一体，具备作为独立诗篇的一切要素。它们精致、细腻，平静而流畅，像一切优秀诗篇一样凝练得不能加减一个字。例如：

夜的阴湿

我对这条河，这满天的繁星
和这沉重的葬礼似的寂静，已感到厌倦。
为了消磨时间，我跟马车夫说话，他
看上去像个老人……他告诉我这条黑暗、凶险
的河中

有丰富的小鲟、白鲑、鳕、狗鱼，但是没有人
来捕鱼，也没有捕鱼的用具。

顺流而下

中午时分下了一场雨，把雪冲洗掉，
到了黄昏时分，我站在河岸上眺望
驶近的船在与水流搏斗。
这时雨夹着雪飘落……我们顺流而下，
紧挨着一大片密集的紫色柳树。掌舵的
告诉我们，就在十分钟前有一个乘马车的少年
掉到水里，就靠抓住一丛柳树
救了自己一命；马和车都沉没了……
赤裸的柳树弯腰垂向水面
发出飒飒声，河流突然变暗……要是
来了暴雨我们就得在柳树林中过夜
最后溺毙在水里，所以为什么不继续走？
我们大家表决，同意继续航行。

让我们咆哮，阁下

发出痛苦的尖叫、大喊、呼救、
一般的叫声——这儿全称为"咆哮"。
在西伯利亚不只熊咆哮，麻雀和老鼠也咆哮。
"猫把它抓住了，它在咆哮。"他们这样谈论一只老鼠。

有一天晚上，卡佛看到一个作曲家在电视上的访谈。那位作曲家宣称他发现柴可夫斯基把贝多芬的东西整段整段地抄过来据为己有。有人对他的说法提出疑问，他只回答："我有权利这样说。我爱他（柴可夫斯基）。"卡佛匆匆把这句话记下来。后来苔丝回忆说，可能是这句有关"爱的权利"的话，鼓励他勇敢地把契诃夫的东西融入他自己的诗集。因为他爱他。

第二生命或幸福的十年

在遇见送他书刊的那位老人之后十年，卡佛开始酗酒。一九七六年至一九七七年，他差点因酗酒而死掉。一九七三年至一九七七年，他实际上完全停止创作。他为酗酒付出的代价也是沉重的：离婚。

这之后，他戒了酒，并认识苔丝，同时开始他最多产也最优异的创作时期。他自称这十年中他所写的每一首诗都是一种幸福。他在这个黄金时期所写的小说也可作如是观。那仿佛是上帝对改过自新的人的奖赏和赐予。

在这个时期，他创作了四部短篇小说集《我们谈论爱情时我们在谈论什么》《大教堂》《火》《象》，以及选集和新作集《我打电话的地方》，三本诗集《水和水汇合之处》《深蓝色》和死后出版的《通往瀑布的新路》。此外尚有遗作集《何必豪言壮语：未结集作品》，收集他早期短篇小说、一个长篇的片段、创作谈、序言、书评和随笔。

他曾惊叹契诃夫产生杰作的频率，而他自己产生杰作的频率完全可以跟契诃夫媲美。"那些使我们震栗和喜悦并使我们感动的故事，它们以只有真正的艺术才能达到的方式裸露我们的感情。"

在最后十年尤其是最后五年中,他的声誉日隆,作为杰出短篇小说家的地位愈发牢固。一九七九年获得古根海姆基金,一九八三年获得权威的米尔德丽德和哈罗德·斯特劳斯生活奖,后者提供五年基金,使他可以全职写作。在他生命的最后一年,他获选为美国艺术和文学学会会员。

他的成就主要是中后期作品,这方面他与契诃夫很相似,尽管契诃夫的中后期时间跨度更长。像契诃夫一样,他这个时期的作品深度加强了,篇幅变长了,心理和精神描写更复杂了,同时严格遵守庞德的写作教训:叙述的精确是写作的唯一道德。他的创作也开始从小说和诗扩展到具有更庞杂的包容性的散文领域,这是成熟的另一个标志。

他赞赏"对地点的生动描述""魔鬼似的张力",他注意"写些什么":爱情、死亡、抱负、成长,还有"正视你自己和别人的局限"。

一九八七年初,他读到一本新出版的《契诃夫传》(特罗亚著)。这本书临结尾时,提到契诃夫的妻子在一九〇四年七月二日凌晨时分请他的医生施沃雷尔前来看望临终的作家。这位医生叫了一瓶香槟。作者没有解释为什么医生这样做。但这一怪异举动使卡佛回味良久。看完整本书后他又再翻过来重新咀嚼这个细节。这时他未经思索就突然觉得要写一篇小说。为什么这位医生会凌晨时分在他的病人临死之际在德国一间酒店里叫了一瓶香槟?这瓶香槟是如何送来的,谁送的?由这点开始,他写了一篇关于契诃夫最后日子的小说。这也是他最后一篇小说。这篇小说叫作《差使》。通过这篇小说,他完成了对契诃夫的致敬。

契诃夫的传人

他临终前曾试图前往俄罗斯拜谒契诃夫的墓。可惜难以成行。上帝是公平的,他给这位改过自新的作家十年时间的第二生命,但是卡佛自种的十年酗酒的恶果最终也要由他自己来收割:一九八八年八月二日,他永远闭上眼睛,年仅五十岁。大洋彼岸两份重要报纸《星期日泰晤士报》和《卫报》不约而同以"美国的契诃夫"来评价和悼念他。

一九九三年

卡尔维诺：文学的未来

二〇〇〇年正在以分秒倒数逼近我们，可现在我们对二〇〇〇年以后的展望却是以千年为计算单位的。我们，也即出生及成长于这个世纪或这个世纪某段时间的人，一直都是以年以月以日来计算时间的，最多以"年代"也即十年，例如八十年代、九十年代。我们很少以百年来计算，例如十九世纪，二十世纪，甚至二十一世纪。但是展望二〇〇〇年以后的世界，西方国家不约而同，用"下一个千年"来表达，而几乎不用下一个世纪。其实，他们谈的，还是下一个世纪。在这个"日日新"的世界，说真的，谁可以展望千年里的事情？

意大利小说家卡尔维诺在一九八五年写了一系列为哈佛诺顿讲座而准备的讲稿，总标题就叫作《为下一个千年而写的六个备忘录》。六个备忘录分别是"轻""快""精确性""视觉性""多样性""连贯性"。可惜，他只完成了前五个讲稿便逝世了，当然也无法亲临哈佛演讲。他的遗孀后来把这些讲稿整理出版，仍然冠以"六个备忘录"。理所当然，他讲的是文学的未来。

轻。卡尔维诺首先强调，他并不是忽略重，而是他对轻更感兴趣，也有更深的感受，因为他自己的写作碰巧经常都是在减去重量。他说，他总是设法减去各种重量，尤其是减去小说结构的重量和语言的重量。他把"轻"视为一种价值，而不是视为一种不足，并从过去的文学作品，尤其是民间传说和诗歌中抽取丰富的样本（尤其是那些会飞、会变的故事）加以佐证。他也从我们的现实抽取样本，例如第一次工业革命是以重为主的，包括各种笨重的机器。但是第二次工业革命却以轻为主，以资讯流通中的"比特"，以电流，当然，还有以电脑软件。科学更是"日日轻"，我们对世界的认识，或者说对世界的本质的认识，越钻越深，其基本组成部分便越小越轻，DNA、夸克、中微子、神经元。地心吸引力如此之重，却是以一个轻轻的苹果发现的。

当代小说中，除了卡尔维诺自己的作品外，大家不会忘记昆德拉那本《生命中不能承受之轻》。卡尔维诺说，这部小说实际讲的是"不可回避的生命之重"。这部小说向我们展示，我们在生命中选择和珍惜的轻,很快便显露其真实的、不能承受的重。"也许，只有智力上的活泼性和游移性可以逃避这种惩罚"——而昆德拉这本小说的写法正好具有这种特点，它属于一个与我们所生活的世界很不一样的世界。它属于轻。卡尔维诺总结说，从文学史看，一直有两种对立的写作趋势在竞走着，一是轻，一是重。前者设法使语言变成一种无重的元素，它像云、像微尘，悬挂在世界之上、万物之上；后者设法赋予语言重量、密度、厚度。无疑，他倾向于前者。

快。卡尔维诺引述一个故事。查理曼大帝晚年爱上一位德国少女，不顾晚节，不顾尊卑，也不顾国事。这使得侍臣们忧心忡忡。少女突然死去，他们大大松了一口气。可是他们很快发现，皇帝把经过防腐处理的少女尸体放在床边，拒绝离开她。后来大主教怀疑他着了魔，遂检验少女尸体，发现她舌下含着一枚戒指。大主教把戒指拿走。皇帝立即疯狂地爱上大主教。大主教被这种同性恋弄得不知所措，把戒指扔进湖里。皇帝便爱上那个湖，整天流连在湖边。"他凝视着湖水，爱上那隐蔽的深渊。"这个传奇故事后来以各种形式和变体在欧洲各种语言的民间传说中繁殖下去。其主干是"爱"和那枚戒指。十分经济，十分简约，并且，这两个元素像诗的节奏和歌的重复一样，一环扣一环，令人着迷。故事剔除任何不必要的枝节，但又牢牢连结一个个事件。它有一种速度。速度总与某种预期有关。而两个元素正好是各种预期的伏笔，"爱"与戒指换上不同的叙述对象，故事性质就立即变化。从爱少女，到爱大主教，到爱湖。速度与简练密切相关，它令人愉悦，因为它同时，或因为事件一个接一个而给人感觉几乎是同时地，迅速向心灵传递各种意念。心灵感到一种无比的丰富性，不但目不暇给，而且心不暇给，神不暇给。风格和思想的快捷意味着飘忽不定、游移不定和轻松自由，它像诗一样离题、跳跃，用闪耀的文字与五官交流，触出电光、碰出火花。

卡尔维诺的结论是：在这个高速飞驰的通讯时代，媒体发达，占尽便利，高奏凯歌，几乎已去到淹没一切甚至淹没它自己——变成一种单一的沟通方式的程度。文学，尤其是小说的出路只能是以另一种快速来发挥自己的特点，这特点不是别的，正是维持不同事物之间的交流，不是要消弭它们之间的差别，恰恰相反，是利用语言本身的独特性，来突出它们之间的差别。简言之,就是不能跟着媒体发展的方向(轻而浮、快而浅)。短篇小说是一条重要出路,它的重要不在其短,而在其浓缩、简洁、诗意。我们也看到不少所谓的极短篇小说,但是它们只突出短的外形,而没有突出其短的独特性。阿根廷小说家博尔赫斯的作品是短篇小说的典范。卡尔维诺认为,写散文(包括小说)应像写诗一样,两者都是着重独特的表述方式,着重准确、集中、使人印象深刻。

中国人常把"轻"与"快"连起来说,轻快。博尔赫斯的短篇小说全都构思奇妙,晶莹剔透,语言明晰准确,即使是通过翻译(无论译成哪一种语言)也仍能看到他的优异之处:他笔下真的没有一句废话、一个废字。他还写诗,也是写得独树一帜。而他一生真的就写这两种体裁,全都很轻快,用中国人的一个成语来说,就是短小精悍。卡尔维诺在谈到轻与快时,时不时会出现交叠。他未必知道中国人把轻快合起来说,也未必知道中国人可以用一个短小精悍的成语来形容他心目中短小精悍的小说。但是,他却引用了一个十分贴切的中国故事。皇帝要一个画家画一只螃蟹,画家说需要五年时间、一座别墅、十二名仆人。五年螃蟹仍未画出来。他再需要五年。在十年之终时,他画笔一挥,只一笔,就画了一只最完美的螃蟹。这个故事既说轻,又说快,所谓"一挥而就",但是它背后那点同等重要:准。为了准,画家等了十年。

精确性。一九六三年,卡尔维诺听了一次演讲,谈及埃及人有关精确的概念,给他留下深刻的印象,也对他产生深刻的影响。埃及人以一根羽毛来象征精确性,这根轻羽毛被称为"马特",或曰秤神,它被用作称灵魂之重量的秤砣。用中国话来说,就是要做到丝毫不差。在卡尔维诺看来，精确性主要是指以下三点：

一、为所写对象制订明确的、精打细算的计划；

二、务求清晰、敏锐，要有过眼不忘的视觉形象；

三、在遣词造句、表达思想和想象力的微妙之处时，均要做到准确。

其实，卡尔维诺所说的，岂不是老生常谈？他自己也知道。但他是有感而发的。他发现，语言总是被人任意地、随意地使用，这使他浑身不自在，简直无法忍受。他说，他不是在攻击同行，而是在针对自己。他觉得自己的讲话总是废话多多，所以他尽量避免演讲。而他之所以喜欢写作，是因为他可以好好地修改自己的句子。缺乏实质，不仅存在于语言和形象中，而且存在于世界。就连历史亦无始无终，无形、混乱、草率。卡尔维诺追求的，是要在文学中呈现他在生活中看到的形状。

但是，他所崇敬的意大利诗人莱奥帕尔迪却说，语言越模糊，越不准确，就越有诗意。于是卡尔维诺引用了莱奥帕尔迪作品的一些片段，反证莱奥帕尔迪是如何精确，精确得可以用科学来形容。其实他们两人都说得对。只不过，莱奥帕尔迪在表达他这种语言观时，确实有点不准确。莱奥帕迪强调模糊性和诗意，这点应是有点诗歌修养的人都会有同感的。只是，模糊性同样是可以通过精确的描述来达致的。诗意的东西往往是模糊的，诗人用精确的语言去呈现那种模糊。卡尔维诺在表述各种概念时，都没有忘记指出其对立的概念也是有其价值的。但在模糊与精确这两个概念上，他似乎"划清界线"。不妨为他补充一句：模糊与精确并非水火不相容。其实，卡尔维诺在谈到水晶（代表恒定的具体结构）和火焰（代表在内心激荡的情况下保持外在的形状）时，他承认，虽然他偏爱水晶，但也尊重火焰的价值。

卡尔维诺发现，他要寻找的精确性，可分为两脉：一是尽量把次要的事件缩减成抽象的图案，再依此进行描述以及呈现其定理；二是利用文字，尽可能清晰明确地梳理各种纠缠不清的事物。后者尤为重要。

卡尔维诺总是乞灵于诗人的实践，令人十分意外。他在书中提及的诗人不下数十个。在谈到精确性时，他又找美国诗人威廉·卡洛斯·威廉斯和玛丽安·摩尔作例子。威廉斯可以把一朵叶尖上的花写得那么形象，简直是端到读者面前来了，使得他的诗也变得像植物一样精致；摩尔则是透过阅读动物学书籍和敏锐的观察来精确描述动物，并加上各种象征和寓意，使得她的诗也变成道德寓言。法国诗人弗朗西斯·蓬热则是把语言变成"事物的语言"，再把事物加以编排，一如编排语言那样，一个来回，便你我不分，事物都有了人性。语言的精确性并非纯粹语言的运作，要不岂不是变成了语法和句法（我们很多作家不是这样吗，有清通流畅的文句，里边却什么也没有）。卡尔维诺一再乞灵于诗人，恰恰是因为诗人在注重精确性的同时，懂得精确地选择。

视觉性。视觉性或曰形象性，涉及的又是文字的表述。但是在表达之前，是视觉性占先。卡尔维诺自称，他的小说都是始于视觉形象。例如一个分成两半的男人，各自独立生活；一个少年爬上一棵树，然后便从一棵树走向另一棵树，不再回到地上；一个空盔甲会移动和讲话，仿佛里边有一个人。各种形象雨点般落入我们的幻想，我们如何把握、如何表达，便是问题的所在。卡尔维诺悲叹当代社会影像飞溅，已使人分不清电视画面与实际体验的生活画面。他提出警告，我们的记忆填满各种影像的垃圾，我们正在失去人类最基本的能力：只要闭上眼睛，就可"召见"各种视觉形象；阅读白纸黑字，就可以生出各种美妙的形状和色彩。他的弦外之音不言而喻，最佳的视觉、最好的想象力，仍然是闭目养出的那种。

多样性。卡尔维诺援引意大利小说家加达的小说为例，强调当代小说应该是百科全书式的，它应该是通往各种知识的途径，应该是连结世界各种事件、各个民族和所有事物的网络。加达总是在小说的不同章节中写各种东西，写稻变成米，写烹饪的各个阶段，写建筑技术，写噪音。我们知道，到目前为止，小说家都只是各有所长，因而形成各自的风格，并因此成名——并且可以说，各有所长才是成名的捷径。但是按照卡尔维诺的理想，或按照加达的写法，则是一个小说家要集所有小说家于一身，不仅如此，还要集各行各业的专家于一身。当然，也要集文学各种体裁于一身——这似乎是最起码的。

连贯性。这个题目卡尔维诺还未写，就逝世了，真有点反讽的意味。我们不妨将错（错过）就错（错说），来谈谈他这一系列演讲的连贯性。首先，从最后说起。他自己也是一位百科全书式的小说家，尤喜爱科学。但是他对科学的嗜好几乎给人一个印象，以为他不大读文学呢。原来他在文学上是如此广采博纳，书中涉及的诗人、小说家、艺术家以及各领域的专家之多，真令人吃惊，而他又似乎只是随手拈来。其次，他所讲的几个题目，都具有一种内在的连贯性，一环紧扣一环，互相呼应，

卡尔维诺：文学的未来

互相补充，互相渗透。第三，这本小书才一百余页，写得十分轻快，且表达精确，十分形象，又多种多样，旁征博引，有诗，有小说，有科学著作，既讲别人，也讲自己，既有论述，又有赏析，简直就是一本小小的百科全书。第四，它既是为展望未来而写的，又是为总结过去而写的，像一本小小的文学史，可谓瞻前顾后，承先启后。

一九九七年

第二辑

着却突然摔了一跤似的。

余光中将托马斯"And Death Shall Have No Dominion"这个标题译成"而死亡亦不得独霸四方"就不如巫宁坤译的"死亡也一定不会战胜"来得有锋芒。再比较他们的译文片段：

而死亡亦不得独霸四方。
死者赤身裸体，死者亦将
汇合风中与落月中的那人；
等白骨都剔净，净骨也蚀光，
就拥有星象，在肘旁，脚旁；
纵死者狂发，死者将清醒，
纵死者坠海，死者将上升；
纵情人都失败，爱情无恙；
而死亡亦不得独霸四方。

（余光中译）

死亡也一定不会战胜。
赤条条的死人一定会
和风中的人西天的月合为一体；
等他们的骨头被剔净而干净的骨头又消灭，
他们的臂肘和脚下一定会有星星；
他们虽然发狂却一定会清醒，
他们虽然沉沦沧海却一定会复生，
虽然情人会泯灭爱情却一定长存；
死亡也一定不会战胜。

（巫宁坤译）

震动——这与读原文的感觉是一致的。穆旦是最具有现代敏感的诗人和翻译家之一,但是就连他有时候也会迟钝起来,并且是在一个关键句子上。这也说明,即使是最锐意开辟现代敏感的译者,也会译出很不敏感的句子,就像最不敏感的译者,也会译出现代敏感度极高的句子。

我觉得巫宁坤(也是出身西南联大)翻译的、先后收入《外国现代派作品选》和《英国诗选》的狄兰·托马斯的五首诗,堪称现代英语诗汉译的典范。托马斯是英国二十世纪最重要的诗人之一,也是超现实主义最重要的代表诗人之一。在一般人看来,他的诗难懂,更加难译,而要译得像巫宁坤那样不逊于原文,更是难上加难,甚至几乎可以说是不可能的,而巫宁坤把这不可能的事情可能化了。

巫译托马斯采取的正是直译,几乎是一字对一字,字字紧扣,准确无误,连节奏也移植过来了,从而使得汉译托马斯具有一种少见的现代锋芒。这些译诗远远超出了一般汉语的普通语感,以陌生又令人怦然心动的冲击力扎痛着读者,这锋芒对于高扬中国青年诗人的想象力起了非常重要的作用,我自己就是受益者之一,我的很多诗人朋友也都深受影响。例如一句"我也无言可告佝偻的玫瑰"不知引来了多少模仿者。而他在某些地方甚至是连声音也移植过来的,例如《不要温和地走进那个良夜》一诗原文中的"Rage, rage against the dying of the light",他译成"怒斥,怒斥光明的消逝",我就觉得是无人能及的。顺便一提,这首诗的标题"Do Not Go Gentle Into That Good Night"巫宁坤也译得很贴切。张小川译为"不要乖乖地走进那美妙的夜"便显得既轻滑("乖乖""美妙")又突兀("那美妙的夜"),前半句与后半句构成的失衡就像一个小孩轻快跑接受。就诗歌而言，以《九叶集》尤其是穆旦为代表的四十年代诗歌便比二十年代更有活力，诗歌语言比二十年代主要表达伤感的软弱性要坚硬得多，诗歌的内涵和思想也比四十年代的政治口号诗更具穿透力。五十年代众多优秀诗歌翻译作品在现代汉语基本圆熟的背景下进一步克服"欧化"的缺点以及吸纳其优点，充分显示出翻译中的现代汉语的敏感。尽管六七十年代的政治语言使汉语的现代敏感变成"现代迟钝"，但是五十年代的翻译作品在八十年代甚至九十年代都还在发挥着作用。尤其值得注意的是，改革开放初期外国现代诗的主要翻译者仍然是四十年代受过现代诗洗礼的"西南联大群"师生们——卞之琳、冯至、穆旦（遗著）、袁可嘉、王佐良、陈敬容、郑敏等，他们在译文中对现代汉语敏感度的把握和发挥仍然是卓著的，其中袁可嘉、王佐良和郑敏不仅在翻译方面，而且在评价和介绍方面不遗余力。要是这批译介者的人数增加三五倍，中国诗歌翻译风景就会很壮观。

现代敏感是指译者在明了现代汉语的现实，即明了现代汉语（确切地说，是当代汉语）的优点与薄弱环节的前提下做出恰如其分的判断和把握，主要是发挥优势和克服弱点。经过"迟钝期"的浩劫，很多即使是曾经敏感的译者其敏感度也降低甚至变得麻木了，何况八九十年代诗歌读者对语言活力的要求又有了新的内容。新时代的译者主要应以直译来翻译诗歌，但这直译又必须符合现代汉语语法和维持适当的流畅性。

W. H. 奥登在《悼念叶芝》一诗中有一句"For poetry makes nothing happen"，穆旦（查良铮）译成"因为诗无济于事"，余光中则译成"因为诗不能使任何事发生"。读查良铮的译文时，我毫无感觉，但是读余光中的译文，我却受到深深的

译诗中的现代敏感

当代中国译坛一直存在着一个困境,就是老一辈功力深厚的翻译家由于现代诗的"难懂"或对现代诗不感兴趣而没有及时和充足地把一些重要的外国现当代诗人译介过来——当然,政治运动造成的中断是一个重大原因;而青年一辈的翻译者则因外语甚至汉语修养不足而译得捉襟见肘。事实上,外国现代诗通常只要采取直译就成了,可是译者往往由于"读不懂"原诗而不敢直译或只根据自己以为弄懂了的意思来译,结果当然是什么也没译出来。直译并不像人们想象中的那么容易,因为除了译者的信心外,直译本身还有一个如何把握分寸的问题。这种分寸感也就是对汉语"现代敏感"的把握。

现代汉语是一门还很年轻的语言,白话文运动至二十年代是初生期,语言新鲜,但并不成熟,也不规范,就连"欧化"也是不成熟的。三四十年代开始趋向成熟,诗人的语言开始有现代质感,"欧化"也开始与中国的语言现实取得适当的和解,即是说,对立冲突相对缓和,并开始露出锋芒。所谓锋芒,也就是超出当时普通的语感,但又不是"毕露"得完全令人无法托马斯原文：

And death shall have no dominion.
Dead men naked they shall be one
With the man in the wind and the west moon;
When their bones are picked clean and the clean bones gone,
They shall have stars at elbow and foot;
Though they go mad they shall be sane,
Though they sink through the sea they shall rise again;
Though lovers be lost love shall not;
And death shall have no dominion.

首先我要指出，原文是每一两行一句的，中间没有标点符号，巫宁坤保留了原来的形式；余光中则几乎每一行都多加了一两个逗号，"分裂"原诗的句子。效果也是明显的：巫宁坤的译文像原文一样，朗朗上口，而余光中的译文却结结巴巴。纯粹从中文的角度看，巫宁坤的译文风格统一，诗句肌理丰满，用词凝练；而余光中的用词较多套语（独霸四方，赤身裸体，无恙），并且语言风格不统一，例如第一行用上一个文绉绉的"亦"，但是第三行末尾"的"后面却拖上一个"那人"，此外还连用几个带有文言腔的"纵"字。显然，对比之下，巫宁坤是优胜多了。

为了保持译者的现代汉语敏感度，有一个基本准则是应该遵守的，即不可用成语或套语翻译原文中不是成语或套语的句子或词语；而碰到原文中带有成语、套语、片语的句子时，则可采取对应或近似的翻译,或不予理会,而是尽量发挥汉语的优点,以弥补或抵消在翻译中丧失的原文其他优点。

具体地说,现代敏感主要表现在译者对汉语词语的取舍。择什么、弃什么不仅是诗歌翻译的关键,也是诗歌创作的关键。这不仅涉及译者的现代汉语修养,还涉及译者对现代汉语发展方向的正确认识——译者需要站在这个发展方向的前沿,要踏在它的边缘上。这"边缘",意味着要有粗砺的棱角、有刀锋的锐利,还有,分寸感——否则会掉下深渊。

试比较一下华兹华斯《丁登寺旁》一诗两种中译的片段:

我感到,
高尚思想带来的欢乐扰动了
我的心;这是一种绝妙的感觉——
感到落日的余晖、广袤的海洋、
新鲜的空气和蔚蓝色的天空
和人心这些事物中总有什么
已经远为深刻地融合在一起,
是一种动力和精神,激励一切
有思想的事物和思想的对象,
并贯穿于一切事物之中。
(黄杲炘译)

我感到
有物令我惊起,它带来了
崇高思想的欢乐,一种超脱之感,
像是有高度融合的东西

来自落日的余晖,

来自大洋和清新的空气,

来自蓝天和人的心灵,

一种动力,一种精神,推动

一切有思想的东西,一切思想的对象,

穿过一切东西而运行。

(王佐良译)

原文:

And I have felt

A presence that disturbs me with the joy

Of elevated thoughts ; a sense sublime

Of something far more deeply interfused,

Whose dwelling is the light of setting suns,

And the round ocean and the living air,

And the blue sky, and in the mind of man;

A motion and a spirit, that impels

All thinking things, all objects of all thought,

And rolls through all things.

这是一位浪漫主义诗人的诗行,却有着现代诗的感觉力,尤其是"像是有高度融合的东西／来自落日的余晖"一句,被丁尼生誉为英语中最雄伟的诗行,因为诗人写出了消逝中的永恒。从对照中可以看出,王译紧扣原文的排列和节奏;黄译专注于释义,并"整合"原诗的句子和排列,牺牲掉原文起伏、抑扬的节拍，实际上也就丧失了"雄伟"和"消逝中的永恒"之感。在词语取舍方面，王译也很贴切，符合原文的质朴和硬朗，例如"大洋""蓝天"；而黄译"广袤的海洋""蔚蓝色的天空"则扩充了原文的涵意，结果是失之空泛——坏的发挥。原文 presence（存在物）非常重要，黄译不见了，王译保留下来，并且加以有效的发挥——以"惊起"译 disturb 重了些，但是整个句子"有物令我惊起"的效果却非常出色——好的发挥。sublime 王译"超脱"也比黄译"绝妙"更接近原意。在这首意境深沉气息辽阔的诗中，"绝妙"这个太口语化和太轻滑的词是绝不应该出现的——这表明黄译缺乏"舍"的敏感（前面"good"张译"美妙"，这里"sublime"黄译"绝妙"，似乎两者也可以互换；按这种逻辑，两处都用"奇妙"也差不了多少）。王译"有高度融合的东西／来自落日的余晖"体现出原文的雄伟感，尽管黄译"远为深刻"字面意义比"高度"更准确——王译再次显示出好的发挥，有"取"和"择"的敏感。王译"推动""运行"也更有动感。

另一种取舍是对诗作可译性的判断，经过判断后，如觉得会丧失太多，最好就不要译。关于诗歌的可译性，一向争论不休。有的认为好诗是在翻译中丧失的那部分，有的则认为好诗是可在翻译中保存的那部分。我的看法是"患得患失"，具体作品具体判断，就可避过"得失"的陷阱。问题往往不出在诗身上，而出在译者身上。在一些译者手中，所有诗或大部分诗都是可以译的，并且都可以译得很好；在另一些译者手中，只有一部分诗是可以译的，并且有些译得好，有些译得一般（例如一首诗中有的片段好，有的片段坏）或译得很差。还有一些译者，诗在他们手中，不管可译不可译，都被译得很一般或很差。除可译性的判断外，还应对原诗是好是坏有准确的判断——每位诗人都有好诗、坏诗和水准一般的诗，应挑选好的来译（译全集则是另一回事）。如果译者不具备好诗坏诗的准确判断力，则应借助来源语的诗歌选集、文学史等。对原诗是好是坏、可译与否的判断通常已决定了译诗的成败。坏的译者一般也都是坏的判断者。

诗行的排列和节奏的移植也是现代敏感的一个重要环节。诗行的长短排列和标点符号本身已构成视觉上的节奏感，这点往往被一般译者忽略。"视觉节奏"有时比音步更重要。译者不应随便增减标点符号；不应把长短诗行译成整齐诗行，或把整齐诗行译成长短诗行——这些属于"视觉节奏"。还有听觉节奏，即译者完全听出原诗的内在节奏，并把这种内在节奏重现在译诗中。听觉节奏与视觉节奏有时会冲突，译者应根据具体情况去做平衡：有时稍微牺牲视觉节奏来迁就听觉节奏，有时相反。不能够做到平衡，往往是因为译者的能力仅仅足够（甚至远远不足以）翻译原作的"意思"，而顾不上或不懂得原作的风格、氛围、语调。上述援引的巫宁坤和王佐良译诗除了在文字安排上更贴切外，他们的现代敏感主要还体现在节奏的移植上。

另一个问题是想象力。如果译者诗歌修养不足，而又欠缺翻译经验，那么他的译文便往往会追不上原作者的想象力。这也是该意译处被直译，该直译处被意译的情况出现得最多的时候。由于原作者的想象力太离奇甚至离谱了，译者根本在阅读上就适应不过来，更不用说理解或翻译了。这个时候误译和劣译的情况也非常普遍。

"不同的时代必须有不同的文体，也必须有不同的翻译风格"（申慧辉语，摘自来信）。这就是为什么新诗一出现，旧诗便无可挽回地衰微;这也是为什么林纾"汉化"的翻译必须被取代;这也是为什么我们不能以古汉语来翻译古英语的《贝奥武甫》;这也是为什么王力以汉语旧体诗的格式翻译《恶之花》注定要失败——用中国已被抛弃的形式来翻译法国最具先锋意味的诗集,本身是多么地讽刺。同样地,英译者也不能以古英语来翻译我们的《诗经》或老庄。现在一般人仍然以四字成语或常用套语来作为汉译"传神"的标准,这当然是错误和落伍的。

王佐良在八十年代以凝练的口语化汉语翻译当代英语诗人勃莱、赖特、R. S. 托马斯等人的诗,给中国青年诗人带来一种新的觉醒。可是他也有过一次"滑铁卢"。他以半文半白的文体来翻译雪莱的《奥西曼提斯》,前半部分套用某首词的节奏,后半部分以自由体,其中又夹杂文言和口语,成为一首大杂烩诗。结果当然是不堪卒读。他把这首诗收入他编选的《英国诗选》,我认为其作为一个"坏榜样"警告后来者的意义远远高于其"聊备一格"的意义。同样是王佐良,他在翻译彭斯的《一朵红红的玫瑰》时,巧妙地以"纵使大海干涸水流尽,太阳将岩石烧作灰尘"来回避"海枯石烂",成为译坛的佳话。

我与巫宁坤教授见面时,曾向他提及他译的托马斯,他却一再坦白说,他是小心翼翼地译,唯恐译错,并且没有把握。我承认他所说并非仅仅是谦虚,因为他的非诗歌译文还是比较温柔敦厚的。但这丝毫没有减低他译的托马斯的重要性,正是他的严谨和紧扣原文,力求避免歪曲,才使他译的托马斯熠熠生辉。后来,他又译了托马斯另两首诗和美国诗人罗特克的两首诗,仍然保持那份锐气。

想深一层,巫宁坤译托马斯的重要性恰恰在于他的"没有把握"。因为很多译者同样对现代诗没有把握,却要么不敢译,要么以"有把握"的汉译取代"没有把握"的原诗——他们首先要"解决掉"原诗中被他们视为难懂与晦涩的部分，而不是把那份难懂与晦涩移植过来。而后者才是现代汉诗最需要的营养。当然，最理想的译者是能够对原诗有充分把握的译者，包括充分把握并大胆译出诗中被一般视为"没有把握"或"吃不透"的成分。简而言之，应紧扣原文，不应以译者自以为是的审美观扭曲原文，并且要牢记，读者往往比译者敏锐。此外，这种情况也是存在的：译者直译，自己不知所云，而读者却拍案叫绝。

不称职的译者都以为只要"吃透"原文，再把它的"意义""意思"吐出来，便完成任务了。如果是翻译其他体裁，这个想法大抵可以接受（？），却不能应用到诗歌上，尤其是现代诗。因为现代诗的一个重要魅力便是那份一般人"吃不透"的元素，而这个元素对于当代青年诗人，正是写作及欣赏的主要推动力和刺激剂，而且对他们来说，并不存在晦涩的问题——他们最关注的并不是一首诗说了些什么，而是怎么说。他们孜孜不倦阅读汉译外国诗，寻求的正是译文中那股把汉语逼出火花的陌生力量。而外国诗汉译瞄准或应该瞄准的读者，事实上也正是这样一些诗人。这些诗人又反过来成为汉语的革新者和先锋，给汉语诗歌注入崭新的感性，再进一步迫使诗歌翻译者更敏锐地提供崭新的营养。

一九九六年九月第三次修改

译诗中的现代敏感

译诗中的非个性化与个性化

　　译者的翻译态度往往决定译诗的优劣。诗歌翻译者应具备的最佳条件有三项：一，译者是诗人并且最好是优秀诗人，或如纳博科夫所说的，优秀的译者应当具有原作者的才能；二，译者精通来源语；三，译者熟悉来源语、目标语（译入语）以至世界各大语系的诗人和诗歌发展状况。鉴于这种译者委实难求，就有必要提出一些诗歌翻译的基本准则，以确保译作有最低限度的可读性。即使是具备上述最佳条件的译者，其翻译态度也同样会影响译作的质量，故也必须遵守这些基本准则，以确保译作有更高的可读性。翻译态度就是译者采用非个性化翻译还是个性化翻译。我提出直译，也许会被人误以为是提倡死译和硬译。按照季羡林和许国璋给"直译"所下的定义，直译是指"原文有的，不能删掉；原文没有的，不能增加。这与译文流畅与否无关"。我的意思其实就是正确表达，但是正确表达本身会引起很多误会和争论，因为正确表达除了词义之外，尚有更重要也更捉摸不定的原文的节奏、语调、气氛、意味等细微之处，况且没有任何译者会承认自己不是在正确表达或试图正确表达。"直译"给了正确表达一个限制。

提出非个性化翻译,则是希望在直译之外提出正确表达的另一个重要侧面。在技术层面上,非个性化与直译是相似的:尽量贴紧原诗的句法、词义、音节、排列,把原诗的语调和气氛带出来,呈现给目标语的读者。但是,非个性化的含义更广,指涉也更宽,它不是在技术层面上而是在美学层面上对译者提出直译的要求。换句话说,就是应该尽量消除译者的主观色彩、减少臆想,放弃译者偏爱某些用语、某些意境的个人癖好,尤其是不要"浮想联翩"。能够恰当地"发挥"当然很好,但是鉴于真正懂得发挥的译者并不多见,所以还是老老实实最好。话说回来,没有译者会承认自己不老实,他们或多或少都会觉得自己是老实的,这就涉及我在《译诗中的现代敏感》一文中谈到的现代敏感,在本文的范围内也就是直译或非个性化的现代敏感。译者要有敏锐的鉴别能力,要能够直觉地判断某个词语、句子直译过来是不是新鲜和锐利的。如果没有敏锐的鉴别能力,他就不大可能采取直译,或不敢十足地直译,而是换上更为温和的、妥协的、模棱两可的词,尤其是最能够发挥模棱两可功能的汉语成语或套语。

非个性化就是消灭译者的个性,还作者真面目,译谁像谁,尤其是要译出原作者的声音。在二十世纪现代诗坛,名家辈出,流派纷纭,诗人都很独立,有自己的眼光、自己的取向、自己的审美趣味,不像十九世纪,一个浪漫主义可以席卷半个地球。就现当代诗歌而言,成就突出的有八个语系:英语、法语、意大利语、西班牙语、俄语、德语、希腊语和波兰语,各个语系内部又同样流派纷纭,取向各异,甚至是跨国的。例如在英语中,美国诗歌就很庞杂,但主要特点是生活化、口语化、开放化；英国诗歌相对较传统、保守而又根基厚，若有诗人脱颖而出，便会显示出传统与个人才能相结合的威力。几位英语现代诗大师庞德、艾略特、弗罗斯特、奥登、叶芝都受益于英美两国文学和文化传统的交叉力量——英国诗人奥登下半生成为美国诗人，美国诗人艾略特下半生成为英国诗人；美国诗人庞德在英国长住过，当过爱尔兰诗人叶芝的秘书，对叶芝诗歌发表一句"再硬一些"的评语，使叶芝恍然大悟，诗艺立即更上一层；庞德在伦敦提携从美国到英国寻找出路的弗罗斯特，后者回国时声誉已在迎接他——他们的语言风格也就会留下受这种交叉力量影响的痕迹。此外尚有加拿大、新西兰、澳大利亚、西印度群岛和非洲等英语国家和地区崛起中的英语诗歌。还有美国、加拿大等国家的少数民族英语诗人，其中还有不少华裔和亚裔诗人。再如西班牙语，除西班牙本国众多杰出诗人如马查多、洛尔迦、希梅内斯、阿尔贝蒂、塞尔努达和阿莱桑德雷等人外，还覆盖了众多拉丁美洲国家，跳出一个个闪光的名字：达里奥、巴列霍、米斯特拉尔、聂鲁达、博尔赫斯、帕斯……西班牙语是以超现实主义闻名的，但西班牙诗人与非西班牙诗人之间既有血缘关系，又有明显的区别，各诗人之间又有具体特点，例如拉丁美洲诗人的超现实想象力更狂野，再如聂鲁达的诗风与巴列霍、达里奥、马查多有密切关系，博尔赫斯则独树一帜……

面对如此缤纷璀璨的诗歌景象，如此多姿多彩的诗人；面对诗人自己各个阶段的变化，诗人与诗人之间的互相影响；面对这些诗人中前辈对后辈的影响，一国诗人对另一国诗人的影响（例如加拿大诗人莱恩在一九七五年所写的一首诗受到希腊诗人卡瓦菲斯在一九一〇年所写的一首诗的影响）……一个译者如果同时掌握数种语言并从事翻译，或通过某一个语种来转译，或仅仅翻译一个语种的不同诗人，他的挑战都是很大的，而应付这种挑战的最有力武器不是别的，正是非个性化。但现在大部分译者仅仅满足于"译"，而不太顾及怎样译、译的是什么和译出了什么。他们译不同风格的诗人，却只译出一种风格的诗，即使不考虑风格，其可读性也低得可怜，至于原作者的声音，就更加听不到了——有的译者甚至不具备组织一种声音的能力，哪怕是他自己的声音。有的译者比较明智，只译自己的翻译风格可以容纳的诗人，但是这样做尽管已比较可取，却远远不是翻译的最高准则。

董乐山在谈到翻译时说："关键在于理解。"这句话道出了翻译的要害。因为翻译说到底是理解和表达。理解不好，表达就会出问题。这句话适用于任何体裁的翻译，包括诗歌翻译。但诗歌翻译还要加上另一个准则：关键在于句法。诗歌的语言不同于其他文学体裁的语言，更不同于新闻和科技语言。拿新闻来说，记者重要的工作是把事件的真相讲出来，讲得明白，讲得简洁，讲得清晰，新闻译者只要把事实或真相表达得明白、简洁、清晰，做到"达意"，也就行了。诗歌没有真相要讲——错！诗歌也有真相要讲，那就是语言的真相。诗人要挖掘语言的各种材料，各种潜质，各种可能性，他要向读者报道语言内部的运作，语言内部的矛盾和冲突，语言内部的冒险、拯救、死里逃生的故事。这个故事也有线索，它就是句法结构。这条线索上布满侦查的记号、提示、证据、蛛丝马迹：它们就是词、音节、语调、标点符号。在这条线索上，什么与什么相邻、什么与什么在哪里碰头、什么与什么有什么关系、什么在什么的什么位置上等等，都是破案的重要证据，要小心保存、充分注意、反复掂量。不是说要照搬，不是说完全不可以挪动，而是说译者至少要掌握原作的各个重点,心中有数之后,可以照搬或拆散重组,但要确保它不会遭毁坏,确保原作中各个重点的效果能够在译作中重现。但能做到这点的译者几乎没有。诗人的安排是精心的:什么应与什么相邻、什么应与什么在哪里碰头、什么应与什么有什么关系——隐蔽还是明显、什么应在什么的位置上等等。如果调换一下,线索可能就断掉了。翻译即是转码,能够完全把码转出来,那当然好,但通常却做不到,线索上总会有些东西无法转码:翻译的艺术即在于此——要想办法。线索的最终目标是效果。破坏某一部分线索,又无法把它重新连接起来,那么某个句子的效果可能就出不来了。破坏整条线索,则重新连接的可能是微乎其微的,也就基本上破坏掉整首诗了。罗杰·福勒对句法有如下见解:

> 句法的一种属性是用不同词序表达相同意义的能力。即使词序并不算十分"重要",无论如何它也是有价值的,强有力的,因为它能够决定一种序列,读者依据这种序列理解体现在句子中复杂意义结构里的各种成分。例如:"He put the book down"(他把书放下)中的第二、第五个单词共同组成了一个单一的意思,但由于词序问题,而使人产生一种不很连贯的感觉。put(放)的意思因而是不完整的、暂时的,直到 down(下)完成了这个句子,这种感觉才消失。如果我们听听具有相同意义的另一个句子"He put down the book"(他放下书),那种对意义间断的、延缓的摄入方式就不复存在了。尽管这两句的意义是相同的,但感觉意义的方式却大相径庭,这就是由句法的迥然不同而造成的。

福勒进而指出:"句法可以用多种多样的方式来决定、帮助,甚至阻碍读者对意义的理解……句法连续不断地、坚定不移地控制了我们对文学意义和结构的理解。"应该说,诗歌是最讲究句法的。诗歌是一种均衡的艺术,这种均衡既微妙又脆弱,一个词、一个音节、一个句序的倾斜,都有可能损害甚至毁掉整首诗。强调句法结构并不是要强调译者死译、硬译,把所有结构搬进目标语里去,而是要求译者必须明白及掌握诗中句法结构的各个环节,在翻译中给予充分注意。要明白哪里是作者的着眼点,哪里是作者的心血所在,哪里是作者的闪光之处,以至哪里是作者勉强维持下去的。然后通盘考虑,一一重现,并对不足之处施展各种补救办法。

句子顺序的构成涉及两种敏感:对节奏的敏感和对词语的敏感。在不得已的情况下,诗人会让词语迁就节奏,或者让节奏迁就词语。但是一个好的诗人(一般来说也即值得去译的诗人)总会在两者之间协调出最佳的平衡,这也意味着这种平衡赖以维持的句法结构是脆弱的,稍微移动可能就会受损。同样地,一个好的译者也会尽量去维持这种平衡。

我在《译诗中的现代敏感》一文中对照了王佐良与黄杲炘所译华兹华斯《丁登寺旁》一诗的片段,指出王译按原诗格式排列,属直译,保留了或者说接近于原来的节奏;黄译则拆散原诗重组,属意译,未能在译诗中保留原诗的节奏。黄译事实上就是个性化翻译。现在再看看他们在译诗中保留主要意象的"相邻""碰头""关系""位置"及其效果方面的得失。"Of something far more deeply interfused, / Whose dwelling is the light of setting suns",王译"像是有高度融合的东西 / 来自落日的余晖",黄译"感到落日的余晖……(接下去隔了两行)

译诗中的非个性化与个性化

远为深刻地融合在一起"。原文最后的"the light of setting suns"给人以非常强烈的视觉印象，尤其是 light 在前，setting sun 在后，给人视觉上的感觉恰好是西边下沉的太阳的最后光辉。中译"落日的余晖"落日在前，余晖在后，显然不及原文，这是没办法的事，是有所失。但王译也有所得，就是"落日"在前，使得它与"高度融合"拉得更近。太阳下沉时周围殷红，视觉上恰好是"融合"的感觉，而王译还在"融合"前把"远为深刻"译为"高度"，这视觉上又与"融合"和"落日"取得圆满的协调——"高度融合"是一个强烈的、富于雄伟感的组合，又与"落日"（天上的，本来就有"高度"的感觉）遥相呼应——译者充分利用象形文字的形象性。而这些效果在黄译里都失去了。为了达致上述效果，王译做出迁就，把"whose dwelling is"（它的住处是）译成"来自"，再以另两个"来自"翻译接下去两句句首的 and，从而基本上维持了原诗句子的次序。

词语是句法结构赖以维系的单位，一如句法结构是词语赖以维系的线索。句法结构主要体现一首诗的节奏、语调、诗中意象的位置，词语则体现一首诗的肌理、骨架和内在张力。如何重现原文中词语的各种实质功能和弦外之音，是对译者的另一次重大考验。这里既涉及译者对原文词语的理解力（尤其是对词语之间的精微关系的理解力），也涉及表达力，同时也涉及想象力。就像必须明白和掌握原诗句法结构一样，译者也必须明白和掌握作者在原诗中的词语的着眼点、心血所在、闪光之处以至勉强维持之处，并给予正确表达。按理说，词语是一个个单位，不像句法结构由头至尾要一一顾及，应该是较容易处理的环节，但事实并非如此。首先因为就英语而言，一词多义太普遍了，容易理解错；其次，词语与句法结构密切相关，一且译者对句法结构的把握失当,对词语的表达就会立即受损;第三,词语的表达是直接受译者个人用词癖好、文学修养和诗歌领悟力影响的,一旦译者主观色彩太浓,出现个性化倾向,词语表达的准确度就会立即遭到扭曲。

美国诗人罗伯特·洛威尔《黄鼠狼(鼬鼠)的时刻》一诗技巧精密,内容扎实,不但是洛威尔的代表作,也是现代英语诗歌的重要作品。该诗就我手头拥有的资料看,有四种中译,译者分别是袁可嘉(见《世界抒情诗选》,春风文艺出版社,一九八五)、郑敏(见《美国当代诗选》,湖南人民出版社,一九八七)、赵毅衡(见《美国现代诗选》下册,外国文学出版社,一九八五)和赵琼、岛子(见《美国自白派诗选》,漓江出版社,一九八七),现在列出原文开头三节和袁可嘉的中译(由于篇幅所限,其他译者的译文从略,仅举出需要比较的部分),考察各位译者对关键词语的掌握和表达的准确度,尤其是容易被个性化的词语和句子。

> Nautilus Island's hermit
> heiress still lives through winter in her Spartan cottage;
> her sheep still graze above the sea.
> Her son's a bishop. Her farmer
> is first selectman in our village;
> she's in her dotage.
>
> Thirsting for
> the hierarchic privacy
> of Queen Victoria's century,

译诗中的非个性化与个性化

she buys up all

the eyesores facing her shore,

and lets them fall.

The season's ill—

we've lost our summer millionaire,

who seemed to leap from an L. L. Bean

catalogue. His nine-knot yawl

was auctioned off to lobstermen.

A red fox stain covers Blue Hill.

鹦鹉螺岛上的隐士
那个女继承人在简陋的屋子里过了一冬;
她的羊群还在海边高地上吃草。
她儿子是个主教。她的农场主
是咱们村里第一任村长;
她如今年已老迈。

她渴望得到
维多利亚女王时代
那种等级森严的清静闲适,
她收买了
所有对岸看不顺眼的地方,
让它去倾颓。

这季节出了毛病——

> 我们丧失了夏天的百万富翁，
> 他仿佛是从一个货目单上跳走了。
> 他那九英尺长的游艇
> 拍卖给一个捕虾的人了。
> 秋天的蓝山沾满狐狸皮上的红斑点。

（袁可嘉译）

第一节。郑敏音译"诺提拉斯岛"不如其他三位译者意译"鹦鹉螺岛"好（应该说，后者是"直译"才对）；英文中，"某某岛"常常都是有词义的。意译尤其发挥中文的优势，予人丰富的视觉感受和联想。郑译"斯巴达式乡舍"音译则比"简陋的屋子"意译好些，意译太具体。赵琼、岛子（以下简称"赵琼"）把"羊群还在海边高地上吃草"译成"羊群依然在大海放牧"，是较严重的误译，因为它引起读者胡思乱想。袁译"咱们村里"不如其他译者的"我们村里"好，因为原文并无方言腔调，况且，说"咱们村里"好像把读者也包括进去了，同样引起读者心理上的不适应感。这两处，袁译和赵琼译都是败在个性化。袁译和赵琼译"第一任村长"、郑译"第一名选手"、赵毅衡译"头号地方议员"。selectman 译为"村长"不确，其实只要运用逻辑推理，就可以知道不是"村长"。这个村子存在应已很久，"村长"不大可能是第一任。"选手"离原文就更远了，易使读者误为体育运动的选手，同样运用逻辑推理，若是"选手"，必会指明是什么运动。"地方议员"译对了（可省掉"地方"，以免节奏累赘），但不是"第一任"，更不是"头号"，应是"第一位"或"首位"，意思是村里第一次有人当上地方议员，是个不小的官。"头号地方议员"等于是地方议会的领袖也即议长，是个大官。赵毅衡译把 first 当成 number one，这里既有可能是理解错误，也有可能是为了避开一般把 first 译成"第一位""首位"，而用一个更"汉化"的译法，可惜用错了地方。

第二节。袁译"她收买了"，"收买"有歧义；郑译"她买尽了"，"买尽"过于空泛，且有点别扭；赵毅衡译"她买下了"最准确；赵琼译"竭力收买"则是硬加上"竭力"，复在"收买"上失手。这一节的重要诗眼在最后一行最后一字 fall（倾颓）。最后三行可译为"她买下了／对岸所有看不顺眼的地方，／然后任其倾颓"——这句诗不得了，先是平实，继而强调（上升），继而震撼（下跌）。袁译最好，但先有"收买"之瑕，复有"所有对岸"之疵（应为"对岸所有"），令人略感遗憾。赵毅衡译"面对她海岸一切刺眼的东西"太生硬，"倾圮"也稍逊于"倾颓"。赵琼译"对岸处不顺眼的地方"读起来同样不顺畅，"颓废"更差——是译者的主观臆想。郑译"让它们变成颓垣"则是个性化败笔的典型，fall 是动词，郑译变成名词"颓垣"，前面加了动词"变成"则拉长了"倾颓"的震撼力；"颓垣"倒是呼应上一句的"她的海岸对面的一切刺眼的建筑"（这句也译得非常拖沓）中的"建筑"——可惜把原诗的泛指译得太具体。

第三节。"The season's ill"，袁译"这季节出了毛病"，不够分量（"出了毛病"仍不足以死人），音节也略嫌拖沓了些；郑译"季节的问题"有点问题，原文并非"The season's illness"，郑译把动词译成名词，即使是按照郑的理解，译成"问题"也不确，所指太泛；赵毅衡译"是季节不好"也不好，同样所指太泛；赵琼译"季节染病了"好些，但仍"染"了个性化病，冠词 The 也没译出来，"这季节"是指夏天。这两行可译为"这季节有病——／我们失去了夏天的百万富翁"，这两行诗之间有个高超的隐喻，不妨称为"联想隐喻"。上一行（季节）有病，下一行（有人）死了；上一行的"季节"又与下一行的"夏天"联系起来。nine-knot 是"时速九浬（海里）"的意思，袁译和赵琼译"九英尺"有误；赵毅衡译"九节"没错，但给人那只游艇由九节组成的感觉。《英汉大词典》对 knot 的解释是：节（航速和流速单位；一节等于一海里/小时）。一般来说，在词典中，释义后加上括号解释，是因为担心读者不明白。郑译"九浬（海里）/小时"注意到这点，可却用上"/"号，破坏效果——真是拿到手又给它滑掉了。最后一句袁译"秋天的蓝山……"多了个"秋天的"；赵毅衡译"蓝山上沾满红斑好像狐狸"不确，"好像"也是译者自添上去的；赵琼译"一只火狐的尾巴遮住了蓝色的远山"，把"蓝山"拉长成"蓝色的远山"，火狐也多了一条"尾巴"，全是臆想（异想）；郑译"蓝山已染遍红狐的色泽"最好（若把"色泽"译为"颜色"或"色斑"会更好，也更准确），但郑译没有按照原文句序译成"红狐的色泽染遍了蓝山"，实在可惜。"红……染……蓝……"，这效果多好，多贴近原诗。

由上面的译文和评析可以看到，洛威尔一些典型的拿手好戏均成为译者的陷阱，他们要么全部束手就擒，要么有的中计，有的负伤，仅有若干险胜。综观各位译者失误的原因，大都与太个性化有关。第一种个性化是译者理解原作，但发挥太多主观色彩；第二种个性化是对原作各个要点或细微之处理解不透彻，造成各种倾斜和歪曲。还有就是译者中文表达能力的问题，例如"对岸所有看不顺眼的地方"一句，虽然各位译者都理解原文，但是却在不同程度上无法用跟原文一样流畅的汉语表达出来。这些例子都还算是轻度的个性化例子。此外，还可以看到，这三节诗绝大部分均只需紧扣原文词语直译即可——这表明直

译诗中的非个性化与个性化

译能够使译作保持较高的可读性；但是袁可嘉把 fall 译成"倾颓"则包含天才的感受力、创造力和想象力——这表明译者在处理这个关键词时，其表达能力已达到原作者的高度。这个词仅靠直译是达不到原作的境界的。

  译诗中不足取的个性化还包括"雅"病和"律"病。"雅"病指译者翻译观陈旧，仍然以"雅"作为翻译理想，而不顾及原作的真面貌；或有译者自以为顾及，事实上却是漠视原作；或自以为传神，实际上距原作愈来愈远。"律"病主要指译者把心力全部投入翻译（其实是创造）格律，主要是专注于押韵；而为了押韵，便不顾一切地置换原作的各种安排，扭曲、扩大或缩小原文的词义；再加上译者往往是不及格的创造者，于是一方面译文远离原作，另一方面即使不计较是否忠于原作，而只当成创作，也仍然是一首对原作和原作者构成毁谤的坏诗。

一九九六年

"恶化"与"欧化"
——兼论中译者的基本素质

欧化是汉语发展不可或缺的部分,而"恶化"则是一个连欧化也会遭其危害的肿瘤。所谓恶化就是译者理解原文能力差,而理解能力差会造成两个后果:一是误译,也即粗暴地蹂躏原作;二是文句不通,粗暴地蹂躏汉语。

八十年代以至九十年代,翻译也许可以称为繁荣昌盛,但就其质量而言,则可以称为泥沙时期。近年来,这种泡沫翻译已差不多胀破了。这种情况,首先是译者水平的问题,其次是出版社没有高质量原文校对者甚或没有原文校对者的问题。

翻译的问题,本来应是翻译艺术或翻译技术的问题。可是,泥沙时期的翻译问题,已沦为译者外语不过关的问题。什么才是译者应有的基本素质?当然是原文理解力。我想在这里提出若干准则,来衡量原文理解力。

首先,要达到最佳的原文理解力,译者阅读原文的速度应接近于阅读母语。这个要求本身不在于速度,而在于阅读的广度与深度。译者阅读原文的速度接近于阅读母语,则表明他长期浸淫于外语阅读中;他已能够比较轻易地把握一篇文章或一本著作的语调，阅读时即使遇到生词也不靠词典，犹如阅读母语一样，仅靠猜测，翻译时再细查词典确认；对语调的把握使他完全进入上下文的语境中，他作为读者和译者的脉搏与作者的心跳基本保持一致；他对词汇和句法结构的掌握基本上达到畅顺自如的程度，阅读时心理上基本没有障碍，较难的句子稍微思索即可明白。在这个基础上，译者就可以把握一篇文章或一部著作的文体和风格，判断它的难度：晦涩则以晦涩译之，明白则以明白译之。否则，很容易把流畅译成冗赘，把难懂译成简易（也即意释而不是翻译）。

其次，译者的外文阅读量不应少于母语阅读量，最好是超过母语阅读量，例如占三分之二。这个要求同样不在于量本身，而在于考验译者的触觉是否伸入外文（例如英语文学）的神经中枢，与其翻译对象例如英语文学共呼吸，尤其是能够钻入最顶尖作家的思想及品味的氛围里，而不是靠一般读者的常识来了解。这即意味着他不仅有见解，而且这种见解不逊于母语读者甚至不逊于他们的作家。

这两个要求都很高，甚至可能是最高要求。但是，起码的准则不应低于三分之一：速度不应低于母语的三分之一，阅读量亦不应低于母语的三分之一。至少，一个译者应有一个时期达到这两个标准的最低要求。一个译者如果仅仅掌握一些语法规则和一些词汇，然后就开始翻译，就会出现太多的误读误译和太多的常识错误。当然，一个译者甚至可以仅学三两年英语就开始翻译，但他应该清楚自己是在学英语而不是在做翻译。

就八九十年代翻译作品的数量看，会令人觉得背后有一支翻译大军。但是如果拿上述要求来衡量，立即会发现这支大军只是乌合之众。事实正是如此。有的译者可能未完完整整地读过几本外文书,甚至可能花一天时间看不完一份《中国日报》,用一星期看不完一期《时代杂志》或《新闻周刊》。还有很多译者连词典和其他工具书也不懂得查,甚至不懂得配置适当的词典。

这支翻译杂牌军背后的调动者是出版社。以前,翻译作品只由数家出版社出版,各出版社都有外文专家;此外,很多译者都曾在《世界文学》及其前身《译文》等杂志上发表过译文。这些机构都有过硬的原文校对,如能获得认可,水准基本上有保障。可是八九十年代以来,很多功力深厚的译者或已辞世,或已退休,或精力不济,或对最新外文著作不感兴趣,而读书界对翻译作品的需求又在不断增加,造成几乎没有出版社不出版翻译作品的情况,而出版这些翻译作品的出版社又都没有外文专家,很多责任编辑不懂外文或只略识外文,基本上不存在原文校对这回事。

我的意思不是要回到以前由若干出版社或机构垄断翻译的制度中去,相反,我认为这些乌合之众具有一种边缘式的敏锐触觉,其选材之多种多样是"中心"无法取代的,甚至可以说是反过来取代了"中心"。但是,翻译水平的低劣却使这种原应是值得鼓励的趋势变成亟需抑制的趋势,它不仅恶性蔓延,而且抢去了原来那些高水准的经典翻译作品的读者(读者求新知,这是好事;却得到劣品,这是坏事)。

原文理解力之外,是表述力。表述力主要是翻译艺术及技术问题,包括"欧化"与"汉化"的问题,这里不拟讨论。表述力之外,还有译者是否认真的问题。这里我想举出一个实例,这个实例既不典型又很典型:不典型的意思是,它并不是很坏的例子；很典型的意思是，它正好可以用来说明不少问题。

有一次我偶然从书架上抽出汤潮译、郑敏校的《美国诗人五十家》，读"普拉斯"条目。这本书的原版我已看过，当我读到"普拉斯"条目译文的第一段结尾时，即看到这一句：

"无论这些艺术家谁说得对，普拉斯的诗都是失败的，因为圆滑不是诗歌艺术的组成部分"。我觉得奇怪："普拉斯的诗都是失败的"？这是有悖于常识的。我以前读原版的时候并没有这个印象。找来原版一查，果然是错译。原文是："If either of these critics is right, then Plath's poems fail, for slickness is no part of the poetic art"（如果这些批评家任何一位说得对，那么普拉斯的诗就是失败的了，因为圆滑不是诗歌艺术的组成部分）。

好奇之下，我又从同一篇译文中挑出一些令我生疑之处，一一对照原文，果然都有问题。在上面那个句子中，译者还把"批评家"误为"艺术家"，接下来又把 biologist（生物学家）误译为"植物学家"，把普拉斯的小说 The Bell Jar（《钟形玻璃罩》）望文生义误译为《喇叭瓶》（真正的望文生义也应译为《钟瓶》才是）。

"She used his death many years later as the starting point of her poem 'Daddy'"被译成"多年之后，她写了一首以他的死为主题的诗《爸爸》"。这里，starting point 是"起点"而不是"主题"，译为"主题"较为牵强，以死作为起点和以死作为主题是不同的，《爸爸》一开始就写到父亲的死。这个句子完全可以直译："多年以后，她用他的死作为《爸爸》一诗的起点"。

"She had attempted suicide in 1953 after fierce depression" 被译成"1953年当她受到强烈压抑时,她曾企图自杀"。正确的译法是:"1953年她曾因患上严重抑郁症而企图自杀"。

"She attended Robert Lowell's poetry course at Boston University. He was moving towards the 'confessional' poetry eventually collected in *Life Studies*." 译文:"普拉斯曾在波士顿大学听过罗伯特·洛威尔讲诗的课。洛威尔后来收入《生活研究》的诗日益走上了'自白诗'的道路。"后一句译文与前一句不连贯,这是语调把握不好造成的,并且也译错了。《生活研究》是"自白派"的代表作,而不是"日益走上""自白派"的道路。应译为:"她曾在波士顿大学听过罗伯特·洛威尔的诗歌课。他正朝着后来收入《生活研究》的'自白派'诗歌的方向发展。"

"The early poems suggest the later style"被译成"早期的诗也暴露了后期风格的端倪",应译为:"这些早期诗隐含后期风格的端倪"。

"The early poems attempt to transcend the terror, the later poems to plumb it." 译文:"早期的诗企图超越这种恐怖,而后期的诗制造这种恐怖。"应译为:"早期诗企图超越这种恐怖,后期诗则企图探究这种恐怖。"

上述九个错误发生在五页译文(四页原文)中,差不多每页发生两个错误,其他有待改善之处尚有不少。这些错误并不是偶然的,例如我翻开"罗伯特·洛威尔"条目,在第三百五十四页即发现两个错误:

"他拒绝了为军事机构做报导……结果被判处了一年监禁。"原文是:"he refused to report for military service and was sentenced to a year's imprisonment."这里，report for 是"报到"，military service 是"兵役"。意为"他拒绝报到服役，结果被判处一年监禁"。

"Here the Jack-hammer jabs into the ocean"被译成"这里锤子砸进了海洋"，应译为"这里风钻凿进了海洋"。

翻译发生错误，是难免的。没有一个翻译家敢于宣称自己不犯错、不误译。这也是为什么很多翻译家都避免指摘别人，因为你今天指摘别人，明天即有人指摘你。但是我认为，翻译是一门科学，译者应当有一种科学精神，也即不仅不怕别人指出错误，而且应欢迎并感激别人指出错误。这是一个认真的译者应有的态度。

但是，发生错误的频率应有一个限度。有的坏译文，根本不是频率的问题，而是不应存在的问题。汤潮这个译文则是频率的问题，而我认为这个频率太高了些。在这里我想提出对译者的第三个要求，这是从译文的质量反过来向译者提出的，也即好的译文，就篇幅而言，每五千至一万字不应有大错，并且，无论是大错或小错，都应是容易被原文校对者发觉的。

这里我想连带从原文校对者的角度对译者提出第四个要求，也即好的译文，是不必一字一句校对的。校对者只要小心校对一两页，即可知其质量，如觉得满意，接下去基本上不必对照原文，只在觉得有点问题的时候才查回原文，并且一篇五千至一万字的译文需要查回的次数也是相当少的，大概不会多于十次吧；查回之后需要修改之处也极少，大概三五处吧。也就是说，优秀译者基本上不存在理解力的问题，更多是漏译和误译（看错字）问题，校对者在读到不顺或可疑之处查回原文，把错漏之处找出来。如优秀译者再严谨一些，例如再三校阅译文，则他可以达到三五万字都不出现错漏；校对者唯一可做的，是对其中若干概念或句子的译法提出磋商。

汤潮的理解力有点问题，但最大的问题是翻译态度不认真；郑敏也没有认真校对。校对原文是一件很烦人的事，一个有经验的行家为一篇别人的译文校对，还不如自己动手翻译来得快、来得准。如果汤潮的译文一开始就很坏，使郑敏无法放心，那么郑敏可能就会逐篇细心校对；但问题可能在于，郑敏在校阅若干译文之后，觉得还可以，基本上无大错，于是放松警惕。话说回来，如果郑敏够认真，是可以在任何一篇译文中觉察到译者不够认真的蛛丝马迹的。也有一种可能，即郑敏只是挂名校对而已。

译者不认真往往还表现在警惕性不高，像"普拉斯的诗都是失败的"这种句子，是常识性错误，即使最初译错，在重读译文时也应注意到，因为它不符合逻辑。其次是不勤查词典或不会查词典，例如 bell jar, depression 和 military service,《英华大词典》(《英汉大词典》问世之前最好的词典）都是可以查到的；或没有耐性查词典，例如 report for，小心查词典，尤其是词典的例句，也是可以查到"报到"这个意思的。再如 suggest 和 plumb 等词，如能耐心多查词典例句,再耐心揣摩上下文,也是可以译得比"暴露"和"制造"更恰当的。

我想再强调一下"常识"和"逻辑"。像洛威尔"拒绝了为军事机构做报导……结果被判处了一年监禁"，这显然是有悖于常识和不符合逻辑的。一个人怎么会因为拒绝做报导而被判刑呢？另外，我强调译者的阅读量和阅读速度，其中一个好处就是可以把背景知识当成家常便饭。如果译者涉猎过美国现代诗

"恶化"与"欧化"

歌史或看过一两篇洛威尔的小传，就知道洛威尔拒绝服役而坐牢的事件是十分出名的，恐怕只有庞德叛国罪一案可以与之相比。同样地，抑郁症导致自杀，不只是医学常识，也是生活常识，只要平时涉猎英文书刊，就会经常碰上 depression 一词，因为这是现代社会一种常见病，在诗人和艺术家中尤多。普拉斯、洛威尔、贝里曼和安妮·塞克斯顿等"自白派"诗人均以患精神病自杀或自杀不遂闻名。涉猎过美国现代诗歌史或看过一两篇普拉斯小传，也一定会知道她患有抑郁症。

由上述实例评析也可以看到，译得不好的文句，不必查回原文，仅以中文角度判断，就可以觉察到。也就是说，如果一位已经习惯了阅读翻译著作并能够积极接受甚或激赏欧化句法和有耐性钻研难句长句的读者对译文中的某些文句产生怀疑，他的怀疑通常都是有道理的。像上述评析过的文句，都是有问题的文句，经过校对和改译之后，它们便"恢复"明明白白的中文的面貌，而原文正是明明白白的英语。事实上，大部分英语著作在语法和行文上严谨清晰的程度，远远高于大部分中文著作；但是大部分中译本的可读性却远远低于原著和中文著作。

"恶化"与"欧化"的区别就在这里。很多指责当前中文或译文水平差的人士，往往误把这种"恶化"归咎于"欧化"，这对欧化是不公平的。这种混淆，并不利于建设纯洁的汉语，甚至可以说是有害的，因为它阻止了欧化的健康发展，而欧化的健康发展与汉语的健康发展是密切相关的。像"洛威尔后来收入《生活研究》的诗日益走上了'自白诗'的道路"这种恶化的句子，就很容易被指为欧化。只要译者真正理解原文，他译得生硬一点、"欧化"一点，也不要紧，但是他切不可译得混乱——他译得混乱，往往是他不理解或没有认真去理解原文。再如洛威尔的诗句被译成"这里锤子砸进了海洋"，也容易被指为欧化，而实际上它是恶化。"大石砸进海洋"讲得通，"锤子砸进海洋"怎讲得通。恢复原貌"这里风钻凿进了海洋"就讲得通了，"钻"与"凿"在语法上是紧密联系的。

至于为什么风钻凿进了海洋，则属于现代诗晦涩的范畴，这是英语读者同样要提的问题，不是欧化的问题。当然，如果我们称它是欧化也可以，但那不是语言的欧化。这是一个"进口"外来东西的问题。译者进口一台机器，它的各个部件、各条线路是清清楚楚的。译者在重组时接错线路、装错部件（"锤子砸进了海洋"），导致无法启动，是一回事；译者接对装对了启动了之后（"这里风钻凿进了海洋"），用户仍然不懂得把这台机器与其他生产线的硬件配合起来，则是另一回事。组装（也可以改装）机器并使之启动起来，译者的任务便完成了。

此外，指责当前中文或译文水平差的人士，也很容易把文体隐晦与欧化混淆起来。简明的短句，并非中国人的专利，英语国家也同样有人提倡。但是，翻译家不是倡议者，更不是布道者，原文艰涩，如予以意译，变成浅白，就不是翻译了。另一层原因是，文体的隐晦与文学尤其是现代文学传统的积累是有密切关系的。作家假设他那个层次的读者已经具备了很多基本功，于是省略了很多线索，但这些基本功在另一种文化中可能是高难度谜团，这样便造成理解上的落差。不仅如此，一些其文学传统积累厚实的作家，还要在这个基础上竭力与众不同，造成他自己的圈子与他本国读者之间的落差。把这样一些顶尖作家介绍到另一个其文学传统尤其是现代文学传统积累仍很浅的文化中，其艰涩是不言而喻的。在外国现代文学蓬勃发展的时候，中国要么处于外患，要么处于内忧，现代文学的积累几乎等于零。二十年来突然全面开放给各种交叉影响，有人觉得难以接受，是可以理解的。

一九九八年

汉译与汉语的现实
——兼评思果的《功夫在诗外》和董桥的《英华沉浮录》

汉语的现实是与汉译的现实直接相关的。为什么要阅读汉译？这似乎是个白痴的问题，但回答这个问题却有其现实性。阅读汉译的第一个原因是众所周知的，钱锺书也说："翻译本来是要省人家的事，免得他们去学外文、读原作的，却一变而为诱导一些人去学外文、读原作。"第二个原因，既是对第一个原因的补充，也是反驳。我在翻看了一些谈翻译的书籍之后，仍没有发现有人谈论第二个原因，反而是发现越来越多的人在谈论第一个原因。阅读汉译第二个原因即是：读者不是为了多读一些汉语书，也不是为了读原文的替代物，而仅仅是为了读汉译，也即仅仅是为了读另一种汉语——为了寻求新的词汇、新的句法和新的表述方式。我是写诗的，我可以阅读英文原诗，但我仍然要阅读英诗汉译，不管是多么糟糕的译文。我隔一段时间就会对小说、散文感到厌倦，诗也读得少，而是喜欢读一些其他学科的著作，例如最近读《罗马史》。这是随便抽取的片段："这四个民族，各自遵循自己的道路达到独特的宏伟文明以后，彼此的关系极为纷繁复杂，人性的一切要素都得到精深的研讨和丰富的发展,直至连这个范围也满盈起来。……在海岸的发育上,意大利却不及希腊;意大利半岛尤其缺少那种使希腊人成为航海民族的、岛屿众多的海洋。可是意大利也有优于其邻国之处,它的冲积平原物阜民丰,山坡土质肥美,野草丰茂,足供发展农业和畜牧所需。意大利同希腊一样,也是块好地方,它激发和酬报人类的积极性,对于不肯安息的雄心,这里有通达远方的道路,对于安于宁静的人们,这里也有留守家园、获利谋生的途径。"这种宏大的论述,宽广的视野,历史、地理与人文的夹叙夹议,丰饶的词汇和新鲜、陌生的句子组合,岂是在一般文学作品中可以享受到的!

我的兴趣是:寻找新的语言,新的刺激,新的想象力。我和我的大部分朋友,都是二十五岁到三十五岁的人,刚好是 E. A. 奈达认为译文应该优先考虑的读者对象,他认为:"二十五岁至三十五岁的人所用的语言应优先于老年人或小孩的用语。"因为"时代在迅速发展,语言在不断变化,老年人所用的语言形式逐渐趋于过时"。这也是当代汉语的现实,至少是现实的一部分——那敏锐的一部分,对词语、句法的细微差别有着深刻领悟力的一部分。面对这种现实,汉译者如何回应呢?

很遗憾,不少汉译者或汉语批评家对现代汉语缺乏这种敏感,尤其是在港台汉译和汉语批评界。港台是华人社会比较开放的地区,西方文化冲击无孔不入,按理说在汉译和汉语问题上应持更开放的态度才对。事实并非如此。而且,其他方面也出现同样的悖论:大陆是相对封闭的汉语社区,但是并不意味着大陆作家是封闭的——譬如说,在香港可以买到大陆、台湾尤其是外国的各种书籍,但是大陆作家读外国文学作品远远比香港作家广泛、深入、专注,后者反而更多地读大陆作家和台湾作家的作品。在汉译和汉语纯洁性的捍卫上，香港、台湾的翻译家和作家比大陆同行更强烈，其态度却又远远不如大陆同行开放。这种态度甚至反映在对从严复到当代的翻译趋势的评价上。例如，大陆学者季羡林和许国璋在总结了"五四"以来的翻译实践之后认为："现代许多翻译家基本上都是直译派……可以说，在近现代中国翻译史上，直译是压倒一切的准则。"（见《中国大百科全书·语言文字》）而香港学者刘靖之在总结严复以来的翻译理论之后则认为："在过去八十年里，我国的翻译理论始终是朝着同一个方向，那就是'重神似不重形似'。"（见《翻译论集》，香港商务，一九九〇）两种见解都是在综合和援引中国著名作家和翻译家的见解的基础上得出的。由此可见，中国翻译界不但存在直译与意译之争，而且存在翻译理论与实践的总趋势是意译占上风还是直译占上风之争。需要注意的是，两种看法有细微的差别，前者侧重于翻译实践，后者侧重于翻译理论。两种不同态度与港台和大陆各自的主流翻译观有关。港台一般都比较注重意译，而大陆则较注重直译。最近我读了思果的《功夫在诗外》（香港牛津出版社，一九九六）和董桥的《英华沉浮录》《英华沉浮录·第二卷》（香港明报出版社，一九九六），他们的翻译观使我吃惊地发现，汉语的纯洁性已发展到——被捍卫到——何等的程度。

　　思果书中的文章表面上谈的都是汉译，但事实上谈的大部分是汉语遣词造句的问题；董桥书中的文章看似谈汉语，其实大部分又都涉及汉译。他们都不约而同地谈到汉译的"汉化"和汉语的纯洁性问题。他们在宏观地谈论汉译和汉语时，态度都是很宽容的。思果说："译文不像翻译是很好的理想，不过也不能做得过分。英文译成中文，译文像中文原著当然好极，却

汉译与汉语的现实

不能过像。"又说："有些生硬的洋话，经过时间这个熨斗熨来熨去，也渐渐变得自然了。三十年前特异的说法因为一再为人采用，已经成了'土产'，再过一两代也许给人视为陈腐。不管好歹，中文一定再不会像百年以前，或者五十年前，甚至十年前那样写法了。拓荒的译者和作家是罪人，也是功臣。"董桥也说："我相信语言文字与时并进，新词汇、新句法反映新事物、新情景，只要自成合理的新意，当可丰富语文的内涵。"又说："我学会了对各种不太符合传统规矩的字体尽量容忍……我常常从一些不太通顺的句子里想到作者另一套心思与动机。"

但是在具体例子上，他们的观点往往与他们的宽容态度构成强烈对比。而我发现，其原因在于他们都没有很好地领会到语言是经常处于变动中的，没有很好地理解作者的另一套心思和动机。概括地说，是没有把语言放入上下文、时代背景去考察，没有顾及作者的文体、语调与特殊环境。最重要的是，没有把汉译与汉语纳入汉语的现实中去加以考虑。

思果的翻译观很简单："翻译的目的是要传达意思，文学文字还要给读者愉快，原文的美也要译过来，这就要考虑译文的明白流畅和美丽了。"可以看出，这种翻译观仅有"达"与"雅"。而汉译的现实则是，绝大部分翻译家和理论家都弃"达"与"雅"而取"信"。"雅"就连中学生也起疑，再去讨论实在有点说不过去，所以赵元任在谈到这个问题时一笑置之："假使某甲因为有人用英语说了一句'You are a damn fool'（你是个他妈的蠢货），就到中国法院去告他，而翻译员把这话译成'你是一个很不智慧的人'，那么雅则雅矣，可是译得不信，法官如何判案就很难说。"

思果还说："现代的趋势是着重译文的明白晓畅，西方已经普遍。译者为了读者，大胆改动原文的结构，达到翻译的目的，也不算狂妄了。"这个观点似乎受了奈达的影响。奈达有很多机械论（包括"年龄"说），不过，他的"为了读者"的理论主要是以《圣经》翻译为依据，即是说，他心目中的"读者"其实就是大众。《圣经》是为了传教，必须让家庭主妇也明白，甚至要让不识字的人通过别人诵读而明白。新闻翻译也是如此。这也是一种现实。但翻译文学作品，那就是另一回事了。文学作品有另外的读者，并且可以分成各类趣味和品味不同的读者群。不说文学作品，就说把《圣经》当成文学作品读，现代英语"白话文"式的版本也是不可取的。我不是教徒，曾试图把现代英语版《圣经》当成文学作品来读，但几次都失败了，因为无法忍受那种浅白的语言和节奏——那种浅白加上那些远古的故事，使整本"白话"《圣经》变得像童话故事。直至买到钦定本，才入迷地读下去。我还可以举出两个现成的例子。美籍俄罗斯诗人布罗茨基在一篇文章中提到耶稣的"山上宝训"，援引的是钦定本，而不是思果所推崇的《新英文圣经》；爱尔兰诗人希尼在一篇文章中提到耶稣处置通奸妇人的故事，援引的也是钦定本。这表明，作为传教的《新英文圣经》是必要的，但是作为文学作品尤其是作为英语文学传统组成部分的钦定本《圣经》是不可替代的。还必须指出，所谓"西方已经普遍"的"为了读者"说，也只是其中一种趋势而已。尚有较重要的从词义学和文体学考虑译文的趋势。

思果有些汉译主张之极端，可能林纾在世，也会为之窒息。他说："我一直主张，译文要像中文。近来忽然一想，这样主张还不够，应该假定原作者是中国人。"但是，且不说原文可能隐含的各种变数，就说中国人吧，什么样的中国人？我觉得，思果有点像近代的中国人,我自己呢,不妨称为当代的中国人。现在就抽取思果书中一两个例子来剖析,看看不同的中国人对"原作者"会有什么观点与角度的差别。

思果:pure gold——我们通常不说"纯金",而说"足赤""足金"。

老实说,很多人(包括我)对"足赤"不甚了了,用"纯金"肯定不会误会。最近我乘车经过香港北角英皇道,赫然发现一家珠宝店门上写着"9.999纯金"!

思果:I rescued my friend from the storm——不是"我把我的朋友救出了风暴",是"我救出了我朋友,没让他在风暴中受害"。

如果"我把朋友救出了风暴"(可省去"我的")是一句诗,这肯定是一句好诗,也肯定是一句汉译好诗。如果是散文、小说,也非常有诗的力度。"……没让他在风暴中受害"是坏诗,也不是好散文和好小说的句子,也不是一句好中文或好译文——既不信,也不达,复不雅。

这只是普通的例子,思果书中还有很多极端的例子,使人想用"汉语原教旨主义者"来形容他。例如连"逃跑"也遭到他的抨击,认为"逃走"最好,因"走"在汉语里也有"跑"的意思,并援引闽、粤方言作例子。顺着这种极端方向,"逃"即可,何须"走"。但是汉语一如其他语言,是在不断丰富和多样的,这样才有利于表达,也才有利于翻译。例如一首英诗里既有 flee，又有 run，还有 fly，复有 escape，getaway，decamp 等等，译者只会感到汉语"逃""跑"的词太少，而不会嫌多。再如，英文 brake 现在一般译为"煞车""刹车"或"制动器"，但思果认为中国本来有个"轫"字，"是用木头支轮而止其转动的意思，正好用来译这个英文字"。他认为不译"轫"乃是"数典忘祖"。我却认为，后代这样发展、创新，才真正对得起祖宗。这个词再次证明汉语不断丰富，与时代并进。因为现在毕竟是钢铁时代，是制动器的时代，"刹车"（这两字的语速快过一字的"轫"）的时代，而不是"用木头支轮而止其转动"的时代。在现代汉语中，"轫"字主要用于"发轫"一词，可见后代并不完全忘本。再如"然"，按思果的看法，下面四点已经是"火"，故后来的"燃"是写错字。错！不是错字，而是发展。"自然"是不可以写成"自燃"的。由此可见，"燃"一方面替代并继续保留"然"的意思，另一方面则发展出"然"所不具有的意思。

思果还非常耐心地指责汉译句子里太多连词、介词，太多"当……的时候"，太多"一个""一种"，太多前缀"非"、太多代词"它""它们"，太多"被"字，等等，在他眼中这些都是恶性欧化。董桥最近也在"英华沉浮录"专栏的一篇文章中援引大陆学者张中行对某些中文"流行病"的批评，例如"只不过""而且还""但是却""看作是""除了……其余都"等等。这些，又是汉语的现实，并且是非常突出的现实。它们像中文，是中文，就是中文。它们是清白的，无罪的。不应该有语族歧视，更不应该有语族清洗（硬是把合乎语法的句子改成汉语血统论者认定的句子）。关键在于使用者。如果从上下文判断是使用者犯错，那是使用者的问题，就像使用者同样会在其他"很中文"

的字眼上出问题，就像思果和董桥的文章跟任何作者的文章一样，同样会有病句。那些连词、介词，那些"被""使"都是词，并且不仅是"词"，并且有言外之音，起着调节语气的作用。汉语像任何语言一样，是有语速的，现代汉语尤其是这样。语速正是作者个人风格的体现。台湾作家陈映真的小说的缓慢节奏是以欧化甚至日（语）化句法和词语达成的，而这正好与他的"异见分子"思想相一致；黄春明的小说充满俚语，语调俏皮，而这正好与他的乡土观念、嘲弄崇洋媚外的态度成正比；白先勇讲究文字的"汉化"，讲究纯净的中文，也正好与他小说中的怀旧情绪相称；沈从文是一个具有浓厚中国风格的作家，却经常使用欧化长句，也与他思维的容量、题材的深广、写作体裁的多样化相对应。有时候，作者在控制语速上所花的心思，远远多于在词意上所花的功夫。如果原作者花了很多心思去经营语速，汉译者却以"不变应万变"的固定腔调处理，那么，不要说翻译，仅仅是阅读就已经对不起原作者了。文本的意义不仅是意思。文本不仅仅是由词构成的，它还是由句法构成的。所谓风格、文体，即包含于此。例如"它们"，在"代"比较长的"词"时，是很方便的。

相对于思果的汉语原教旨主义色彩，董桥可以说是一个汉语卫生家，评析例句时也比较干净。他对香港政府一些官僚机构文件和告示的中译提出的批评常能切中要害，对时下报刊中文语病的解剖也极具洞察力。但是他对前者的态度仍然不够彻底，还留有浓厚的殖民地色彩；对后者的态度有时也缺乏考虑"作者另一套心思与动机"，捉"文字虱"捉得兴起，往往把皮肤上的斑点也抠出来。

香港布政司陈方安生在讲话中引用林肯的话："I must

stand with anybody that stands right, stand with him while he is right and part with him while he goes wrong." 官方译文为:"我会与任何正直持平的人并肩而立。他对的时候,我会给予支持;他错的时候,我肯定会离他而去。"董桥认为没有文采,改译为"我当与天下正直之士并肩而立,知其是而拥护之,知其非而离弃之"。董桥译文确实文雅,如果不考虑文体,不考虑现实的话。林肯的讲话简洁明确,却谈不上文雅,而董桥的译文则文(言)雅(致)极了,简直是古色古香。用这种文体来译钦定本《圣经》,肯定功德无量。可是林肯如此明畅的口语,凭什么要译成这样的汉语。陈方安生是公众人物,在公共场合讲话,即使她会讲这样的中文,在电视播出来时也一定要打上字幕,并且需要慢镜头或定格,不然观众/读者就无法接收她的讯息。

香港行政局议员董建华辞职,港督彭定康在回信中说:"Thank you for your letter of today's date. When we talked earlier this year, I said that I hoped that you would stay on the Executive Council for as long as you felt able to do so. As you know, I have always valued and respected your advice even, indeed particularlly, when our views differed, since you always gave that advice honestly, impartially and in the interests of Hong Kong. But we both recognised that a point might come when you felt that the tensions between your appointment as Vice-chairman of the Preparatory Committee and your place on ExCo became too great. I respect your judgement that you feel that that time has now come, and I therefore accept your resignation from the Executive Coucil..."董桥对官方译文不满意,改译为:"今日来信收悉,

谢谢。月前晤谈中齿及深盼先生应接有暇,尽量留任行政局之职;此议实因平素甚为重视高见,双方观点相违之时尤然,盖先生从来坦诚进言,不偏不倚,以香港利益为重也。然言谈间彼此亦深知身兼筹委会副主席及行政局议员之职,势必格外吃力,终致不胜其荷。先生既感辞职合时,自当依照尊裁,准予所请。"这是一封书信,原文是地道的现代英语,官方译文有点文言腔,已不可取,董桥译文则进一步文言化(并且译得颇吃力)。这种译文若在电视播出来,又得打字幕、慢镜头、定格。这里不仅存在"文体正确"问题,还存在"政治正确"问题。一个殖民地总督,一个政客,用的是地道的现代(宗主国)英语,而译者却要把他高雅化,真是奇怪。原作者用的是公共语言,译者却要倾尽个人文学才能来为其粉饰。这里也许还存在着权力崇拜。

董桥对汉译一些词语的歧视可见于《As 与"作为"》一文。他说"作为"是一个"教人非常忧心的词语",并说"罪魁祸首"是英文里的"as"。董桥认为中译"尽快取消香港作为第一收容港的地位"应改为"尽快取消香港的第一收容港地位"。容我再提醒,"作为"是汉语,而不仅仅是汉译,它几乎具有与英语同样的功能。根据《现代汉语词典》,"作为"有两个意思,一是"当作",二是"就人的某种身份或事物的某种性质来说"。在董桥援引的这个例句中,"作为"应属第二个意思。就是说,香港并不等于第一收容港,这个"地位"仅是暂时性或附带性的。可以再举一些例子。"作为一个第三世界国家,中国……",这里,"第三世界国家"只是中国的某种性质,是暂时性的,中国并不等于第三世界国家。E. W. 萨义德有一篇文章叫作"Swift as Intellectual"(《作为知识分子的斯威夫特》),斯威夫特是英国名作家,是 Swift the writer,但是萨义德把文章叫作《作为知识分子的斯威夫特》,读者仅看这个题目即知道萨义德是要把斯威夫特当成知识分子来讨论,而不是当成作家来讨论,这即意味着萨义德要在这篇文章里提出新的观点。如果我写了一篇文章叫作《作为汉语卫生家的董桥》,显然,汉语卫生家不等于董桥,而是董桥的某种身份或性质,或我为了讨论他的某些观点而强加在他身上的身份或性质。"尽快取消香港作为第一收容港的地位"绝对是无可非议的句子,既准确又符合现代汉语语法,倒是"尽快取消香港的第一收容港地位"念起来令人喘不过气,因"香港的"这个定语太短,定语后的名词太长。当然,并非每个含有"作为"意思的 as 都要译成"作为",例如苏珊·桑塔格的名作"Illness as Metaphor"既可译成"作为隐喻的疾病"或"疾病作为隐喻",但译成"疾病的隐喻"也可以接受。

　　在考虑某些中文词语的概念时,董桥也往往不够深思熟虑,没有很好地揣摩作者的心思和动机。某报社评"很多家庭因此并不知悉,或忽略了低温对病人和老人可能造成的危险",董桥认为"知悉"应改为"知道",是改得对的。但他说"许多家庭"不符合中文逻辑,认为用"许多人"甚至"大家"就够了。这里,"家庭"实际上用得非常考究。要知道,病人和老人的问题是与家庭的照顾密切相关的,尤其是在关注传统家庭价值的华人社会,突出家庭比突出"许多人"和"大家"更具体,这篇社论提出的问题也就更迫切。董桥还问道:"'家庭'怎么会'知悉'?"家庭当然可以知悉(道),一如政府可以"认为",白宫可以"说"。再如"缺乏照顾",董桥也认为不妥,应改为"乏人照顾"。我觉得两句都通顺,但"缺乏照顾"更好,因为"缺乏"语气更重些,更能突出"乏人照顾"的问题。

看得出，董桥无论对汉译还是汉语，都讲究"雅"，古雅、高雅、文雅；讲究语言卫生，连"便"字也避之则洁（根据董桥的感觉，"便"字会使人想起大小便，按照这种逻辑，则"纯洁性"当会使人想起"纯洁的性"了）。但这种洁癖往往错不在作者，而在评者的过分苛刻。那是一种汉语个别词语过敏症，令人想起有些孩子看到一只杯摆在桌面上，总觉得那只朝东的杯耳应朝西，于是忍不住要给它矫正一下。

如果按照董桥自己的标准，他自己的遣词造句也有可挑剔之处。例如：董桥文章中有一句"在萧条的圣诞节之前开枪去打圣诞老人"，仿佛那颗子弹是先"开"出来再"去"找对象"打"似的；另一句"张大千有一次说了这样一则故事：从前张献忠在四川开科取了状元，并招他做驸马"，好像是招张大千做驸马！如果一直对"被"字避之唯恐不及的董桥勇敢地把"招他做驸马"写成"被招做驸马"，就会顺达多了。再如他两本书的作者简介里都有一句"撰写文化思想评论及文学散文多年"，这"文学散文"挺新鲜，倒不一定是错。

相对于思果与董桥的保守或考虑不周到的汉语观，他们的大陆同行要开放多了。例如，翻译观与思果颇为接近，并仍然认同"信、达、雅"标准、强调译出原文"意义"的周煦良，就曾在十多年前一篇叫作《翻译三论》的文章中说，"当我二十一岁的时候"是从英文 when 副句搬来的，而汉语用"我二十一岁的时候"就够了，还有"那时我二十一岁"。但是他说："多一种句法变化好像并不使人感到多余，所以我自己的文章里也出现了。"汉语没有现在分词，只能把主词移到句首，但是周煦良却发现这样的句子："和《泰晤士报》不同，中国的《人民日报》……"，他同样没有排斥，倒是预测"这种语句是会使用起来的"。十多年后，这个语句确实使用起来了。再如八十年代初期，《外国语》和《译林》编辑部联合主办了美国作家约翰·厄普代克短篇小说《儿子》的翻译比赛，后来出版了一本叫作《漫谈翻译》的书，除收录原文和得奖译文外，尚有评委的意见。卞之琳对一些句子的不同译法提出了自己的看法，也很开明。例如"He is often upstairs, when he has to be home"，卞之琳认为，when 是从属句，"照中国习惯，倒译在前是顺当的，但也不一定非如此不可"。应征稿中有的译在主句后边，像原文一样，例如"那是他不得不回家来的时候"，突出主句，卞之琳也认为"未尝不好"。有的应征稿译成"要是非得留在家里不可"，卞之琳认为"也很好"。这种周到的考虑恰恰显示出一种成熟的翻译技能，也即表明他翻译起来会更确切，翻译起不同风格的作者也就更能够体现出多样性。又如，思果和董桥均强调汉语应使用短句，但是同样主张使用短句的王佐良，在几乎与上面提到的思果和董桥的书同时出版的《中楼集》里，则提出："是不是短就一定好呢？最短就变成电报体、广告体。……有些作家对这个趋势是感到忧虑的。他们认为短句泛滥容易形成单一化，而人生是复杂的、多方面的，有的思想感情是迂回曲折的，需要长句才能表达。所以用长句也是对单一化的一种对抗。"

确实，短句往往会阻滞思维，尤其是阻滞深度的思维，不利于进行雄辩的论说。鲁迅很早就已洞察到汉语不够精密的弊端，故提出了至今仍然极有价值的直译观，认为必须给汉语"装进异样的句法"和新的词汇，哪怕是强加的。短句难写长文章，仅适合写一些小散文。例如孙犁、汪曾祺、思果、董桥，他们都提倡用短句，也喜欢用短句，他们都是我十多年前喜欢过的作家。但是他们文章都愈写愈短，有时近乎小品文。短句还与年纪、心境有关。例如孙犁晚年喜读线装书,汪曾祺喜观花赏草,董桥喜把玩古董,至于思果,我在他的文章里看到唯一的一个长句——不出所料,带有语病:"他第一次一口气看几个钟头《圣经》而不停下来几分钟思考难以明白的地方。"我用数秒钟读这句话,却要花几分钟来思考才明白它的意思:他第一次一口气看了几个钟头的《圣经》而不必停下几分钟来思考难以明白的地方。另外,年纪较大,阅历较广,但阅读则窄。大部分汉语纯洁论者,年纪都比较大,所读范围均会倾向于古典作品,或三四十年前的作品,或仍在世的前辈作家的作品,至多是同辈作家的作品,而极少阅读当代中青年作家的作品,阅读当代外国文学翻译作品就更少了,这可从他们平时写文章举例时或谈文学时看到。我的看法是,汉语纯洁论者可以多写他们的短句子、"像中文"的短文章,因为他们的作品也是优秀汉语写作的一部分,对于初学写作者来说甚至是重要的一部分。他们提倡汉语纯洁性,也绝对是值得尊敬的,但是他们在这样做的时候,似应考虑周到一些,尤其是不要以"善"的面目出现,而把他们的批评对象当成"恶"的。汉语的纯洁性与欧化,前者巩固汉语的根基,后者增强汉语的活力,两者不可或缺——我自己青少年时代就曾受益于上述几位作家的作品,现在我进入"前中年期"(这是从台湾一本杂志里挪用的),或者说,是一个"后青年"(这是从香港一本散文集的书名摘取的),打下汉语写作的基础之后,需要的是汉语的活力,也就没有读他们的"文学散文"了。现在的情况是,汉语"活力"者从没有批评汉语"根基"者,但"根基"者却把"活力"者当成罪人。这是不公平的,从整体来说,也不利于汉语的发展,事实上也就是把保护汉语变成损害汉语。

为什么需要活力？其中一个原因即是为了避俗。模式化的句法、词语与模式化的思想和思维方式是紧密联系的。一个敏感的写作者往往思想、思维超出一般模式，句法、词语组织也超出一般模式；一个平庸的写作者往往思想、思维平庸，句法、词语组织也平庸。平庸的意思是，你挑不出他有任何语病，可是也看不到他有任何真知灼见，就是俗。陈寅恪曾说：熟即是俗。一个汉语写作者，整天搬弄"熟口熟面"的文字，自己首先就会厌倦，甚至对这种局面感到绝望。为了避俗，敏感的写作者有两个选择，一是从汉语古典文学吸取养分，提高笔下文字的密度，使其凝练，简扼，使其句子读起来有某种陌生化效果；二是从翻译作品吸取养分，给笔下的文字注入新的句法、词语和新的感性。但是鉴于汉语短句的缺陷和文言的古旧，我倾向于认为青年人更应该从汉译借鉴新的表达方式，因为青年人思维较敏捷，可做更深入的思考、写更长的文章，这就需要生机勃勃的文字来适应他的写作。此外就是语速的问题。现代社会生活节奏不但快，而且变化大，读者需要相应的语速（一如短文章以其短来适应读者主要是消闲、放松的要求）。这就是为什么看以短句写成的较长的文章往往令人气短，喘不过气，看长句反而舒畅——至少对我来说是这样。长句需要比较复杂的句法，需要用各种连词、介词和复合句来表达，作者在这样做的时候，既可开拓自己的综合思考能力和深度，也可提高或挑战读者的智力。另外，即使是艰涩的文字，也有其重要价值。阅读艰涩的文字也是一种必要的大脑活动，锻炼读者的智力强度，一如浅白的文字是人们学习阅读和思索的起点。

一九九六至一九九七年

在直译与意译之间做出抉择
——再论汉译与汉语的现实

现代汉语变化之迅速，只要比较八十年代初期和九十年代初期诗歌语言以至报刊语言，就可以强烈地感觉到。汉译语言的变化也是非常迅速的。我想举一个不算严谨的例子。十年前我阅读那本《漫谈翻译》时，对陆谷孙一篇文章中有关"个性"的看法不甚了了，但对他所举的例子却非常折服。现在重读，我惊讶于他对"个性"的敏锐见解，反而是不敢苟同他所举的例子。当年陆谷孙自称为"中青年译者"之一（大概已在着手主编那部划时代的《英汉大词典》了），他认为："这儿所谓的个性，还包括译者的主观性，即他（或她）有没有以及在多大程度上让自己的美学标准干扰、改造乃至替代了原作者的美学标准。"他还认为，"改进原文"的译法是不足为训的。这些观点我都非常赞同。但是他当年评析的某些例句，我现在作为一个"中青年译者"，已有不同的看法。例如有一句"His determination to have my company bordered on violence"，有人译为"他要我陪伴的决心接近暴力了"，陆谷孙认为这"像是一架翻译机器的产品"，改为"他非要我陪着，差不多要动武了"

(后来在《英汉大词典》里改为"他硬要我陪着他，差不多要动武了"）。这个句子撇开上下文不谈，如稍加润饰，我认为极为新鲜："他要我陪伴的决心近于暴力"。再如"He had a face in which the leathery wrinkles began only where the scars left off"，有人译为"他有一张脸，那脸上只有在伤痕消失的地方，才开始有皮革一样的皱纹"，陆谷孙认为"拘泥过分了"，改为"他脸上除去累累的伤痕就是又粗又深的皱纹"。原译"消失""开始"都不准确，因而仅读中译仍很难明白。但是陆译属意译，并且也不大准确。这句话很难译，意思是：他脸上布满伤疤，只有在没有伤疤之处，才显现皮革一样的皱纹。其着重点是在累累伤疤，而不在皱纹。陆译把伤疤和皱纹当成并列关系了，并且"皮革一样的"这个在译文中比较新奇的比喻不见了，换成意译的也较常见的"又粗又深"。

这便涉及对汉译的基本态度。有不同的译者，自会有不同的读者。但是一个译者的译文出版后一般来说就定型了（除非隔三五年重译一次），读者却不断在变：一是几年之后即会出现一批文学和文字欣赏口味不同的读者；二是几年之后同一个读者口味又会不同（例如我刚才提到的十年前和十年后读陆谷孙文章的不同反应）。为了充分发挥译文的影响力和延长译文的预期寿命，直译无疑是较为可取的。但直译又必须有直译的基本准则。第一，译书面语，直译一般应发挥作为借鉴文本的汉译的优势；但是译对话，直译却往往行不通，必须考虑"可讲性"，要像是在讲话。一些特定场合的话语应以中国人在类似场合的话语来表达。第二，应防止超额翻译，例如"He put on his hat and left"译为"他戴上他的帽子走了"，而一般只说"他戴了帽子走了"。要防止这种超额，可以倒过来检视原文。例如原文中删掉 his 后就变得不通了，这表明在原文中是不能不用 his 的，这样翻译中就可以省略"他的"。第三，是词语出现频率问题。例如"他硬要我陪着他,差不多要动武了"，在这种情景中，"差不多要动武了"在汉语中出现频率比原文高，也就是说，译文的新鲜性低于原文；但是"近于暴力"在汉语中出现频率比原文低，也就是说，译文的新鲜性高于原文。这就涉及第四个问题，即在适当的情况下超值翻译。超额是累赘，超值则是好的发挥——这当然也要看读者对象和译者的汉译态度。如果译者考虑到装进异样的句法和词汇以及新感性，尤其是考虑到有一大批"汉译"（而不仅是多一本汉语著作或多一本原文替代物）读者，则超值翻译是值得提倡的，它可以更有效地防止译文贬值——"他要我陪伴的决心近于暴力"可称为超值翻译，而"他硬要我陪着他，差不多要动武了"相对之下已经贬值。而直译最能体现超值的意义——意译也有超值，却没有什么意义：它只能"更像中文"，这样一来，倒不如去读地道的中文作家的作品。当然，超值翻译也必须注意到句子在上下文中的均衡，也就是说，如果整个作品都是质朴的，而个别超值句子在整个译本中显得太突兀，那就不应选择超值，宁可译得平实。

考虑超值翻译，也得考虑等值翻译（或等效翻译）。等值翻译要求译文的读者读完译文后的感觉与原文的读者读完原文后的感觉基本相等。这个要求非常高，也非常有意义。但是这只能作为一种最高理想，在实践上却几乎可以肯定是达不到的。任何文学作品在翻译中必然有一定程度的丧失。如果在等值翻译的基础上配合一定程度的超值翻译，则可在一定程度上弥补丧失的部分。如此一来，超值翻译的意义就更大了，尤其是在翻译诗歌的时候。大部分译诗，即使译得很好，也会丧失原诗中的若干成分。如果一首译诗局部丧失百分之十，又局部超值百分之十，其效果也仍然相当于等值——这可称为弥补式或抵消式等值。即使整首译诗超值，例如超值百分之十，也仍然是可行的，因为另一首译诗可能丧失百分之十甚至更多。即使是整部作品或整批作品完全超值，也不怕——这种超值并非不可能。例如菲茨杰拉德的《鲁拜集》英译本，就被人俏皮地倒过来认为"原作肯定不忠于译作"！

这又涉及选择的准确性问题。一是选择作品的准确性，二是选择作者的准确性。选择非诗歌类作品和作家的准确性一般比较高，但是选择诗歌作品和诗人的准确性则比较难把握。例如一个诗人一般都有数百首诗，一个小说家通常只有数本小说，选错诗歌作品的概率肯定是选错小说作品的概率的数倍乃至数十倍。因此，诗歌译者的修养和判断力是译作成败的一个关键。但问题往往就在这里，尤其是，那些仅具有庸俗诗歌审美观的译者的译作往往比那些对诗歌毫无认识的译者的译作差。选择作者的难度也很高，作者像读者一样分不同层次。不少作者虽然很出名，但其声誉未必与其作品质量成正比，有时可能是成反比。应该说，这种名不符实的作者是很多的，他们把大部分的精力用于社交和宣传，而不是用于创作和创新。在翻译当代作品的时候，译者的眼光尤为重要。

直译的价值还在于尊重和因应作者不同时期的风格变化。每个作者在不同时期可能会有不同的行文风格，即使在同一时期处理不同题材时也会有不同的行文风格，具体反映在措辞、语调上。爱尔兰诗人希尼早期的评论文字很短，也比较简单，讲得也较具体、平实，穿插小小的机智；但是后期评论则越写越长，并且趋于复杂、隐晦，不易把握，这乃是他的思考随着诗艺的逐渐繁复而不断深化所致。美籍俄罗斯诗人布罗茨基则相反，收在一九八六年的散文及评论集《小于一》里的文章，文字密度高，词汇丰富，句子盈满得几乎要溢出；收在一九九五年的散文及评论集《悲伤与理智》里的大部分文章，则趋于简洁，美国口语和俚语用得较多，文章结构也比较松散。前一本散文集的风格体现他中年时期充沛的精力和开始用第二语言写作时的野心，想考验和证明自己的英语写作能力，尤其是考验和证明自己对英语的掌握——隐含他想获得承认的强烈愿望。第二本散文集写于他获得诺贝尔文学奖之后，期间又获得美国桂冠诗人称号，这时他已全面获得承认，他对英语的掌握已"近于母语"（南非作家库切语），他的阅读兴趣更趋于古典或现代经典，例如贺拉斯、奥勒留、哈代、弗罗斯特；还有，他这些文章有不少是公共场合的演讲。前一本散文集的内容主要涉及俄罗斯和欧洲现代文学的经典，有"异国情调"；后一本散文集主要涉及英美文学经典，有"本土情调"。这些因素，决定了他后一本散文集的语言风格。再如尼日利亚作家索因卡，文章隐晦艰涩——极其个性化的语言；但谈话却明白流畅——绝对是公共语言。如果由一位风格单一且以"达意"为准则的译者来翻译这些作家在不同时期不同场合所写的作品，可能会毫无变化。而直译则会有较大的可能性去体现这些变化。

　　直译还会影响汉语词义的变化。汉语词义本身也会不断变化。例如在一九四九年以前，"先生"是很普遍的称呼，但是在一九四九年以后，尤其是在"文革"期间，"先生"一词原来的意思已被"同志"取代，"先生"有了新的含义，它成为对某些资产阶级知识分子和外宾的称呼。现在,"先生"又基本上恢复原来的词义。而"同志",在港台则已变成"同性恋"的隐语,甚至已掀起"同志文学"热。词义的变化和词语增生也是为了适应社会的变化,有时则是为了使定义精密化。思果所抨击的前缀词"非",用得越来越频繁,也是基于这种必要性,例如我最近在一篇有关香港某位女青年作家的书评中,用了"非异性恋者",因为从她的文章中,我知道她是一位女同性恋者,我又发现她在一篇文章中提到有"男朋友",那么她可能是一位双性恋者,在没有肯定答案的情况下,用"非异性恋者"才是恰当的。直译对汉语词义的影响在新闻报道中最明显,例如"声明",由于翻译的影响,在香港已不再是仅仅指义正辞严的声明,而是有发言、讲话的意思。"评论"一词,也不再是一本正经的评论,在很多场合已成为发表意见、看法的同义词。"显示"一词,已不再是指具体的,例如屏幕的显示,而是有表明、表示、展示等意思。这些词的广泛使用,并不是因为译者或使用者词语贫乏或表达不准确,而是因为社会不断在变,各种词语关系也不断在变,原来的意义过于狭窄,而又找不到一个外延足够广泛的词,于是以强制方式,也即在不同关系中广泛使用同一个词(例如"显示"),而使原来狭窄的词义的涵括范围也逐渐变得宽泛起来。

时至今日,直译与意译,信、达、雅,等值翻译等等,仍然纠缠不清,译者各取所需,各行其是,各显神通,使得数十年来的翻译理论几乎没有什么进展。我现在想越过这种争论,来展示这种毫无进展的现象。现在假设已经是直译占上风。但是看看那些直译论或倾向于直译论的人,他们实际上依然是没

在直译与意译之间做出抉择　　　　　　　　　　　　233

有准则，仍然是走折衷路线。开口"信"、下笔"达"，结果变成"雅"。就像意译者在要求汉语的纯洁性、"像中文"、"像中国人写的"之余，也会宣称应尽量保持原文的句法。一句话，除了鲁迅外，几乎没有一个翻译家或理论家敢于宣称自己是直译派或意译派，而是异口同声主张灵活掌握。在鲁迅主张直译的同时，瞿秋白即以灵活运用来回答鲁迅，一方面希望翻译可以"帮助我们创造出新的中国的现代言语"，另一方面认为"新的言语应当是群众的言语——群众有可能了解和运用的言语"以及"这样的直译，应当以中国人口头上可以讲得出来的白话来写"。以"信"、以"化"、以"等值"为标准，表面上似乎已经超越直译与意译之争，实际上是换上另一种讲法。当每一个译者都认为自己是灵活掌握时，是否还存在原则？而每一个译者确实都认为自己是灵活掌握。究其原因，是译者都假设所有读者都是一样的，假设汉语是恒定不变的，假设译者自己是深刻领会原文的。傅雷"翻译应当像临画一样，所求的不在形似而在神似"之说，便是假设译者是理解"神（髓）"，而译出来之后读者又理解原作之"神（髓）"的。所谓灵活掌握事实上也就等于为每个译者的劣译或缺陷提供了借口。要解决这个问题，就要在直译和意译之间做出抉择，简言之，就是要摊牌、表态。在表明立场，例如赞成直译之后，再来谈怎样完善直译，怎样确保直译的质量。这个时候，可能又要调动意译、等值、"信"等等来补充，这表面上似乎又回到上述"折衷"的怪圈，实际上已有本质的飞跃。季羡林和许国璋说："在直译与意译的问题解决以后，如何解决具体作品和文句的译法问题将提到日程上来。"这句话太重要了。现在已到了解决这个问题的时候了，而解决就是摊牌，把翻译分为直译与意译，或直译与非直译，再重新界定或完善它们的概念，然后直译者和非直译者各自回到自己的领域，就如何解决各自领域里的具体问题也即具体作品和文句的译法进行探讨，这样翻译理论与翻译技巧才有可能提高，才会有进步。

接下来的问题是：如何选择直译和意译。这就要从原作的风格和译者心目中的读者群来判断。其实，直译和读者群的问题，鲁迅早在数十年前就已经很有预见性地，而又很深刻地谈过了。可惜，虽然他的直译观很出名，但是他关于读者群的看法一直被忽略，没有人进一步发挥和阐释他的天才预见，反而是数十年后有人介绍迟了数十年的外国的类似理论（例如奈达的观点和等值论）。鲁迅把读者群分为甲、乙、丙类，甲类为"很受了教育的"，乙类"略能识字"，丙类"识字无几"。"甲乙两种，也不能用同样的书籍，应该各有供给阅读的相当的书。供给乙的，还不能用翻译，至少是改作，最好还是创作……至于供给甲类的读者的译本，无论什么，我是至今主张'宁信而不顺的'……我还以为即使为乙类读者而译的书，也应该时常加些新的字眼，新的语法在里面，但自然不宜太多，以偶尔遇见，而想一想，或问一问就能懂为度。"

鲁迅是就读者群的识字、教育程度来阐释的，这种方法仍有不少漏洞。我认为，应以审美方向来决定类型。也即"多一本汉语著作"、"原文替代物"和"译本"读者。其实，在译者就意译或直译表态时，就已决定了译文的读者群。根据我阅读翻译家们谈翻译的文章得出的印象，大部分意译者都对汉语的纯洁性较敏感，对"像中文"较敏感，他们都有阅读古典／经典名著的倾向，读者对象也相对广泛（但在绝对人数上可能相对较少），主要是二十五至三十五岁以外的读者群，即青少年、

在直译与意译之间做出抉择

中老年读者，他们可被称为阅读型。而直译者的读者群主要是后青年、前中年诗人、作家，他们都倾向于阅读当代汉语和汉译外国现当代作品，对超出汉语普通语感的语言的尖锐性、活力、硬度等等，都比较敏感，可被称为创造型。阅读型读者（还有意译者）注重感觉力，他们对文字的表意和表面功能特别敏感，"觉得"应该是这样而不是那样的；创造型读者（还有直译者）注重感受力，他们对文字相互关系特别敏感，是一种现代敏感，是对语言新活力的敏感和语言之外的新思潮新事物的敏感，既会接受又会享受。至于鲁迅提到的"为乙类（也即阅读型）读者而译的书，也应该时常加些新的字眼，新的语法"，则大可不必，因为对这种新的字眼和语法已不大满足的阅读型读者，自可跃进创造型读者群中。另外，如出于教育或改造的目的，其实创造型读者所创作的汉语，已有足够的新字眼和语法去供阅读型读者"想一想"和"问一问"。根据上述对译者和读者的分类，意译者适宜译二十世纪以前的经典作品，而不适宜译现当代作品。这当然并非绝对，因为外国也有同样的作者群和读者群，现当代外国作品中同样有古典倾向或有"纯洁性"倾向的作者，故意译者也适合译这类作品。而直译者则应以现当代作品为主，也可兼顾有现代倾向的经典作品。提出这些区别，是因为现当代文学倾向于注重文字本身的相互关系，尤其是词语之间的碰撞，以挑战读者的想象力，这只有直译才可译出原貌。现代之前的作品主要倾向于以文字作为工具，来传达意思，为了传达意思，作者会注重文字的表意功能，注重迎合读者的思维和阅读习惯，而这适合意译，意译者喜欢简洁、"像中文"，正是基于"达意"的考虑。意译者不适合译现当代作品的其中一个理由是：他们假设读者只懂得他们那种译文，或他们那种译文才适合读者,却没有想到,当代作品读者(那热情的一群)对新句法和新词语的吸取和消化力可能已远远超过译者,甚至远远超过原作者。直译者不适合译经典作品的理由则是,他们的汉语"纯洁性"的修养往往不及意译者,处理技巧也不及,译起来往往不够言简意赅,不够地道,既不符合原作者当时的语言态度,也不符合经典作品的读者对文字的要求。我这个看法仍然含有相当浓厚的等值观。如果再考虑汉语的现实,直译者翻译经典作品同样可以给汉语注入新活力,更能满足倾向于阅读现当代外国文学作品的读者的要求。简言之,作为理论,翻译应以直译为主;作为实践,翻译也应以直译为主。现当代外国诗大部分译得很差,就是因为很多译者都是意译者,尤其是现代之前的作品的译者,或适合译现代之前的作品的译者,他们大部分根本就不懂现代诗,尤其是无法把握现代诗语言的自足性,于是用传统的表意功能来"传达",这当然注定要失败。还有就是,当代诗人尤其是青年诗人语言的敏锐感受力,已达到这些意译者完全无法想象的高度,他们看意译者的语言运作,就像一个先锋作家在看中学生听完老师的"文章作法"授课之后所写的命题作文。

意译者还假设,汉语是封闭的,外语是开放的;或汉语是封闭的,外语也是封闭的。其实,汉语是发展的、开放的,外语也是发展和开放的,两者都不断在变化。他们又往往假设汉语是纯洁的,外语也是纯洁的,在考虑如何把外语汉化时,也以为那个外语,例如英语,本身也是"很英语""像英语的",其实那个英语极有可能也是超出普通英语语感的。一句普通的英语译成汉语后,超出汉语普通语感,并不表示那句汉译不成立,而仅仅表示那句汉译没有汉语的明显功能。明显功能之外,

在直译与意译之间做出抉择

汉语还有潜伏功能。"他把朋友救出风暴",也可译成"他把朋友从风暴中救出来"。我们再来看看类似的例子:"他把朋友救出大海""他把朋友从湖里救出来"。如果按照思果那种思维方式,这些句子全都要改成"我救出了我朋友,没让他在大海(湖)里受害"。事实是,汉语具有与英语同样的功能。这种功能,在明显的(常用的)时候,一般就会被认为符合汉语习惯,是等值;在潜伏的(少用的,未用的)时候,一般就会被认为不符合汉语习惯,是硬译,是死译。在这几个例子中,"他把朋友从湖里救出来"和"他把朋友从海里救出来"在汉语中是有明显功能的,但是"他把朋友救出风暴"和"他把朋友救出大海"则属潜伏功能。再如,王佐良在《词义、文体、翻译》一文中,举了一个例子:"He helped many young writers to find themselves and then to find publishers."王佐良说,两个 to find 加宾语,"是意义不同的,而其不同正是靠上下文来体现的,并且正因同一词在一句中有两义,才使这所说的话显得有点风趣"。在这句话中,第一个 find(找到)在英语中和汉语中的功能都是潜伏式的,整句可直译成:"他帮助许多青年作家找到他们自己,再找到出版商。"在英语和汉译里,"找到(他们)自己"的意义都是多重的,就是发现自己的天分、自己的优点。第一个 find 在汉语中其实有一个对等词,就是"发现","发现自己"。但是这个句子的效果是从同一个 find 产生不同意义得出来的,如果译者用"发现",则他是译出字面意义,而没有译出整体的(有点风趣的)效果。主张"信""忠实""等值"的译者在处理词义时,常常只集中于译文的表意功能和明显功能,而没有注意到潜伏功能;翻译理论探讨的一般也是这种明显功能,潜伏功能不但未受注意,而且被当成没有深刻理解原文和不会正确使用中文而加以排斥。

大多数翻译理论都基于这样一个假设：原作是不变的，读者阅读也应该是不变的。原作确实是不变的，但是阅读却是不断在变的，就连作者阅读自己的原作，其心态也是不断在变的——这就是写作的魅力。读者则不仅是变的，而且是不同的。有多少读者就有多少解读方式，有多少次阅读就有多少次理解，有多少次阅读就有多少次翻译。

基于那种错误的或者说不现实的理想，他们便千方百计地综合各种理论，意图想出一个万全的办法，结果当然是徒劳的。仅就中国而言，翻译理论越来越多，可是远远跟不上翻译实践。例如汉译（尤其是非诗歌类汉译）基本上已是直译占优势，至少是在实践上占多数，但是仍然没有人站出来确认直译，进而研究完善直译的途径。罗兰·巴特在《论阅读》一文中说，索绪尔下定决心仅仅从意义的角度来研究语言，才建立起崭新的语言学；特鲁别茨科伊和雅各布森决定仅仅在意义互相关联的范围内研究语言的音，才开创了对音系学的研究；普罗普立意不去理会其他各种考虑，只专注于千百种民间故事中的情景和一再出现的稳定角色，才创立了结构主义叙事分析。翻译和翻译理论也应该结束迄今为止的混乱局面，就单独的领域进行深入的研究。现在无论是意译还是直译，经常漏洞百出，就是因为没有确认，从而没有深入探讨完善直译和意译的途径的结果。应该有一些诸如《直译的艺术》和《直译的理论与实践》之类的著作和文章，而少些《翻译的艺术》和《翻译的理论与实践》之类的著作和文章。现在的翻译理论之所以是以综合理论的形式出现，就是因为有不切实际的假设。一旦稍微具体地分析，又都往往局限于比较中西句法措辞如何如何不同，并且都是东拼一句西凑一句。殊不知，这些不同，在整部或整篇译文中的比例犹如沧海一粟，而在上下文的强大语境中，是会被溶解的，是会消化于无形的。现在港台很多翻译理论甚至干脆不去探讨翻译，而大谈汉译的表达，实际上使汉译理论沦为中学生式的汉语遣词造句和文章作法，令人觉得翻译理论已到了穷途末路的地步——事实也差不多如此。尤其是看那些由不同作者的文章汇集而成的翻译书籍，观点几乎都差不多，几十年如一日，反反复复，喋喋不休，反而是一些英汉对照的读物，例如《英语报刊文选》或《财经英语选读》，提供了最好的翻译尤其是直译实例。

以"神似""化""像中文""出自中国作家之手""中国人会不会这样说"等等作为翻译的最高标准，等于是刻意消弭甚至否认不同文化之间的差别（而恰恰是这类观点的主张者大谈不同文化的差别！），否认异质相吸，实际上也就是否认翻译的必要性。纳博科夫在俄罗斯诗人莱蒙托夫的小说《当代英雄》的英译本导言中，就毫不客气地驳斥一种"陈腐的观念"，这种观念认为翻译"读起来应该流畅"和"听起来不像翻译"。他甚至断言："任何翻译如果听起来不像翻译，一经检视就肯定是不准确的。"

语言是无中生有，语言是起源于交往的必要性。两族人、两个群体、两性要交往，首先肯定是不协调的，然后互相适应，然后成为"自己人"（"适应"更多是容忍对方）。异性交往尤其如此——然后结婚，生孩子，孩子又与父母交往（异质后成为传统），然后与别人交往（新的异质因素介入），如此不断繁殖下去。语言的发展大概就是这样的。语言又如穿衣服，最初是为了蔽体，然后是为穿衣服而穿衣服，把一件经过精心设计的时装译成简朴素雅的便服,表面上仍可穿,也有人穿,在实质上已失去意义。意译者大部分是唐装,至多是中山装的主张者,但是汉语的现实是,大家都倾向于穿西装和时装。即使是意图打破直译与意译之争的等值翻译理论,实质上也是否认不同文化和文字之间的差异。话说回来,强调差异,并不是要强调不同文化之间的不可逾越,而是要强调吸收和互补的可能性,就汉译而言,是要强调汉译应尊重原文的独立性格。在差异之外,共通性更重要,但是共通性在很多情况下也是潜伏的,这种潜伏的共通性,只有通过直译才可以揭示出来。可惜,潜伏的共通性在意译者、信译者和等值译者笔下,也是同样被忽略的,而仅仅译出明显的共通性。赵元任在讨论翻译的时候,基本上同意直译,求信,且态度十分开明。但是,他认为不应过火,并举出 dramatic 一词为例,认为如果直译为"戏剧性",恐怕难以为中文读者理解。意味深长的是,当他这篇文章在二十年后被译成中文发表时,"戏剧性"一词在大陆、香港、台湾和海外华人社会已经家喻户晓!

强调不同文化不同语言的差异,并把它们直译过来,实质上就是要强调这种潜伏的共通性,强调把这种潜伏的共通性译出来。如果所有文句都可以等值译出,或"像中文",则我们将没有——或只有残缺的——现代汉语。我们现在所使用的语言,笔者这篇文章所使用的语言,有相当大的比例是异质化了的现代汉语,而谁又可以否认它是现代汉语。谁要否认,谁首先就写不出文章来否认,甚至说不出话。一旦写出,说出,肯定又是相当大的比例是异质化了的汉语。要解决问题,首先必须立下直译与意译的标准,而不是破直译与意译,或破信达雅。必须设定游戏规则,进而遵守游戏规则,面对没有一成不变的读者这一现实,尤其是面对并承认上述种种汉译与汉语的现实和没有提出的更多汉译与汉语的现实。

一九九六至一九九七年

评《从彼得堡到斯德哥尔摩》诗歌部分

译诗当然是以诗人翻译为佳，但不一定绝对。诗人翻译的长处是，哪怕他译得不准确，甚至哪怕他的外语程度仅仅是半桶水，但是他有良好的（就中译而言）现代汉语语感，可以确保他的译作有起码的可读性。但诗人的翻译同样有其短处：如果他外语修养不佳，如果他的翻译经验不足，如果他是一个风格单一的诗人，那么他就很有可能把他的翻译个性化，结果是，读者并不是在读原作者的作品，而是读译者的另一批创作。

一如懂外语的人未必就懂得翻译，一如懂翻译的人未必就懂得译诗，一如不懂外语的人也懂得做翻译——不懂诗的译者同样可以把诗译得很好，只要他逐字逐句逐行地直译，他成功的机会还是相当高的。现在坏的译诗的问题往往出在一些看似懂诗的译者用他所懂的（有限的）诗歌修养来翻译——也就是说，他往往在该直译的时候意译，该意译的时候直译。好的译诗通常是直译，同时又能保持现代汉语的流畅性，也就是王佐良先生所提倡的"锐利"和"纯净"。不懂诗的译者的问题往往出在自己身上：他觉得自己不懂诗，故不敢译，因此自认不懂诗的译诗者数量很少；而对诗似懂非懂或自以为懂的译者却占领了译坛人口的绝大部分，这就是我们当今译诗数量如此之多而糟糕译作的数量也几乎同样多的原因。自认不懂诗的译者往往是在不得已的情况下（朋友所托，译散文或理论时碰到，等等）硬着头皮译诗的，由于毫无把握，故他逐字逐句连同节奏都直译出来，结果往往译出好诗。如果多点这种硬着头皮的自以为不懂诗的译者，同时少点自以为懂诗或者自以为懂得译诗的译者，我们的译诗的质量毫无疑问将提高数倍。

一些著名的外国诗人，由于其母语是主流语言，译者获得他们的原作相对容易，翻译的人就会多，故我们不必担心这些诗被译坏，因为总有更多译得很好的作品问世。还有一些外国诗人尽管在本国甚至在英美名气很大，但由于其母语不是主流语言，资料不容易获得，加上其他各种各样的原因，他们往往要等到获得诺贝尔文学奖之后才为中国读者所知。在这种情况下，中译本或译文的优劣就变得非常关键了。例如西班牙诗人阿莱桑德雷，由于有祝庆英和祝融发表在《世界文学》的几首好像是从英文转译的优美译作，尤其是那首《献给一位死去的姑娘》，他的形象便牢牢铭刻在很多中国青年诗人的心中——我自己也是其中一个受益者，并且由于这些诗是如此地影响了我，以致我（和我的很多诗人朋友）仍然沿用"阿莱桑德雷"这个名字，而不是后来以西班牙语发音为准的"阿莱克桑德雷"。再如意大利诗人蒙塔莱，由于有吕同六最早的几首精致的译诗，他的形象在读者的心目中便屹立不倒。这种优秀译作产生积极影响的最突出例子，是李野光所译的希腊诗人埃利蒂斯的作品，上海诗人陈东东便是因为在上大学时看了这些刊于《世界文学》的作品而萌生写诗的念头的，而他现在已是一位成就突出的诗人。有了这些杰出的最早的译诗，读者便会小心地去阅读后来更完整的并且大部分都是水准很高的译本，这些诗人便也奠定了他们对中国读者尤其是中国诗人的影响。

布罗茨基得奖之前同样不为中国读者所知，最初的译诗好的少，差的多（这其中当然涉及译者在翻译之前的选择问题，包括是否为代表作，是否有可译性，如果答案是否定的，则译得差的可能性就很高了，这其中又涉及译者的判断力）。从我手头的资料看，收于期刊和选集的布罗茨基诗作约有六十首，其中《现代世界诗坛》第一辑（湖南人民出版社，一九八八）和《国际诗坛》第六辑（漓江出版社，一九八九）数量最多，译得差的也较多。译得最好的是收入《诺贝尔文学奖金获奖诗人作品选》（浙江文艺出版社，一九八八）吴笛译的三首，收入《安魂曲》（花城出版社，一九九二）王守仁译的数首和收入《英美桂冠诗人诗选》（上海文艺出版社，一九九四）王庆伟译的数首。我这里要集中讨论的是王希苏、常晖译的布罗茨基诗文集《从彼得堡到斯德哥尔摩》（漓江出版社，一九九〇，以下简称"中译本"）诗歌部分。

由于最早的译作坏多好少，充其量是好坏参半，读者对布罗茨基的印象只是持怀疑态度；或者说得宽松一点，由于已看到布罗茨基的若干杰出散文的中译，对他的大才能已十分肯定，再看他的诗，读者得出的印象也只能是半信半疑。在这种情况下，这个比较完备齐全的中译本应是读者进一步确认布罗茨基的成就的最佳途径——但情况并非如此。中译本的几篇散文和评论进一步使他们确认布罗茨基的杰出才能，但是那些占了六成篇幅的诗作却进一步使他们怀疑布罗茨基的诗歌成就。这几乎是我所有诗人朋友的一致看法。那种确认与怀疑构成的强烈对比最终使这些写诗的读者怀疑起自己来:"是我自己的欣赏力有问题吗?"当我打电话给一位远方的朋友,告诉他布罗茨基逝世了。那位朋友有点不知所措,最后勉强表达一点感想。电话中很多"嗯……嗯……",言外之意是:"布罗茨基?我还没有真正读过他几首好诗哪!"

中译本整体上给人的感觉是基本上重现布罗茨基孤立的声音,尤其是散文和评论(但被删节了不少,这可能是编辑做的)。如果在理解原文(英译)方面对中译者要求不太苛刻的话,总的来说还是可以接受的,中译者的中文修养也相当不错,所选的篇目也颇有代表性,就字面意义而言,中译者的翻译还算忠实,对现代诗歌语言也有一定的感应力。这些优点刘文飞在他发表于《世界文学》的一篇很出色的书评中大部分都谈到了。

但是中译本忽略了布罗茨基诗歌中最关键的一环:节奏的控制。上述优点如果没有得到节奏的适当安排和恰如其分的控制,就会大打折扣。刘文飞把上述优点作为中译本的最大优点加以肯定,而把节奏控制的失败当成小小的瑕疵加以原谅。我对刘文飞的结论表示异议的最有力证据是,刘文飞最近在《世界文学》(一九九六第一期)发表了布罗茨基三首诗《献给约翰·邓恩的大哀歌》《狄多和埃涅阿斯》《明代书信》和一篇评论的中译,这些诗是我所见最出色的布罗茨基的中译。显然,刘文飞是隐隐感到中译本的弱点,才会在中译本已经问世好几年的情况下又亲自动手重译这几首诗。

节奏对意象、意旨、语调、词语所起的作用犹如一个人穿衣服在身材、颜色、心情、环境等方面的配搭一样,即使料子多么好、多么新潮或多么瞩目,如果没有配搭好,只会给人庸俗的感觉。翻译一首诗,节奏的把握乃是根本,翻译布罗茨基的诗挑战就更大：他是一位技巧多样化的诗人，他的节奏也多样化。布罗茨基本人也一再强调诗韵、节奏的重要性，那几乎就是他的灵魂。布罗茨基的同代人、俄罗斯诗人叶夫根尼·莱因认为，布罗茨基通过韵律的手段来体现时间的流逝，并说这种"把诗歌与时间的运动结合起来"的方式是布罗茨基最伟大的"形而上"成就。立陶宛诗人托马斯·温茨洛瓦则说，布罗茨基"在语言上和文化上的宽度、他的句法、他那超越句法限制的思想"使他的诗歌成为"延伸灵魂宽度的精神实践"。

中译本未能把布罗茨基独特的节奏的多样化呈现出来，甚至一般意义上的节奏的控制亦欠奉。即使是完全背离原文，把它拆掉重组，以完全不同甚至截然相反的节奏呈献给读者，只要他体现出这首诗（不必理会原文）是富于节奏的，它也仍然有其可读性。也许译者对节奏的把握先天不足，即是说，哪怕他们译别的诗人，甚至哪怕他们自己写诗，也有可能是同样不理想的。

试举布罗茨基一首早期代表作为例，并比较刘文飞和王希苏的译文：

> 这个伟大的男人远眺窗外，
> 而对于她，整个世界的终端，
> 就是他宽大的希腊外衣的边缘，
> 是如凝固的大海一般的外衣上
> 那丰富的皱褶。
> ——《狄多和埃涅阿斯》，刘文飞译

> 这位勇士远眺敞开的窗外；

她的全部世界结束于他
宽大的希腊紧身衣的滚边，
满缀的皱褶仿佛久已成为
不朽的凝结的海波。
　　　　——《埃涅阿斯和狄多》，王希苏译

The great man stared out through the open window;
but her entire world ended at the border
of his broad Grecian tunic, whose abundance
of folds had the fixed, frozen look of seawaves
long since immobilized.
　　　　——"Aeneas and Dido", tr. George Kline

　　刘译文字的简洁锤炼和节奏的错落有致与王译的冗长累赘构成强烈的对比。刘译把埃涅阿斯的远大前程与狄多对他的依恋所构成的对照一览无遗地呈现，王译则抹掉了这种对照。王译把英译中最重要的 but（但是，而）省略了，而 but 正是构成上述对照的关键词——姑且称为"语气词"。现在用另一个例子来具体看看中译本是怎样出毛病的。刘文飞在他的书评中列出一段英译和俄文，认为英译严谨，基本上把原文的节奏都传达出来了，并对照王希苏的《无乐的歌》中译，指出王译对跨行的处理欠妥。刘文飞并没有把该段引文译成中文与王译对照，现在让我在尽量迁就王译的前提下把它试译出来，再对诗中的节奏安排进行具体分析和比较：

英译：
Of sea and fields flung out between
us, won't you notice something sadder:
i.e., the thing which led that train
of zeros was yourself.
                    A matter
Quite likely of your hubris or,
More likely, of my own delusions,
or of the time not ripe yet for
our jumping to some brave conclusions:

王译：
大洋与陆地，横隔在
你我之间，你难道没有看出
更悲切的东西：牵引着虚无
列车的正是你自己。
                    这情形
兴许出于你的傲慢，却又
更像我自我欺骗的幻觉，
或许时间并没有成熟，不该
草率作出大胆的结论：

笔者试译：
大洋与陆地赫然在我们之间
横隔，难道你看不出更悲哀的东西：
即是说，引导那列虚无

火车的正是你自己。
这情形
很可能是缘于你的傲慢，
或者更可能些，缘于我自己的幻觉，
或者缘于时间还未成熟到
让我们冒然作出大胆的结论：

  从对照中可以看出，第一行王译多了一个逗号，第二行原文是 us（我们），应该是两个字，王译"你我之间"，多出两个，我的译文把"我们"放到第一行，把"横隔"移到第二行，达成两个字。添加"赫然"是为了弥补"横隔"略显静态的不足，因为"flung out"含有"猛然扔出"的意思。此外，把"赫然横隔"拆开，使第一行的十个字增至十二个字，这样就不至于使原本第一行的十个字与第二行的十六个字形成视觉上太强烈的长短落差。

  另一个译法是"大洋与陆地横隔在我们／之间"，但把"之间"跨到第二行感觉上和视觉上都不好，故放弃。王译大概也感到"之间"跨到第二行不好，于是用上"你我之间"，可是这样一来如果仿照原文排列的话，第二行就是"你我之间，你难道没有看出更悲切的东西："，连标点符号一共十九个字。这似乎不妥，于是把第二行再"跨"下去，推入第三行，然后把原文的"即是说"略掉。这里的要害是删掉"即是说"这个"语气词"。这个词在这里起到纡缓与调和整节诗的作用，没有它，损失就大了。事实上这正是中译本在处理布罗茨基诗中节奏时最常用的手法。中译本经常把一些具有转折、缓和、平衡作用的"语气词"略掉了。

现在回头继续比较分析王译和笔者试译的上面那一节诗的后半部分。王译 quite likely 为"兴许"、more likely 为"更像",有两处扭曲,一是 likely 应是"可能",王有小小的误译;二是两个 likely 为同一个意思,王译没有把这种对等关系译出来。后半部分又有一个关键的"语气词"or(或者)没有译出来,而正是它把后半部分五行诗全部连接起来的。另一个"语气词"some 也没有译出来,"our jumping to some brave conclusions"中,"我们"也没有译出来。我的试译中也没有把 some 译出来,这是因为"让我们冒然作出某些大胆的结论"节奏太累赘和乏味,必须割掉"冒然"或"某些",由于"冒然"在这里比较重要,权衡之下割掉"某些"。事实上这里割掉"某些"以获得恰如其分的节奏,与前半部分增加"赫然"以使句子长度匀称,道理是一样的。此外王译把"我自己的幻觉"译成"我自我欺骗的幻觉"则是意义上的累赘。王除了没有译出"或者"这个词的对等关系外,还译错了意思。他把第一个 or 译成"却又",把第二个 or 译成"或许",又把三个 of(出于,缘于)之中的两个给消灭掉了。这样,五行诗之间内在的含义和节奏便全都分崩离析了。这一节诗的后半部分清楚明白,是很容易理解的,为什么会出错呢?这只能归因于译者对诗歌内在节奏的忽略,正是这种忽略造成了整部中译本诗歌部分的单调。而且我猜测,并不是因为译者对具体诗句的理解力不足,而是因为译者对"译诗"的误解导致这类出错。换句话说,译者可能认为"译诗"应该这样,省去看似多余的或没有实际意义的句子构成部分,类似于董桥推崇张中行所认为的应当避免"只不过""而且还""但是却""看作是""除了……其余都"之类的表述。

评《从彼得堡到斯德哥尔摩》诗歌部分

这种忽略"语气词"和随意处理译文的例子在中译本中，几乎每一首都有，并且几乎每一首都有很多。再举一个例子。

英译：
So long had life together been that now
The second of January fell again
on Tuesday, making her astonished brow
lift like a windshield wiper in the rain,
　　so that her misty sadness cleared, and showed
　　a cloudless distance waiting up the road.
　　　　——"Six Years Later", tr. Richard Wilbur

王译：
共同生活如此久长，然而
一月二日重又落上礼拜二。
她不由斜竖起惊讶的眉，
宛若车窗上刮水的铁臂，
清洗去潮湿朦胧的哀伤，
明净的远方静候在大道上。
　　　　——《六年之后》

笔者试译：
共同生活如此长久了，而今
一月二日重又再落到
礼拜二，使她惊异的眉毛
竖起如雨中车窗上的刮水器，

抹掉她朦胧的悲哀，并显示
明净的远方静候在大道上。

王译有个别地方语感颇好，例如"斜竖"，虽然不够准确，却很传神；"明净的远方静候在大道上"，也很好，"静候"比原来的"等候"更好。但 windshield wiper 意思也很简单，是汽车挡风玻璃上的刮水器，王译"铁臂"不准确，视觉上也非常难看；misty（朦胧）并没有潮湿之意；"雨中"没有译出来。但这些还不是什么大问题，最致命的仍然是"语气词"没有译出来或译错了。第一行包含习语"so…that"（如此……以致），也即"共同生活如此长久了，以致现在"，并无"然而"的意思。第二行句尾加句号，也与原文不符。从第二行到最后一行是一句话，应是这样读的："一月二日……再落到……使她……以便抹掉……并显示……"，主语是一月二日。王译把三个使这几行诗串联在一起的"语气词"给清洗掉了，这三个词分别是 making（使），so that（以便，为了），and showed（显示）。最后两行应向右挪一个字，王译也取消了。这几行诗的核心是那个比喻，眉毛像刮水器，刮水器抹掉雨水，前面的大道便明净了；眉毛抹掉悲哀，眼前便明净了。并不是说不能省去"以致""以便"，但译者在省略的时候应当保留那语气或那语气的痕迹，让读者感到诗句是一行行互相连结的。

也许读者已经看出，我是拿一些不起眼的例子来做一种相对细微的分析，并且焦点并不是翻译文本的准确性。但在不经意中，我还是顺便核对了若干片段。例如就中译本所附的《巴黎评论》布罗茨基访谈而言，我在核对《花毯的探索者》所引的布罗茨基访谈的原文时，发现有些出入："我在洛威尔的葬礼上遇到德里克（沃尔科特）。洛威尔曾［跟我谈起过德里克，并］把他的［一些］诗拿给我看，我印象极深。"这里，方括号里的字词被漏译了。在核对《约瑟夫·布罗茨基的诗路历程》所引的布罗茨基访谈的原文时，也发现有出入："不是我存心要去，而是运载我们全部［装备、器材、］物品的木筏漂到了阿穆尔河（黑龙江）的右岸。"这里，方括号里的字词是添加的。

我在分析译诗和给出我的试译做对照时，都是尽量依着原中译来做。但是在我翻译奥登所引的布罗茨基一首诗的片段时，我是先译出之后再查阅王译。也许可比较一下：

> But this house cannot stand its emptiness.
> The lock alone—it seems somehow ungallant—
> is slow to recognize the tenant's touch
> and offers brief resistance in the darkness.

我译：
但这座房子难以忍受它的空荡荡。
单是那锁——它似乎有点不殷勤——
就很慢才认出房客的触摸
并在黑暗中作短暂的抗拒。

——《房客……》

王译：
但是房间总不能凭空站立。
唯有那座钟——似乎缺乏气概——

缓缓地觉到了房客的轻抚，
悄悄地在暗中屏起气力顶住。

若要尽可能地移植布罗茨基的节奏，译者应具备三重敏感：一，布罗茨基是一位诗风多变的诗人，译者应在具体作品上把握这种多变，而不是一劳永逸地以同一个腔调翻译他的所有作品；二，布罗茨基诗歌的节奏是微妙的、繁复的、深藏的，译者首先要注意并感受到这种隐蔽性，并在译作中揭示出来；三，揭示出来已属难得，但仍然不能算是最好的，最好的是，译者"发现"这种隐蔽性但不"揭示"它，却又时刻注意和感受到它，并把它悄悄移植到译文中，像原作一样把它压住。以上援引的王译的失误基本上是一样的，其核心是：他不紧扣原文可以原谅，但是他没有把这些引诗中的句子之间的节奏理清、理顺，其结果便是句子之间的关系和意思没有理清、理顺。其最终结果则是我要下的结论：这个中译本的散文和评论部分译得很传神，基本上为中文读者树立了布罗茨基的大才气的形象；而诗歌部分则译得草率，基本上把散文中树立的布罗茨基的大才气的形象给抵消了。

一九九六年三月初稿

由帕斯论翻译想起的

偶然在联合国教科文组织《信使》杂志上看到最近逝世的墨西哥诗人奥克塔维奥·帕斯一篇写于一九七五年的短文,叫作《论翻译》,见解颇为精辟。

其中一段写道:"诗人被卷入语言的旋涡(也即词语持续地来来去去),他挑选一些词语,或被词语挑选。他把词语混合起来,创造他的诗;这诗变成一个文字物件[1],由不可替代和不可移除的符号构成。译者的起点不是处于活动中的语言,也即诗人的原材料;而是那首诗的固定语言。它是一种冻结的语言,然而它又是活生生的。他的操作恰好与诗人的操作相反。他的职责不是用变动中的符号锻造一个不可变动的文本,而是拆卸那个文本,重新使那些符号活动起来,然后把它们归还给语言。至此,译者的工作类似读者或批评家,因为每一次阅读都是翻译,而每一种批评都是一种解释,或作为一种解释开始的。"

"……在第二阶段,译者的活动近似诗人的活动,但有一个

---

[1] 关于"文字物件",参考 P033—034 奥登为布罗茨基诗选写的序。

重大的区别：诗人写作时，他不知道他的诗将会写成什么样子；译者翻译时，他知道他必须把摆在他面前的这首诗再创造出来。"

我想再发挥一下。

词语经诗人挑选、组合，形成独有的构造和其他诗学张力。诗一形成，便活起来了；它同时又是自成系统的，故又可以说是冻结起来了。这些词语，假如夹在其他文学体裁例如散文或小说中，就没有诗句那么有暗示性和放射性。翻译的可能性即在于原诗之自成系统和冻结，译者根据这个冻结的系统亦步亦趋翻译，传达其构造和其他诗学张力。语言虽然不一样，但每一种语言都有其系统，而甲语言的系统与乙语言的系统是有很多对称和呼应的，是以这个世界上存在着翻译的可能性和交流的可能性。因为语言系统总是与自然、社会、人生等系统相呼应的。但是，既然一首诗的词语是经过诗人精心挑选的，就必具有其独特的暗示性和放射性，这也就表明翻译是要有所丧失的。但是译者可以使其有所得，以此补回所失。因此，译者如何挑选富暗示性和放射性的词语，便成为关键了。翻译的好坏，就在这里。同样一个系统，坏译者会用译入语中的坏的词语构造系统来译，也即挑选词语挑选得不够恰当，不够充足，不够微妙，听觉和视觉不够协调。也就是说，他等于是一个坏诗人。好译者刚好能做到一切恰到好处,等于是一个好诗人。换句话说，在坏译者手中，词语变成原文中的散文的词语，原文中经作者挑选组成的那一层互相牵连的密码，被还原为不具有多种暗示性的词语；这层密码是必须在译文中重新挑选和组成之后才会"互相牵连"起来的。这也可以拿来反证用母语写诗的坏诗人，就是不会充分调动词语之"互相牵连"的诗人。

是故，一首好的译诗，往往是善于在译文中重新挑选和组织词语的结果：它创造一个新的密码系统，使那个封冻的系统经解冻后又再灵活地运转起来。另一种可能性：由于译者语言技能和设备更敏锐和尖端，使得译诗的个别意象比原诗更好。原文的一些原有的功能（适合原文环境的）在译文中消失了，因为译文环境不一样，甚至不需要；同时，为适应译文的环境，一些新的功能被创造出来了，发挥得更好。但这种可能性也容易被外语差的译者滥用，成为他们替自己辩护的借口。

一九九八年

翻译与中华文化

读到季羡林先生一篇文章，叫作《翻译与中华文化》，是他为《中国翻译词典》所写的序言。他说，汤因比在其《历史研究》中认为没有任何文明是长存的：它诞生、成长、繁荣、衰竭、消逝。但季羡林提出异议：中华文明延续至今已有数千年，并没有消逝。秘密在哪里？他认为，秘密在于翻译。中华文化有两次重要的翻译运动，一是翻译印度的文化，一是翻译西方的文化。他把这两次翻译运动分别称为"从印度来的水"和"从西方来的水"，并把中华文化喻为一条河，有时水满，有时水少，却从未枯竭，因为有两股水注入，保持和活化其生机。季先生说："中华文化之所以能常葆青春，万应灵药就是翻译。"

这是一个大视野、大发现，令我豁然开朗。我一向认为翻译引进异质文明，有利于一国文明机体的更新，但从未如此彻底地醒悟到维系中华文明的，竟是翻译。这是因为，一般人会把翻译这种异质文明视为对中华文明的入侵和破坏，而我在强调翻译的重要性的时候，往往只是从反对这种论调出发，而看不到翻译具有这种根本性。想深一层，我是见树不见林。我一向认为译文可活跃现代汉语,使现代汉语保持蓬勃的生机,而我作为一位诗人的写作动力,也是与我这种看法息息相关的。但我却没有把我的思考纳入整个中华文化和文明的脉络。事实上,维系中华文化的,不也正是汉语吗?而保持汉语生生不息,不正是维系中华文化的灵药吗?值得注意的是,汉语从文言文到白话文的飞跃,也可视为汉语突破老躯壳重生,所谓脱胎换骨。这种重生,也许是中华文化免疫机制自我调节的结果。

现时仍保持生机的文明,也有不少是因为有过像汉语从文言到白话这种换血运动。英语便是不断演变的,并且,有各种分流和旁支,例如美国英语。英语一方面发展出各种分支,另一方面,英语在地理上的分布亦不断蔓延,形成"英语各民族"。而毫无疑问,当今世界最强大的,便是"英语文明"。而我觉得,中华文化亦有向"汉语文明"发展的趋势。现代汉语在大陆如果是主流的话,在台湾和香港则可以称为分流,而在大陆的现代汉语本身,又逐渐出现南方语言与北方语言的区别。这种不统一,包括繁体字与简体字,为汉语未来的不断发展留下了后路。换句话说,就是为中华文明的大厦,留下更多的出口。其实不仅从汉语分析是如此,从实质性的文化和经济方面来分析亦如此。如果整个中华文明仅靠一地来维持,一旦出现大的动乱,中华文明便容易灭绝。事实上,在"文革"期间,维持中华文明的,反而是香港、台湾和海外华人社区。当大陆逃过劫难,开始恢复生机时,又是香港、台湾和海外华人社区给予极大的物质和精神资源的补充。而维系大陆、香港、台湾和海外华人社区的,正是汉语。

不妨从宏观收窄至微观。众所周知,大陆当代文学始于朦胧诗,但朦胧诗又是从哪里来的?朦胧诗是从翻译中来的。虽然大陆在"文革"期间一切荒废，但是却有一些仅供内部参考的各学科的中译著作，尤其是中译文学作品，成为青年人尤其是一些高干子弟的文学营养源。于是，一种有别于官方教条的文学以地下的形式诞生了。到七十年代末、八十年代初，仍有不少译著是"内部参考"的，但读者层面已放宽，可在书店买到。从八十年代初开始，整个大陆出版界基本上是翻译著作的天下，人人都在读西方名著。我当年作为一个大学生躬逢其盛，现在回忆起来不能不称之为"黄金时代"。当今文化界、知识界、文学界的中坚，大多数是那个时期的受惠者。经济、金融方面的精英，相信更是如此。

不妨再从微观放大至宏观。现在文化界及知识界有一种复古趋势，伴随着某种恐外和仇外的情结。"趋古"的鼓吹者们也标榜要维系中华文化，但他们实际上是封闭型的中华文化鼓吹者，而不是进取型或发扬型的。封闭型鼓吹者的总心态是"保存""保护"中华文化，而"保"者，正是处于守势的一种体现。"趋古"的抬头，乃是因为面对西化的强势潮流而心生惧意，就像当我们面对波澜壮阔的河流亦会心生惧意一样。事实上，只要能顺大流，看大势，是可以把惧意化为乐意的。另一方面，大势去到一定程度，也需要收势，一如河流要转弯，要放缓一样。这个时候，也正是大势自我调节的时候。即是说，汉语欧化达到一定程度，也必有一股自我调节的内力，把欧化反刍内化为稳定的汉语，成为传统的坚实力量。故此，需要把"趋古"运动与这种内化的自我调节运动分别开来，因为两者是很容易混淆的。

封闭型总是向内望和向后看：看到的是遗址、古迹、玉器等等；而不是向外望和向前看：看到的是什么，很难说得清，

翻译与中华文化

因为太多太丰富了,并且在不断变化,取之不尽。从汉语角度看,"趋古"者酷爱文言或文言式的汉语,尽管他们自己也写不出甚至看不通文言;另一方面,是仇视在语法结构上充满生机的、在他们眼中是"欧化"的现代汉语,尽管他们的文章,如抽掉欧化成分,便无法自圆其文。

中华文化不应只是保存,而应与时并进,才能维持生机。汉语,尤其是汉译,也不应过分汉化,而应稳步欧化,才能与时并进和维持生机。如此,则中华文明、"汉语文明"将生生不息,而一般被视为只在经济上做出贡献的香港和其他汉语社区,亦将为自己在文化上承担的同等重要的角色而骄傲。

一九九八年

"运作"及其他

读载于一九九六年七月号《读书》的拙作《英语文体的变迁》,注意到原来所用的"运作"一词被改为"运转",最初以为是编辑改的,后来回忆起来,是投稿前请内子校对时由她建议改的。她是规范现代汉语的信徒,认为大陆没有这种用法,应改为"运转"。读同期徐贲先生的《文化讨论和公民意识》,赫然发现他用"运作":"它表现在了解政府体制的运作"。我与徐兄有过一次通信,知道他在加州圣玛利亚学院英文系任教,又知道他是复旦大学文学硕士,麻省大学哲学博士。他受过大陆的正规教育,而他采纳海外华人社区广泛使用的"运作",显然不是随俗,而是因为这个词的含义更有"弹性"(灵活性)。我自己那句话是:"他(指边缘作家)既有外省的或者说地方的经验,又熟悉中心的一切运转。"这里,"运转"显然不及"运作"来得贴切,因为"运转"的含义的重心落到"转"字上;而"运作"两字则互相平衡,没有彼此喧宾夺主。

"运作"含有"运转"和"操作"的意思,其宽泛的容量恰与英文 operation 吻合。(顺便一提,在香港,"宽泛"还很少人使用，有一次我用了，被编辑改为"广泛"，后者是香港报刊广泛使用的词。）但是翻查英汉词典，包括最新的《英汉大词典》，operation 均释为"运转"或/和"操作"，没有"运作"。翻查《现代汉语词典》及其补编，也都没有"运作"一词。一些收词较多的汉英词典，包括最新的《汉英大词典》，也没有收入该词。

由此而想到另一些词，例如"共识"。这个词似乎也是香港和海外华人社区发明的，现已被大陆报刊吸纳采用了。这个词与英文 consensus 的含义也非常吻合，《英华大词典》和《英汉大词典》均释为"（意见的）一致"和"合意"，《牛津高阶英汉双解词典》释为"意见一致；共同看法"。《英汉大词典》把"reach a consensus on sth"译成"在某事上达成一致意见"，《牛津高阶英汉双解词典》把"The two parties have reached a consensus"译成"这两个政党已达成了一致意见"。如果采纳"共识"，似乎会更加言简意赅："在某事上达成共识"，"两党已达成共识"。"共识"一词，《现代汉语词典》及其补编也没有收录，倒是可在《汉英大词典》见到，但该词典释为"common view"，并把"取得共识"译成"get to a common view"，如译成"reach a consensus"岂不更确切？

大陆一些英汉词典也有吸取香港和海外一些译名的，但只是吸取而已，而非"采纳"，也即略微修改。例如 The Beatles，香港译为"披头四"，盖因该乐队成员皆披头散发，且刚好是四个人。大陆英汉词典一般译为"甲壳虫"，无论视觉效果还是听觉效果，都很生硬。《英汉大词典》有所吸取，译为"披头士"，这种态度要开明多了。AIDS，香港译为"爱滋病"，大陆译为"艾滋病"，似乎也是吸取，如按照规范音译，应为"艾兹病"。有一种抗爱滋病药，叫作 AZT，《英汉大词典》译为"叠氮胸苷"，香港译为"爱滋敌",意译与音译并茂。miniskirt 大陆译为"超短裙",香港则译为"迷你裙",音、意皆照顾到。

就汉语和汉译而言,不同华人社区之间似乎也存在着"虐待语言"(其他华人社区汉语和汉译入侵大陆规范化汉语和汉译)和"语言虐待"(大陆规范化汉语和汉译对其他华人社区汉语和汉译的霸权)的问题。但是两者彼此间的关系应该还要复杂些。就本文开头所列举的"运作"与"运转"、"宽泛"与"广泛"的关系看,既存在着大陆规范化汉语对方言或其他华人社区新词的霸权,也存在着其他华人社区以大陆规范化汉语排斥大陆汉语新词的"被霸权"(可否称为自虐?)。

一九九六年

英语文体的变迁

一般来说，用英语写作的著名作家和批评家的文章都是明白、准确和流畅的，例如已故的埃德蒙·威尔逊、乔治·奥威尔、詹姆斯·鲍德温以及当今的 E. W. 萨义德、苏珊·桑塔格和乔治·斯坦纳。一些著名现代诗人如 W. B. 叶芝、W. H. 奥登、T. S. 艾略特、埃兹拉·庞德、兰德尔·贾雷尔等人的批评文章在语言上也都保持上述特色。总的来说，他们都直截了当，没有枝节，没有卖弄，没有炫耀。他们的精彩之处往往是一些格言和警句式的真知卓识，令人茅塞顿开或者拍案叫绝。例如："阅读即翻译，因为没有两个人的经验是一样的。一个糟糕的读者就像一个糟糕的译者：他在应该意译的时候直译，又在应该直译的时候意译。""一个作家越有独创性、越有影响力，对于那些天分较差而又试图找到自己的人来说，也就越危险。反之，拙劣的作品往往成为想象力的刺激剂，并间接造就了别人的优秀作品。"（奥登）再如："未成熟的诗人模仿，成熟的诗人剽窃；坏诗人损害他们拿取的，好诗人则把它变成更好的东西，或起码是不同的东西。好诗人把他的剽窃品组合成独一无二的完整感觉,完全不同于它原先的破碎;坏诗人则把它弄成没有内聚力的东西。""诗歌不是放纵感情,而是逃避感情;不是表现个性,而是逃避个性。但是,不用说,只有那些有个性和有感情的人才知道逃避这些东西意味着什么。"(艾略特)又如:"我一位朋友慎重地说,平庸的诗歌是值得去写的。如果平庸之辈也想不朽,他们当然必须保持某种对平庸的崇拜。""当一个文明生气勃勃的时候,它会保护和养育各种艺术家——画家、诗人、雕塑家、音乐家、建筑家。当一个文明死气沉沉的时候,它会保护一大帮牧师、呆板的教员和二手货的重复者。"(庞德)

但是,现在一些著名作家和诗人写起评论文章都十分刁钻和隐晦。我想这主要是他们更注重评论本身的相对独立性,即已不把评论的目标仅止于"达意",成为作者思想或作品的附属品,而是要同样具有独特的欣赏价值。另一方面也出于他们对写作本身的严格要求,即不只要在纯粹的作品中发挥想象力,而且也要在评论中挖掘这种想象力。爱尔兰诗人希尼、尼日利亚戏剧家和诗人索因卡、南非小说家戈迪默和刚逝世的美籍俄罗斯诗人布罗茨基都是这方面的典型例子。他们最共同的特点是舍简单而取复杂,舍直接而取迂回,舍明确而取晦涩。他们的精彩之处往往是一些带有隐喻和歧义的论述,不仅表现出他们的想象力的犀利,而且也会启发读者的想象力。

这是希尼的文章《舌头的管辖》其中一段:"赫贝特这首诗明显地要求诗歌放弃它的享乐主义和流畅,要求它变成语言的修女并把它那奢侈的发绺修剪成道德伦理激励的发茬。同样明显的是,它会因为舌头沉溺于无忧无虑而把它废黜,并派进一个持棒的马尔沃利奥来管理诗歌的产业。它会申斥诗歌的狂喜,代之以一个圆颅党人直话直说的劝告。"不妨拿艾略特一段话来比较:"我用的是化学上的催化剂的比喻。当前面所说的那两种气体(指氧气和二氧化硫)混合在一起,加上一条白金丝,它们就化合成硫酸。这个化合作用只有在加上白金的时候才会发生;然而新化合物中却并不含有一点儿白金。白金呢,显然未受影响,还是不动,依旧保持中性,毫无变化。诗人的心灵就是一条白金丝。"希尼用的是隐喻,并且隐喻中套隐喻,非常繁复,令人目不暇给、眼花缭乱;而艾略特用的是明喻,清晰确切,"毫无变化"。似乎可以说,以往大师的评论文章有点像语言修女,把枝节剃得干干净净,有时候还留下不少"道德伦理激励的发茬",而希尼辈则着重"奢侈的发绺";至于那些申斥这种文体难懂的人,则有点像"持棒的马尔沃利奥"(他是莎士比亚《第十二夜》剧中人物女伯爵奥莉维娅的管家,自视甚高)和"圆颅党人"了。

作家最重要的职责是创造新鲜的语言,丰富他们自己和读者的想象力。当然,不同的作家有不同的读者,他们写作时也会考虑到读者的阅读期待。一般来说,最前沿的作家的读者一般都是他的同代作家,这样他们就必须以更迂回曲折的言说来面对同辈作家尖锐的审视以及尊重他们的智力,也就不能不刁钻了。

很多作家为了达致新鲜活泼,往往会挪用一些科技、自然科学、社会学甚至政治经济学等领域的词汇。事实上这样做除了求新的初衷之外,还额外地为文学注入新血,极大地丰富语言的表达。希尼在《舌头的管辖》中还有"理性结构已被超越或像音障一样被穿过",这"音障"是一个"高科技"词。他在《翻译的影响》一文中则有:"这点曾经潜在地出现于早期奥登那种风格化的张力和移位的地缘政治学幻境中,以及在埃德温·缪尔那幻觉式的，尽管是低瓦特的诗歌中。""低瓦特"也是一个技术词，它在这里的意思是指缪尔诗歌的影响力或重要性较小，不及奥登。南非小说家戈迪默在评论尼日利亚作家索因卡时说："他的散文都充满成熟、高压的感情"，这里"高压"显然是指浓烈。同样是使用科技词，艾略特是为了打个比方，讲清一件事，而希尼和戈迪默则是为了增加句子本身的强度和密度；艾略特讲得有条不紊，而希尼和戈迪默则是点到即止，一闪而过，不多作停留。

美籍俄罗斯诗人布罗茨基用英语写散文，老练得令最好的英语作家们都自愧不如。他在《论独裁》一文中写道："政治即是几何式的纯粹，它拥抱丛林法则。"他在谈及独裁者用先进技术来为其野蛮思想服务时则以电脑作比喻，称那是"淘汰型硬件运行先进配件"："……独裁者们自己则可被视为电脑的一个小小淘汰版。但是，如果他们仅仅是电脑淘汰版的话，那也不太坏。问题在于，独裁者有能力采购新的、尖端的电脑，并致力于为它们配备人员。淘汰型硬件运行先进配件的例子多的是，例如希特勒诉诸扩音器"。这种隐喻式言说常能取得冷嘲热讽的效果。布罗茨基获得诺贝尔文学奖的其中一个理由即是他"醉心于发现"，"是不断更新诗歌表现手法的高手"。这里顺便援引他一首诗的片段，以说明一个诗人是如何更新诗歌语言，以及这种更新是如何反过来丰富他们的散文。"我们假定死者不会／介意取得无家的地位，睡在拱廊里／或者看着怀孕的潜艇经过一次／全世界的旅行后回到原地的修藏坞，／没有毁灭地球上的生命，甚至／没有一面得体的旗可悬。"（《大西洋两岸》）

索因卡在一篇评论文章中有这样一句话："很多并不拥有神圣的博学以及本身并不像我刚才引用的那位作家那样包含单人

口头游击队的人士,也开始感到解决办法确实简单极了。"这里"单人口头游击队"是指一个人信口雌黄,胡乱攻击别人。"但是再也不可能继续沉溺于世界性的关注了,因为这种关注的药膏是涂在抽象的伤口上,而不是涂在黑人残酷性的雅司病似的豁口上。"这里索因卡是在指责非洲作家自以为是,标榜自己及抨击西方的"堕落";雅司病是一种皮肤病,经接触传染,暗指这种不正视本身的弱点的作家之普遍。戈迪默谈到非洲的自由时说:"自由在非洲仍是缺席的:被劫持在腐败政府的剥削、新殖民主义、内战的苦难和经济混乱的手中。""劫持"用在这里有强烈的反讽效果,因为"劫持"一般用于少数人以致命武器胁迫多数人,其目标则往往是政府或组织,现在劫持者竟是倒转过来的,而被劫持的则是一个珍贵的抽象概念。

以上援引的大多是隐喻式写作的例子。事实上英语文体的变迁非常丰富,还包括大幅度使用生僻字、充分地省略以达致高密度、尽量压缩句子以使其更饱满和有弹性等等,使得这些作家的文章都变得不容易理解。我在阅读艾略特、奥登一辈作家的文章时,都没有什么障碍,并且比较轻松,但是读希尼和索因卡等人的文章和作品时,精神都要非常集中,并且经常要查词典,因为他们的词汇量实在太丰富了,即使不是生僻字,也因为用得异乎寻常而要查词典,尤其是在翻译的时候。而像戈迪默和布罗茨基这样的作家,则是机智委婉,阅读时总要"瞻前顾后",不能掉以轻心。

事实上,隐喻式写作本身已包含着密度、压缩、饱满和弹性。但是这些效果不一定全靠隐喻或生僻字来达到,很普通的词语、句法结构和明确的言说也同样能够达到。戈迪默在评论索因卡时写道:"他从未做过从非洲消失跑进伴随着诺贝尔文学奖而来的世界文学的庇护所这种事情,尽管对于他出席无数讨论非洲文学的会议的期望往往落空……而我得承认,我不赞成这种失约的态度现已变成了感同身受,因为我现在也处于与他相同的境况,桂冠带来的需求远远超出时间的供应!"这段文字如要写得浅白一些,就成了:"他获得诺贝尔文学奖之后,并没有离开非洲,跑到世界各地,跻身于各国文学界名人的行列,心安理得享受起来,尽管无数要他出席有关非洲文学的会议的邀请他通常都没有去……但我得承认,我以前不赞成他这种不出席的态度,现在我自己也获得诺贝尔文学奖,处于与他相同的境况,才体会到他那种态度的苦衷。获得诺贝尔文学奖之后,各种邀请、访问、稿约纷至沓来,根本没有时间去应付!"这样不仅要多写很多字,最重要的是变得跟任何人都能写的差不多。

戈迪默在谈及索因卡文体的艰涩时,也提到普通读者的要求与作家对自己的要求之间的冲突:"既真诚地决心要把文学那些敞开心扉的快乐给予千百万必须把这些快乐视为精英特权的人,但又深知如果你要求作家限制思想的复杂性、缩减词汇量、把引经据典的标准修剪至假设大家容易接受的理解力的公分母,那你就是在阻止和钝化那种文学,最终剥夺那千百万人阅读的权利。"最后她还是赞成后者,认为应以作家本人的追求为重,并反问道:"难道降低复杂性、词汇量、引经据典本身不也是维持精英的一种形式吗?"

无独有偶,这里援引的作家都不是处于主流英语国家的作家,而是一些边缘性的作家,而他们的影响力却又都是世界性的,都是诺贝尔文学奖得主。他们虽然都用英文写作,但地域、背景却南辕北辙。索因卡是尼日利亚作家,戈迪默是南非作家,希尼是爱尔兰诗人，布罗茨基来自俄罗斯。就像他们利用文学以外的学科的词汇来丰富文学语言的表达一样，他们也利用他们本身的特殊经验和才能来丰富英语的文体，以边缘来冲击中心。

布罗茨基在评论一九九二年诺贝尔文学奖得主、加勒比海诗人德里克·沃尔科特时，曾指出："由于文明是有限的，在每个文明的生命中都会有那么一刻出现中心无法维系的情况。使它们不至于分崩离析的，并非军团，而是语言。罗马即是如此，在这以前的古希腊也是如此。这种时刻，维系的工作便落到来自外省、来自外围的人士身上。与流行的看法相反，外围并非世界终结之处，而恰恰是世界铺开之处。"

相对来说，外围或者边缘作家的写作处境有两种：要么沉默，要么爆发。前者指他们尽管才能并不比中心作家低，却因为环境的限制而无法取得与才能相当的中心作家同等的承认，于是默默无闻；后者指有个别作家冲出这种困境，兼容并蓄，左右逢源，最终破茧而出，这种个别作家也许应形容为"要么沉没，要么长驱直入"，维系中心的工作主要落到这种作家身上。他既有外省的或者说地方的经验，又熟悉中心的一切运转，这使他更灵活更老练，视野广阔而独特，又可以把大量时间用于阅读写作，而不必像中心作家那样忙于社交和算计。索因卡首先继承的是约鲁巴文学传统，当他到英国读书时，除了浸淫于英语文学传统之外，还对东方文学发生兴趣。戈迪默是南非白人，却站在黑人的一边；她阅读的是英语文学传统，写作的却是南非的现实。布罗茨基抵达美国时，带去的是整个俄罗斯文学传统，而他对古希腊罗马文学和欧美文学的了如指掌又足以令欧美同行汗颜。希尼在北爱尔兰长大，婚后移居爱尔兰首都都柏林，他的文学经验主要来自爱尔兰文学和英国文学，而他又经常在美国教书讲学，对大西洋彼岸文学的熟悉程度同样不逊于彼邦的同行，此外他还非常关注欧洲文学，尤其是包括俄罗斯在内的东欧，在这方面他与布罗茨基可谓难分轩轾、殊途同归。

在谈到边缘对中心的冲击时，不能不提到翻译带来的冲击。布罗茨基到美国后便着手推介俄罗斯几位重要的现代诗人阿赫玛托娃、曼德尔施塔姆、茨维塔耶娃等等，他主要不是以翻译，而是以他杰出的评论文章使英语同行们信服并关注这些诗人。事实上中国当代诗人对上述俄罗斯诗人的认识和理解首先也是来自布罗茨基的评论，而不是来自中国俄语翻译家的翻译。希尼在《翻译的影响》一文中写道：

> 翻译在过去二十年来所做的工作不仅向我们介绍了新的文学传统，而且把这种新的文学经验与一种记录勇气和牺牲并博得我们衷心赞叹的现代殉难史联系起来。于是，微妙地，英语诗人怀着某种开小差的羞愧感，被迫把目光投向东方，并鼓起勇气承认伟大性的中心正在移离他们的语言。这并不是要说诗人和读者对叶芝、弗罗斯特、庞德、艾略特、奥登和其他诗人取得的曾经作为并且仍然作为诗歌中意想不到的盛况的成就——这些地质学上的事件已改变了我们转身回望时英语的外貌——不再有感觉了。这些成就仍然是我们文学记忆中无懈可击的形式。然而逐渐地，来自外界的幽灵已开始进入这片乐土的背景。例如我们已意识到本世纪一〇年代、二〇年代和三〇年代俄罗斯诗歌的激烈精神。我们通过翻译能否确实领会到他们作品逼人的辉煌不是我想在这里谈论的问题。……我要说的是，我们对现代俄罗斯诗歌的命运和幅度的认识毫无疑问已经形

英语文体的变迁

成了一个法官席，以后的作品都要在这里为自己辩护。在论文和诗作的卷首题词中，或作为论文和诗作的主题，或作为论文和诗作的引证，我们今天有多少时候是不碰上茨维塔耶娃和阿赫玛托娃，曼德尔施塔姆和帕斯捷尔纳克的名字的？

翻译相对于母语来说，也是一种边缘。上述英语作家的独特文体除了得益于地域上的边缘性之外，还得益于语言的边缘性。他们所做的事实上已不是维系中心文学，而是大大地丰富了中心文学。我们也可以说，当代汉语的活力主要也是来自于翻译的维系。"文革"时代已使汉语的中心分崩离析，翻译的勃兴事实上并不是由对西方知识的渴求推动的，而是由对语言活力的渴求促进的。当代中国青年诗人对语言的热情探索不仅仅是出于好奇，而是出于必要，而他们汲取的养分又恰恰是翻译作品。

翻译的影响往往是曲折迂回的，却又是铁定的；它看似偶然，事实上又属必然。俄罗斯现代诗人对英美的影响很大部分是借助布罗茨基的英语评论达致的，这里事实上存在着两重翻译。一是俄语诗人布罗茨基改用英语写作，本身是一种语言心态的翻译；二是他虽然没有直接把他们的诗翻译成英文，但他却成功地把他们的影响力翻译过去了。而中国当代诗人（尤其是青年诗人）又再次通过转译接受这种翻译成英语的影响力的影响，这肯定不是中国的俄语诗歌翻译者所能够做到的。为什么是铁定的呢？首先是这种影响力本身的重要性，它在等待受影响的人；其次是受影响者需要这种影响力，他们也在等待这种切中要害的影响力的出现，一旦这种影响力的火光一闪，他们即直觉地惊呼："来了！"

曼德尔施塔姆对布罗茨基的影响由于出自同一母语,故我们不会感到意外,尽管他对曼德尔施塔姆的热爱和继承确实包含有天才的洞察力。但曼德尔施塔姆影响希尼,就不那么简单了。首先,曼德尔施塔姆是一个边缘式的人物,他除了死得不明不白之外,其作品一直无法得到适当的承认;其次,曼德尔施塔姆是一个广纳博采、精通古今的诗人;最后也最重要的是,曼德尔施塔姆文体刁钻得令人害怕,不要说你难以想象,就是被你想象出来了你也仍然难以置信。曼德尔施塔姆的英译者和研究者克拉伦斯·布朗就一针见血地指出:"他的艰涩有一部分是由于他在谈论广泛的文化及历史光谱时,其熟悉程度就像记者谈论每天的普通新闻一样。"作为一个来自边缘又长驱直入到中心去的诗人,希尼理所当然知道中心缺乏的是什么,也知道自己缺乏及想拥有什么。艾略特很早就已经指出:"好诗人通常会从那些年代久远,或属于外国语言,或兴趣广博庞杂的作者那里去借鉴。"希尼在《翻译的影响》中也说:"很多用英语写作的当代人已经被迫离开他们母语中以往那种舒适感和它迄今在世界上受到确认的诗歌遗产。"而希尼本人可能是少数自觉又自愿离开的当代英语写作者。像他这样一位熟悉各大文学传统的诗人,曼德尔施塔姆的天才他岂能不一跳入视野就紧紧盯住!可以相信,当曼德尔施塔姆的英译的火光一闪,他也会直觉地惊呼:"来了!"这也可以解释为什么那么多人读曼德尔施塔姆的英译,却没人像希尼读得那样深刻;那么多人喜欢曼德尔施塔姆的作品,却只有希尼把曼德尔施塔姆的神采承接过来——他不一定也不可能把曼德尔施塔姆的财富都拥为己有,但是他本身已经兼容并蓄,非常杰出,曼德尔施塔姆的财富他只要拿一部分来充实自己,就足以璀璨夺目,并以这种独特的文体影响甚至转移英语写作的中心。

　　以下援引曼德尔施塔姆《论博物学家》的一些句子，以揭示当代英语写作文体变迁的其中一个来源以及翻译带来的影响，作为本文的结尾。"拉马克用手中一柄剑为活的大自然的荣誉而战斗。你以为他像十九世纪那些科学野蛮人那么容易安于进化论？但我觉得拉马克在替大自然尴尬，他的羞耻感灼烧他黝黑的脸颊。为了一件被称为物种易变性的区区小事，他无法原谅大自然。""阅读分类学家（林奈、布封、帕拉斯）会对性情起奇妙的作用；会使眼睛直视，把一种矿物的石英质宁静传递给灵魂。""我已经与达尔文签订休战条约，并把他放在我想象的书架上的狄更斯旁边。如果要让他们一起用餐，他们这次聚会的第三位成员应该是匹克威克先生。谁都无法抗拒达尔文的和善的魅力。他是一个不自觉的幽默家。随时随地触发的幽默源自他的天性，去到哪里它跟到哪里。""这只蝴蝶的灰色长触须有一种芒，恰似一个法国院士领口的小叉，或放在棺材上的银色棕榈叶。它强壮的胸廓，状似小船。一个微不足道的头，就像猫头。它那布满大眼睛的翅膀是由一名曾经到过塞斯梅和特拉法尔加的将军的精致的旧绸衣做成的。""哺乳动物的偶蹄理性用圆角包扎哺乳动物的手指。袋鼠用逻辑的跳跃向前运动。根据拉马克的描述，这种有袋动物前肢软弱，即是说，这些前肢已安于毫无用途；后脚则发展得很强壮，即是说，深信自身的重要性；以及一篇强大的论文，叫作尾巴。""'仍然'和'已经'是拉马克思想的两个亮点，进化荣誉和照相凹版的精子，形态学的信号员和先锋。""林奈给他的猴子涂上最温柔的殖民地颜色。""继续我的比喻，我愿意说：那位美丽妇人的烈性牡马的眼睛斜视但亲切地望着读者。那些手稿的烧焦的卷心菜根茬像苏呼米烟草那样吧嗒吧嗒嚼着。""美洲豹有着受惩罚的学生的狡猾耳朵。""在波斯诗歌中,大使级的风礼物般从中国送来。""《王书》里的大地和天空受尽了甲状腺肿之苦——它们全令人愉悦地凸眼。""马米康咬了咬他那下垂的州长唇,用难听的骆驼声给我朗读了几行波斯文。"

一九九六年

第三辑

多多：直取诗歌的核心

诗歌像其他文学体裁和其他艺术形式一样，大约十年就会有一次总结，突出好的，顺便清除坏的。因为在十年期间，会出现很多诗歌现象，而诗歌现象跟社会现象一样，容易吸引人和迷惑人，也容易挑起参与其中的成员的极大兴致。诗歌中的现象，主要体现于各种主义、流派和标签。这些现象并非完全一无是处，其中一个好处是：它们会进一步迷惑那些迷惑人的人，也即使那些主义、流派和标签的提出者、形成者和高举者陷入他们自己的圈套；又会进一步吸引那些被吸引的人——把他们吸引到诗歌的核心里去，例如一些人被吸引了，可能变成诗人。这些可能的诗人有一部分又会被卷入主义、流派和标签的再循环，另一部分却会慢慢培养出自己的品味，进而与那些原来就不为主义和流派所迷惑，不为标签所规限的诗人形成一股力量，一股潜流，比较诚实地对待和比较准确地判断诗歌。这样一个过程，大约需要十年时间。这种总结是自动的、自发的，并且几乎是同时的：不同地方不同年龄的诗人会同时谈论同一个或多个诗人，并且都是先在私底下谈论了两三年才逐渐公开，而被谈论者可能一点也不知道。如果这股力量和潜流够大的话，甚至会形成一股潮流，把坏的以至可有可无的东西全部消除掉。这种总结或梳理，无论以何种形式出现，都只有一个标准，这就是直取诗歌的核心，而诗歌的核心又无可避免地包含着传统。

近几年来，中国诗歌的核心回响着一个声音：多多的诗，多多的诗。这是一个迟到的声音，因为多多的诗，已经存在超过二十多个年头（其中有十年完全在中国大陆失踪）。这种迟到，可能是一件好事：它可能意味着巨大的后劲。如果对多多这二十多年来的诗歌做一次小小的抽样回顾，相信任何直取诗歌核心的诗人和读者都会像触电一样，被震退好几步——怎么可以想象他在写诗的第一年也即一九七二年就写出《蜜周》这首无论语言或形式都奇特无比的诗，次年又写出《手艺》这首其节奏的安排一再出人意表的诗？

他从一开始就直取诗歌的核心。

I

诗歌的核心之一，是诗人与语言，在这里就是诗人与汉语的关系，也就是他如何与汉语打交道进而如何处理汉语。

从朦胧诗开始，当代诗人开始关注诗歌中语言的感受力，尤其是张力。从翻译的角度看，就更加明显，它就是那可译的部分。这方面多多不仅不缺乏，而且是**重量级**的，令人触目惊心，例如：

他的体内已全部都是死亡的荣耀

又如:

> 是我的翅膀使我出名,是英格兰
> 使我到达我被失去的地点

再如:

> 风暴掀起大地的四角
> 大地有着被狼吃掉最后一个孩子后的寂静

这是属于语言中宇宙性或普遍性的部分,涉及包括想象力在内的人类各种共同的感受力,只要通过稍具质量的翻译,任何其他语种的诗人都可欣赏。

但那独特的部分,那源自汉语血缘关系的部分,却是不可译的,也是目前中国诗歌最缺乏的。目前汉语诗歌受到各种严厉的指责,这些指责有一半是错的,原因在于批评者本身对于当代汉语诗歌的敏锐性缺乏足够的领悟,被诗人远远抛离;但另一半却是对的,也即当代诗歌对汉语的建设几乎被它对汉语的破坏或漠视所抵消,诗人自己远远被抛离了他们原应一步步靠近的对汉语的领悟。传统诗歌中可贵的,甚至可歌可泣的语言魅力,在当代诗歌中几乎灭绝。美妙的双声、象声、双关等等技巧,如今哪里去了——那是我们最可继承和保留的部分,也是诗歌核心中的重要一层——乐趣——最可发挥的。在现当代外国尤其是我所能直接阅读的英语诗歌中,诗人们在这方面的业绩,是与他们的祖先一脉相承的。但是,这部分又是不能翻译的,只能在原文中品尝。中国当代诗人基本上只读到并实践了那可译的部分,另外要他们自己在汉语中去寻找和创造的那部分,他们好像还没有余力去做。这,似乎在某种程度上反证了,中国当代诗歌基本上还是模仿品,尽管我愿意把模仿视为一个中性词,甚至是一个积极词。多多诗歌命途的多舛(也可以说是幸运),正在于他是不可译的,他的英译作品多灾多难,直到最近在加拿大出版的、由女诗人李·罗宾逊翻译的诗集《过海》,才开始露出曙光——但那关键的部分仍然没有译出来也是不可能译出来的。

  在马眼中溅起了波涛

  马眼深而暗,仿如一个大海(多多在另一首诗中有一句"从马眼中我望到整个大海");马眼周围的睫毛,一眨,便溅起了波涛。这"溅""波""涛",尤其是"溅"字那三点水,既突出"溅"这个动作,也模拟了马的睫毛,便是汉语独有的。它翻译成英文仍然会是一个好句子,但是它那个象形的形象,是译不出的。不妨拿莎士比亚《麦克白》的著名片段做个比较:

  Out, out, brief candle!
  Life's but a walking shadow.

卞之琳中译:

  熄了吧,熄了吧,短蜡烛!
  人生无非是个走影。

读译文，仍然是好诗。但是，原文的声音、节奏、韵脚，以及文字的象形性，在译文中注定是要丧失的，尽管译者的功夫已经非常高超并且挽回了不少。那"Out,out"，读起来和看起来就如同一阵风在吹并且在一步步逼近；而且第一个Out第一个字母的大写又加强了吹出去的动作。brief既形容蜡烛体积的短小，也形容时间上的短暂，在声音上更是"吹"；"candle!"中，d、l两个字母加上感叹号，多像蜡烛，而感叹号看上去恰像摇摇欲坠的烛火。这两行诗，有一半是译不出的。

再如美国诗人弗罗斯特的一行诗：

Thrush music——hark!
鸫鸟的音乐——听呀！

hark既是"请听"的意思，又是鸫鸟的叫声。译文中"呀"字虽然亦有拟声成分，但始终不如原文般无懈可击。杜甫"自在娇莺恰恰啼"一句中的"恰恰"有异曲同工之妙：既是恰巧的意思，又是娇莺啼叫的拟声。

这是被认为运用英语之出神入化，已远远超出英美任何同行的加勒比海诗人沃尔科特的句子：

A moon ballooned up from the Wireless Station.O mirror,
一个月亮气球般从无线电站鼓起，啊
镜子，

这里译文的效果当然达不到原文的五分之一。沃尔科特用

多多：直取诗歌的核心

气球作动词来形容月亮升起，并且充分利用月亮和气球所包含的象形字母 O。第一行结尾那个大写的 O 既是月亮，又是气球，又是感叹词，又是一个张开的口（张开口感叹）；接下来是 mirror（镜子），这个张开的口原来是一面镜子！沃尔科特把 mirror 跨到下一行，你没有读到镜子之前，上一行的 O 是一个张开的口（感叹），一读到 mirror，它立即变成一面镜子。字母 O 扮演了何等灵活的角色。

中国当代诗人只回到语言自身，而未回到汉语自身。回到语言自身，说明已现代化了；但没有回到汉语自身，说明现代与传统脱钩，而与传统脱钩的东西，怎么说都还算不上成熟。也许我们可以更现实一点，不提那使我们不胜负荷的传统汉语诗歌，而只局限于回到汉语自身：注意发掘汉语的各种潜在功能，写出具有汉语性的诗歌，而不仅仅是写出具有中国性的诗歌或一般意义上的当代性的诗歌。汉语的各种妙处，一般古典诗歌研究者都十分清楚。中国当代诗人面临的困境是，西方诗歌中无法翻译的那一半他们欣赏不到也借鉴不到，中国古典诗歌中足以启迪和丰富他们的技巧的那一半他们也没有继承下来。其实也有一些诗人在做这些功夫，不过这些诗人却是另一路人，他们完全在一个很传统很说教的诗歌表层上行走，他们写出来的诗毫无价值，继承下来反而成为负累，令人觉得是在玩弄肤浅的文字游戏——就像英语诗人中也有大批这样的货色。而写得最好的那一批接受西方诗歌影响的青年诗人，如果他们也把汉语这份财富发掘出来，或者如果能够通过阅读外国诗歌原文来借鉴，定会迸发璀璨的光芒。

而多多在这方面提供的例子，不亚于他的名字。

> 牧场背后抬起悲哀的牛头

一个神奇的句子,尤其是对于在农村生活过的人来说,它已超出可能分析的范围。我只能说,我分明看到一双悲哀的牛眼,但它为什么是用"抬起悲哀的牛头"传达的呢?这一行诗与其说是用汉字写成的,不如说是用汉字的文化基因写成的。同样神奇的句子还有很多,例如:

> 五月麦浪的翻译声,已是这般久远

和:

> 第一次太阳在很近的地方阅读他的双眼

再如:

> 大船,满载黄金般平稳

你看过满载黄金的大船没有?当然没有,但为什么这个句子如此真实,好像"平稳"这个词是为了形容满载黄金的大船而诞生的。再看:

> 我听到滴水声,一阵化雪的激动:
> 太阳的光芒像出炉的钢水倒进田野
> 它的光线从巨鸟展开双翼的方向投来
> 巨蟒,在卵石堆上摔打肉体

我见过化雪，也知道激动，但我没看过也没听过化雪的激动，但这个句子却真实得超乎想象，好像化雪是为激动而产生的，或者相反：激动是为化雪而产生的；接下去的两句也是这样。至于巨蟒在卵石堆上摔打肉体，我从未见过，但为什么这个句子让我觉得我已经见过并且肯定地相信这就是我见过的样子！

多多这些"神奇"的句子，与杜甫一些名句，例如"星垂平野阔，月涌大江流""无边落木萧萧下，不尽长江滚滚来""乾坤日夜浮""日脚下平地"等，有相通之处。如果就"通感"一词的字面意义而言，这些句子就是通感。但钱锺书先生《通感》一文所谈的，主要是感觉之挪移与置换，尤指"在日常经验里，视觉、听觉、触觉、嗅觉、味觉往往可以彼此打通或交通，眼、耳、舌、鼻、身各个官能的领域可以不分界限"。而杜甫和多多这些神奇句子，主要涉及视觉和声音与心理、记忆、想象、文化和历史的互相打通与交通，尤其是涉及文字的象形性。读者不是通过修辞方面的鉴赏来理解和感受这些句子，而是凭直觉就立即看见并感受一幅生动的画面。一般诗人也无法通过对修辞技法的研究，来模仿或写出这种句子。即使能写出这种句子的诗人，一生也只有机会写出三两句。奥登的诗中也有这种句子，例如《罗马的灭亡》最后一节：

> Altogether elsewhere, vast
> Herds of reindeer move across
> Miles and miles of golden moss,
> Silently and very fast.

完全是一幅大群驯鹿无声而快速地穿越苔藓地的生动画

面，move across 以声音启动奔跑之势，Miles and miles 则以字形显示群鹿奔跑之势，大写字母 M 恰好是领头之鹿，最后一行恰好是群鹿奔跑的节奏，Silently 的声音带出一种起伏的、蓄势以加快的效果，very fast 则是加快。Silently 类似电影里的一个远景，我们看到群鹿无声地奔跑，而 very fast 则类似切入特写镜头，不仅鹿蹄奔腾，而且声震大地。

如果上面所举的例子太玄的话，不妨看一些较平凡（非凡）的例子，例如复叠，或近似英语头韵的句子，像：

　　死人死前死去已久的寂静

或：

　　……一个酷似人而又被人所唾弃的
　　像人的阴影，被人走过

和：

　　对岸的树像性交中的人
　　代替海星、海贝和海葵
　　海滩上散落着针头、药棉

以及：

　　满山的红辣椒都在激动我
　　满手的石子洒向大地

多多：直取诗歌的核心

满树，都是我的回忆……

　　这些"雕虫小技"，孤立起来看好像微不足道，但若纳入一首诗的整体经营中，将立刻变得很可观，最好的时候，可以使诗歌中的感受力部分的重要性被放大，其效果被叠加。

　　多多与传统的关系，主要不是通过阅读古典诗歌实现的，他书架上可能没有一本中国古典诗集；就像一个泡在传统诗歌里的当代诗人，也可能写出最没有汉语味甚至最残害汉语的诗——事实上这样的例子不是很多吗？多多是通过直取诗歌核心来与传统的血脉接上的，因为一个诗人，一旦进入语言的核心（诗歌）之核心，他便会碰上他的命运——他的母语的多功能镜子。反过来说，泡在汉语传统诗歌里而又写糟蹋汉语诗的诗人，问题便出在他们不是直取诗歌的核心，而是走上歧途或使用旁门左道，或根本还没有上路。此外，还可以反证，当代诗歌与传统的割裂，问题正在于诗人偏离诗歌的核心，使用公共技术，分享公共美学，进而将诗歌变成公共的技术美学。

II

　　我在这里引用的大多数是孤立的句子，而这正好是多多的特点，也是他的优点。他把每个句子甚至每一行作为独立的部分来经营，并且是投入了经营一首诗的精力和带着经营一首诗的苛刻。如果拿阿什伯利衡量一首诗的好坏的标准，也即每一行至少要有两个"兴趣点"，则中国当代诗人在质量和数量上最靠近这个标准的，要算多多。但是，以行为单位，如何成篇，也即，这样一来，他的诗岂不是缺乏结构感？换上另一个诗人，很可能就是如此。但多多轻易解决了这个问题，而且是用一种匠心独运的办法解决的——它刚好是诗歌的核心之二：音乐。他用音乐来结构他的诗。

可是，问题又来了：音乐刚好又是不能译的，至少是非常难译的。例如奥登《悼念叶芝》一诗，那些具有普遍性的好句子对很多中文读者来说已耳熟能详，像"他身体的各省全部叛乱"和"土地啊，请接纳一位贵宾"。但是还有一个经常被英美诗人援引的句子，中文读者却好像没读过似的，原因是它的所有美妙都在于它的音韵：

Follow, poet, follow right
to the bottom of the night

这里要谈的音乐，跟上述语言的普遍性和汉语的独特性一样，也可划分为两种。一种是普遍性的音乐，它又可分为两类，一类基本上是说话式的，也即谈不上音乐，而是涉及个人语调；另一类是利用一些修辞手段，例如排比、重复、押韵等等，它很像我们一般意义上的音乐，例如流行音乐或民歌。另一种是独特性的音乐，它产生于词语，不依赖或很少依赖修辞手段。关于普遍性的音乐，我想引用我在另一篇文章《诗歌音乐与诗歌中的音乐》中所做的界定："那些看似有音乐或看似注重音乐的诗人的作品，其实是在模仿音乐，尤其是模仿流行音乐。他们注重的其实是词语、意象，而音乐只是用来支撑、维持和串联词语和意象的工具。"（引文有所改动）

多多两方面都运用了。但在普遍性方面，他出色得接近于独特性；在独特性方面，则是他自己的专利。前者例如：

多多：直取诗歌的核心

他的体内已全部都是死亡的荣耀
全部都是，一个故事中有他全部的过去

再如：

我关上窗户，也没有用
河流倒流，也没有用
那镶满珍珠的太阳，升起来了
也没有用

又如：

记忆，但不再留下犁沟

耻辱，那是我的地址
整个英格兰，没有一个女人不会亲嘴
整个英格兰，容不下我的骄傲

后者例如：

树木
我听到你嘹亮的声音

又如：

一种危险吸引着我——我信

再如：

> 十一月入夜的城市
> 惟有阿姆斯特丹的河流
>
> 突然
>
> 我家树上的桔子
> 在秋风中晃动

关于独特性的音乐，我想再引用我那篇文章的一个片段作补充："多多的激进不但是在意象的组织、词语的磨炼上，而且还在于他力图挖掘诗自身的音乐,赋予诗歌音乐独立的生命。'树木 / 我听到你嘹亮的声音'，这个句子的强烈音乐是独立的，它不是以任何修辞手段或借助任何音乐形式达成的。除了有不模仿别的音乐的特性外，还有一种不被模仿性……使用的技巧却不是大家都可以拥有的修辞手段。"

这种独特性的音乐又会衍生很多意料不到的效果，譬如在上述最后一个例子中，"突然"独立于上下两诗节，其效果除了令人感到突然之外，事实上这两个字也就是两棵桔子树站立在一片旷地，而读者看见"突然"跟诗人看见桔子树是同时的。

但是最神奇也最具悖论意味的是《居民》一诗第二、三节中的音乐：

> 在没有时间的睡眠里
> 他们刮脸，我们就听到提琴声

他们划桨，地球就停转

他们不划，他们不划

我们就没有醒来的可能

这首诗的中心意象是河流，诗的音乐就是在河上划船的节奏。当诗人说"他们划桨，地球就停转"时，那节奏就使我们看见（是看见）那桨划了一下，又停了一下；接着"他们不划，他们不划"，事实上我们从这个节奏里看见的却是他们用力连划了两下；在用力连划了两下之后，划船者把桨停下，让船自己行驶，而"我们就没有醒来的可能"的空行及其带来的节奏刚好就是那只船自己在行驶。真神哪！

多多诗歌中强烈而又独特的音乐感，又使他跟传统诗歌接上血脉——这就是诗歌的可吟可诵和可记。诗歌的可吟可诵和可记在当代欧美诗歌中也越来越少，但是一些现当代大诗人的作品，仍然保有这个美德。布罗茨基脑中装满历代诗人的诗篇，他的诗歌课最著名的内容，便是要求学生背诗。毕肖普可以背诵几十首史蒂文斯的诗，威尔伯可以背诵几乎所有弗罗斯特的诗。叶芝、奥登和狄兰·托马斯等人的作品，也是以可吟可诵和可记闻名的。沃尔科特曾在不同场合感叹当代诗歌在这方面的残缺，并坚持认为"诗歌的功能就是朗诵"。读多多的诗，便想大声朗诵出来。就在我写这篇文章期间的一个周末下午，有几个年轻诗人到我家来，我诵读多多的作品和我译的两首奥登的诗给他们听，他们的反应是既震撼又兴奋，好像第一次懂得什么是诗。类似的情况已发生好几次。有一次一位新认识的年轻诗人到我家，表示他很喜欢多多的一位同代人。我跟他说，你读读多多，就会觉得那个人没意思。我读多多的《一个故事中有他全部的过去》给他听，结果是，他说他整整一星期陷入那首诗所带来的激动中。

就连多多不少诗作的标题，也是可吟可诵和可记的，例如《北方闲置的田野有一张犁让我疼痛》《当我爱人走进一片红雾避雨》《一个故事中有他全部的过去》《被俘的野蛮的心永远向着太阳》《我始终欣喜有一道光在黑夜里》《什么时候我知道铃声是绿色的》等等。

现代诗的一些核心技巧，例如反讽和悖论，在多多诗中也表现得非常出色，并且俯拾皆是，例如"指甲被拔出来了，被手"和"死亡模拟它们，死亡的理由也是"。还有一种我更愿意称它为"冷幽默"的元素，例如"大约还要八年……还来得及得一次阑尾炎"和"我们过海，而那条该死的河，该往何处流？"。

多多另一个直取诗歌核心并且再次跟传统的血脉连接的美德是，他的句子总是能够超越词语的表层意义，邀请我们更深地进入文化、历史、心理、记忆和现实的上下文。这方面的例子不胜枚举，包括前面援引的那些"神奇"的句子，它们都有赖于读者自己在整首诗中去感受和领悟。

III

我多次提到多多与传统的关系，但他诗中即使不是更具爆炸力至少也是同样重要的，是他那令人怵目的现代感受力，尤其是那耀眼的超现实主义。值得一提的是，他在一九八八年获得首届也是仅有的一届"今天诗歌奖"，授奖词最后一句即是："他以近乎疯狂的对文化和语言的挑战，丰富了中国当代诗歌的内涵和表现力。"这句话如果不是暗示他反传统，至少也暗示他是极其现代的。但他却在两者之间取得几乎是天赐的成就：他的成就不仅在于他结合了现代与传统，而且在于他来自现代，又向传统的精神靠近，而这正是他对于当代青年诗人的意义之所在：他的实践提供了一条对当代诗人来说可能更有效的继承传统的途径。

当代诗歌可能真的遇到了危机，其中一个最令人担忧的现象是：好诗与坏诗的界线已经模糊到了你可以把好诗当成坏诗，或把坏诗当成好诗的地步。这个时候回到诗歌的核心就显得特别有意义，因为它有助于恢复诗歌的秩序，以及恢复诗人和读者对自己和对诗歌的信心——在某种程度上也是恢复他们对诗歌的最初记忆。多多的意义就在于，他忠于他与诗歌之间那个最初的契约，直取并牢牢抓住诗歌的核心。当我们阅读他的作品，我们也就是在履行我们最初向诗歌许下的诺言，剥掉我们身上的一切伪装，赤裸裸地接受诗歌的核心给予我们的那份尖锐和刺痛。

一九九八年

穆旦：赞美之后的失望

I

时间不一定能把所有的劣质作家都淘汰掉，因为很多劣质作家都是（非常讽刺地）颇有名气的，而每一个时代都有劣质读者，他们使那些劣质作家得以维持下去——要么冲着他们的名气，要么就冲着他们的劣质。但时间肯定能够把所有优秀的作家都凸显出来，理由却很简单，因为每一个时代都有优秀读者，哪怕他们的数量非常少，也足以把那些优秀作家重新发掘出来。仅就近二十年来的中国文学界而言，沈从文和张爱玲的重新获得肯定，就是一个很好的例子。最近，一度与张爱玲齐名的苏青也重新焕发她的魅力。也是在最近，据说有人重新评价中国作家，把穆旦列为最杰出的诗人，再次显示出优秀作家是埋没不了的。

我手头珍藏着一本香港波文书局翻印的一九四七年版《穆旦诗集》，还有他较早的两本诗集《旗》和《探险队》。每当我手捧甚或仅仅想起这本发黄的、模糊得几乎要拿放大镜来辨认的诗集，脑中便会浮现出这个场面：一位在西南联大毕业的诗人参加抗日战争，在一九四二年的缅甸撤退时参加自杀性的殿后战。这位二十四岁的青年目睹无数战友死去，最后只剩下他一人，在热带雨林里挣扎。致命的痢疾和可怕的大蚊折磨着他，还有那叫人发疯的饥饿——他曾试过一次断粮八天之久。在失踪了五个月之后，他死里逃生，到达印度。在印度的三个月里，他又几乎因过饱而死去。

我心中同时会响起他的名作《赞美》中的诗句，"我有太多的话语，太悠久的感情"；他写到一个农民，"多少朝代在他的身上升起又降落了／而把希望和失望压在他身上"，然而他"放下了古代的锄头，／再一次相信名词，溶进了大众的爱"参加抗日，一去不返，留下了期待着他归来的母亲和孩子。诗人写道："为了他我要拥抱每一个人，／为了他我失去了拥抱的安慰。"

这只是穆旦博大恢宏的一面，在同一个时期，他写下了更内在的一面："如果你是醒了，推开窗子／看这满园的欲望多么美丽""呵，光，影，声，色，都已经赤裸／痛苦着，等待伸入新的组合"。

战后他去了美国芝加哥大学读书，五十年代初怀着满腔热忱回国，然而等待他的是另一种命运。

每当我翻阅穆旦的诗集，总会惊叹于他技巧的尖锐、心智的成熟。在艺术创作中，感情可能会变得陈腐，然而技巧却常新。在四十年代那种内忧外患的岁月里，还有人信仰技巧，已经难能可贵了，然而穆旦不仅非常爆炸性地使用，而且把它糅合、熔铸到苦难的抒唱里。他语言的常新性往往见诸音乐的自然流动中，"我有太多的话语，太悠久的感情"，节奏是舒缓的，但是用"太悠久"来形容感情却是突兀而又深刻的。"为了他我要拥抱每一个人，/ 为了他我失去了拥抱的安慰"，这是当时英美最现代的"悖论"技巧，是他在大学时代如饥似渴地阅读的英国诗人 W. H. 奥登和 T. S. 艾略特等人正在运用的。诚如王佐良所言，这些技巧就在穆旦的指尖上。但是如果说奥登和艾略特的技巧运用起来还有明显的技巧性的话，穆旦却是把这种技巧浓缩到他的感情里去，甚至可以说变成感情了。"你给我们丰富，和丰富的痛苦"，我不知道别人看了这个句子有何感想，但我每次读到它，灵魂深处都会骚动，尽管我对它已经熟悉得可以倒过来背了。

穆旦本质上是一个浪漫主义诗人，这不但见诸他的激情型写作，也见诸他后来翻译的大批外国浪漫主义诗人的作品。但是，就像他在苦难的岁月里保持着知识分子的良心一样，他在同样需要挣扎求存的现代诗写作中也保持了写作的良心，也即技巧的良心。他正是把他的激情牢牢控制在技巧的威力下，"蓝天下，为永远的谜迷惑着的 / 是我二十岁的紧闭的肉体"，这紧闭的肉体恰似他的激情，而那个谜又恰似技巧（技巧就是探险），尽管这并不是他这两行诗的原意。当时中国作家的写作一如王佐良指出的，是"政治意识闷死了同情心"，也熄灭了技巧的明灯。而穆旦是少数能够保留住技巧的香火的诗人之一，并且是最重要的一个。

王佐良目光如炬，看出了穆旦的谜："他一方面最善于表达中国知识分子的受折磨而又折磨人的心情，另一方面他的最好的品质却全然是非中国的。在别的中国诗人是模糊而像羽毛样轻的地方，他确实，而且几乎是拍着桌子说话。在普遍的单薄之中，他的组织和联想的丰富有点近乎冒犯别人了……现代中国作家所遭遇的困难主要是表达方式的选择。旧的文体是废弃了，但是它的词藻却逃了过来压在新的作品之上。穆旦的胜利却在他对于古代经典的彻底的无知。"何等透彻！

中国原是有几位作家可以成为伟大的作家并有资格得到中国人耿耿于怀的诺贝尔文学奖的，可是他们都因为政治社会局势的干扰而未能进一步发挥他们的巨大潜能。第一个是鲁迅，如果不是当时社会环境的迫切性，逼得他放弃纯文学创作改写更宜于直接针砭时弊的杂文，如果《鲁迅全集》能有哪怕是一半的纯文学作品，那么，且不说诺贝尔文学奖，我们的现代文学书库不知要比现在丰富多少。第二个是沈从文，如果不是五十年代以来的历次政治运动，逼得他躲进历史博物馆研究中国服装史，这位极其多产的天才作家不知要写出什么样的巨著来与任何一位重要的西方作家比高低。第三位是穆旦，如果不是同样受那些可咒的政治运动的压迫，这位在二十八岁就已经出版第三本诗集的充满爆炸性的诗人，又不知道要把多少西方响当当的同行比下去。

然而，尽管我们因此失去很多，天才的能源却是遏止不了的。就像鲁迅的杂文开创了一种崭新的文体，给后来的中国作家提供了社会批判的动力和榜样；就像沈从文写出《中国古代服饰研究》这部巨著，填补了这方面研究的空白；穆旦也把他的全副身心倾注在诗歌翻译上，以查良铮的本名译出了一部部重要的外国诗人的诗集，影响了一代又一代的诗人。

仿佛是有了预感，也仿佛是上天为了给他将来的坎坷命运提供一些慰藉，穆旦在芝加哥读书的时候并没有把太多的时间花在他轻易能打发的专业上，而是孜孜不倦学习俄语。当他回国并受到打击的时候，俄语，还有他早就驾轻就熟的英语，便成了他仅有的寄托。他翻译了普希金的数百首抒情诗和几部主要长诗、《丘特切夫诗选》《拜伦诗选》《雪莱诗选》《济慈诗选》《英国现代诗选》等等,晚年还完成了拜伦巨著《唐璜》中译——一部被王佐良誉为不逊于原文的长诗。他不但在创作上表现出大气派,在翻译上也是如此。他是一整本一整本地、有系统地翻译,使得那些东拉西扯、蜻蜓点水式的诗歌翻译者们形同小巫。

在七十年代末期,当迫害性的政治风云尘埃落定的时候,穆旦再次拿起他的诗笔,并再次显示出他超群的才能和技艺。他的新作不但是同代诗人中最好的,而且一点也不逊色于当时崭露头角的朦胧诗,并暗藏某种契合——朦胧诗恰恰也是非中国化的。

一九九五年

II

我一直期待着《穆旦诗全集》的出版,因为我手头的几本穆旦诗集都是四十年代原版的翻印,错漏特别多,并且印得模糊不清,看得非常吃力,强烈地感到眼睛为了看那些诗而付出的代价。我知道八十年代人民文学出版社出版了一本《穆旦诗选》,但我一直没见过。我期待《全集》出版,除了上述理由外,就是很想比较完整地看看穆旦五十年代至七十年代的作品。以前我对穆旦的了解仅仅基于那些四十年代诗集和八十年代香港三联书店出版的《八叶集》中所收的穆旦几首晚年诗,这些晚年诗在我看来,仍然写得很好,尤其是相对于很多在"文革"

后恢复写作的诗人而言。

但是,看罢《全集》所收的穆旦后期诗,我是颇为失望的。也可以说,这些诗作,使我产生了重估穆旦作品的念头:穆旦的后期诗(包括一些晚年诗),与青年时代相比,跟大部分在新中国成立前成名的中国诗人后来的创作差不多。

大家都知道,很多中国诗人从五十年代开始,创作质量就下降,跟风,写口号诗、教条诗,搞大跃进。我一直以为穆旦是少数的例外,因为从《八叶集》那几首晚年诗的质量看,确是可以得出这个结论的。现在我才发现,穆旦也不能免俗。从一九五一年到一九七六年,穆旦共写了三十八首诗,其中五十年代的作品完全加入了当时口号诗和教条诗的大合唱。不看内容,单看这些标题吧:《美国怎样教育下一代》《感恩节——可耻的债》《去学习会》《三门峡水利工程有感》《九十九家争鸣记》。再随便挑出几句诗看看:

> 感谢上帝——贪婪的美国商人;
> 感谢上帝——腐臭的资产阶级!
> ……
> 感谢上帝?你们愚蠢的东西!
> 感谢上帝?原来是恶毒的诡计:

一个杰出的诗人竟沦落至此!上面的引诗写于一九五一年,当时作家和知识分子都沉浸于一片乐观主义,歌功颂德,但政治压力似乎还没有——我是说,还没有到了要求或强迫诗人写上面这种引诗的时候。诗人迫于时势,写不愿写的东西,并不奇怪,例如俄罗斯诗人曼德尔施塔姆写了一首反斯大林的诗后遭迫害，后来又写了一首歌颂斯大林的诗；阿赫玛托娃也因儿子入狱而被迫写了迎合政治形势的诗；南非诗人布雷滕巴赫坐牢时也写了讨好狱卒的诗。但是，他们都是在可怕的压力下写的。而穆旦当时刚从美国回来不久，政治形势还不至于很恶劣——他至少还有不写的自由呀！

有时不能不惊异于社会政治现实环境对诗人的影响。四十年代末就像一个分水岭，很多作家和诗人跨过去之后，都大失水准。八十年代末是另一个分水岭，很多作家和诗人跨过去之后，都变了样：就我这一代而言，很多诗人都不再写诗，去搞别的领域，现在看来，事业上也都很成功——这是个不坏的选择；另一些作家，心态都变了，并相应把写作变成一门投机生意。更令我惊异的是，连穆旦这样一位在一九四八年仍写得很好的诗人，其想象力到一九五一年竟好像突然萎缩和瘫痪了似的（一九四九年和一九五〇年停写，就像很多中国诗人在一九八九年和一九九〇年停写）。这是他一九四八年八月，也即一九四九年前最后一首诗的最后三句：

> 逃跑的成功！一开始就在终点失败，
> 还要被吸进时间无数的角度，因为
> 面包和自由正获得我们，却不被获得！

仍是有力度的诗句！

《美国怎样教育下一代》和《感恩节——可耻的债》，写的都是美国经验。这些诗，直到一九五七年才在《人民文学》发表。从完成到发表，有六年的间距。就是说，他有足够的时间去重新检视自己的诗作,而不是匆匆发表然后后悔莫及。他怎么连一点判断力也没有呢?

对很多诗人来说,有些题材是不可写的,一写就坏。所谓社会批判之类的题材,就是一个明显的例子。这类题材,一写就立即跌入俗套的陷阱。理由很简单,它们本身就不值得去写!比如说,一个诗人在自己的王国里可以有杰出的想象力,随便说出来都能妙语如珠。可是,一旦他们谈社会问题、青少年问题、通胀、楼价、股票,他们能谈出些什么来——他们只能像一般人那样谈。而"像一般人那样"想、谈、写,正是诗歌和诗人的大忌。这些题材是不能写的!除非诗人把它们当成对自己的题材的挑战来写,那还有可能带来突破,事实上一些外国诗人写社会和政治和战争,就是本着这样的态度的,例如奥登等人;还有一些诗人一生都与政治挂钩,写这类题材压根儿不会对他们构成障碍或损害,例如聂鲁达(曾经竞选总统),例如桑戈尔(塞内加尔总统)。

但是,不擅长这类题材的诗人,如果也把这些题材当成平常的题材来处理,那就完了。他对教条、俗套的免疫力立即消失,想象力立即崩溃。更可怕的是,诗人自己竟然都好像没觉察,像穆旦那样,写了几年之后仍然敢拿出来发表。

在《全集》所附的年谱中,提到诗人写于一九五七年的另一首教条诗。年谱中说,诗人晚年谈及此诗,仍执着地认为:"那时的人只知道为祖国服务,总觉得自己要改造,总觉得自己缺点多,怕跟不上时代的步伐……"这番话同样令我吃惊。怎么可以口口声声以"那时",以"为祖国服务"来为自己的同流合污开脱。为什么不承认自己缺乏诗人应有的独立精神?

诗人的社会责任是什么?我很同意布罗茨基的一句回答:

写好诗。难道写好诗,为人类(或收窄一点,为民族、为同胞)提供养育心灵的精品,不也是可以"为祖国服务"吗?每一个人都专心致志于自己所从事所献身的事业,发挥所长,弥补他人所短,如此相辅相成,共同缔造更美好的人文环境,难道不是一项伟大的工程吗?

诗歌是独立的,它是诗人的声带,而不是诗人用以发表通俗的公共信息的传声筒或标语口号的扬声器。诗人当然可以写社会、政治题材,但是,写作的前提应是:诗人为了写好诗、为了扩大诗歌的疆域和增强诗歌的爆炸力而把社会、政治纳入诗学论述中;而不是相反,把诗歌语言变成社会、政治论述的工具。当他尝试发掘自身的潜能而又发现自己根本不是这种料的时候,他就应该立即主动放弃计划要写的并撕毁已经写好了的。穆旦后期诗,以及他与此有关的种种想法,恰恰是把诗歌当成工具。当他写这些诗的时候,他首要考虑的显然不是诗歌的肌理、质地、光彩,而是如何符合当时的政治走势和实际上已没有任何个性可言的个人观点。他失去了一个杰出诗人应有的清醒:他没有主动放弃计划要写的,更加没有撕毁已经写好了的。

我以前一直坚信,如果不是为五十年代以降的种种政治运动的干扰,穆旦将继续他四十年代创作的势头,创作更多更好的杰出诗篇,使他不仅可以成为杰出诗人,而且可能成为伟大诗人。但从穆旦后期诗看,他缺乏成为伟大诗人所需的深层素质。杰出的穆旦仍然是四十年代的穆旦,青年的穆旦。五十年代以后的穆旦已不是穆旦,而是查良铮或梁真,一个杰出的翻译家。

因此我想,一本完美的《全集》,应是《穆旦全集》而不是《穆旦诗全集》,它应包括他五十年代以降的译作,并删掉他五十年代以降的创作。我的意思不是说要让编者来做这件事，而是穆旦自己来做——从五十年代开始，删掉诗人穆旦这一半，补上翻译家查良铮那一半。事实上，在看到《穆旦诗全集》之前，穆旦是我心目中唯一一位作品丰富且形象完善的中国现代诗人：四十年代三本充满爆炸力的诗集，五十年代以后（受压制时期）众多一流的翻译作品，七十年代（压制解除之后）几首再度焕发诗歌光芒的晚年诗。而《穆旦诗全集》使我感到幻灭，这又得怪时间：它也把一个杰出作家的劣质部分无情地凸显出来。

一九九七年

王佐良的遗产

英国文学研究的权威学者和著名翻译家王佐良先生是去年一月十九日逝世的，这本《中楼集》是他的遗作——他写"序"的日期是"一九九五年一月"，也就是说，他刚编完这本集子，便撒手人寰了。

王佐良毕业于著名的西南联大，青年时代即以一篇用英语写成的文章《一个中国诗人》（论穆旦）显示出他深厚的功底，这篇诗评至今仍是中国现代诗评论的典范之作。一九四七年他赴牛津大学深造，一九四九年回国后，一直任教于北京外国语学院。他头衔非常多，包括该院外国文学研究所所长、中国社会科学院外国文学研究所研究员、中国作协理事，还应邀到美国普林斯顿大学、哈佛大学等著名学府访问和讲学。

但王佐良的成就却是非常具体的，绝非这些头衔和荣誉可以掩盖。在翻译方面，五六十年代他以翻译培根的散文和彭斯的诗建立声誉，七八十年代又翻译了苏格兰诗人麦克迪尔米德、麦克林，英国诗人 R. S. 托马斯、拉金，爱尔兰诗人希尼和美国诗人勃莱、赖特，给中国青年诗人带来无比清新的空气。在文学欣赏与研究方面，八十年代他陆续出版了《英国文学论文集》《中外文学之间》《英国诗文选译集》《英语文体学论文集》《论契合——比较文学研究集》（英文）；在编辑方面，他编了《美国短篇小说选》《英国文学名篇选注》和对当代中国青年诗人产生深远影响的《英国诗选》；进入九十年代，他的学术研究成果越发丰富，先后出版了《英诗的境界》《论诗的翻译》和英国文学史专著《英国浪漫主义诗歌史》《英国诗史》《英国二十世纪文学史》等，真是著作等身。从他这种写作势头看，他的逝世给读者带来的巨大损失也是非常具体的。

《中楼集》是一本两百余页的随笔集，麻雀虽小，却一应俱全，涵盖了他学术生涯的各方面，读来令人省思良久。王佐良的文字硬朗、强健，充分体现他自己一向提倡的言之有物、简明扼要——有则多说，无则少说。到这本《中楼集》，有的文章干脆以片段、警句、随想的方式来写，但处处闪烁着真知灼见。例如第一辑谈威尔逊的书信集，除了展现这位美国大批评家的性格外，还大量摘译书信内容，具体地讨论威尔逊的写作特点和文采；在介绍《牛津随笔选》时，顺便谈到英文随笔选本和挑选标准的流变。这些，都是一个学者平时阅读、思考积累下来的经验之谈，篇幅不多，但深入浅出，读来既轻松愉快，又获益良多。

在谈到文学翻译时，王佐良再次显示出他的洞见。著名翻译家卞之琳译了法国诗人瓦雷里一首诗，其中有一句"换内衣露胸"，有一位评者认为应改为"换衣露酥胸"，王佐良写道："这位评者所追求的，恰恰是作者——还有译者——所竭力避免的。'酥胸'是滥调，是鸳鸯蝴蝶派的词藻，而原诗是宁从朴素中求新的。"并说，这个例子说明："高雅的作者，体贴的译者，趣味不高的评者",从而点出"趣味""敏感性"对一个译者的重要性。他还谈到译文试验新形式、新结构,"把它们强加在本族语身上"的优点,认为做得好也就促进了新思维,"丰富了文化大局",并进而指出:一旦使用语言,又有谁能完全守着"规范",不带任何一点创造性呢?在谈到译诗时,他着重指出译者要对原诗的技巧"有尽可能精确的把握,又能用纯净、锐利的汉语将它们表达出来",这又是一个非常尖锐的问题,尤其是"纯净"和"锐利"。"纯净"就是要使译文顺达,而"锐利"则是要在顺达的前提下保持汉语的一种锋芒和敏感,也就是要得体、适当地吸取某些异质成分——两者似乎是冲突的,而调和它们恰恰是对译者最大的挑战,也是衡量一个译者之优劣的重要尺度。他又说:"从历史的角度看,所有的译本都是过渡性的"——这又是犀利的见解!

这本随笔集给人印象最深刻的是有针对性,除了针对所介绍的对象外,还针对中国文学界和知识界的现实。他在《我为什么要译诗》一文中说,除了因为自己喜欢诗,也关注中国的新诗坛,还"希望自己所译的诗对我国诗歌创作有点帮助",让中国诗人借鉴。于是他抒发自己对中国当代诗歌的看法,这些观点,对我这个也是写诗的读者来说,真是既地道又"到位"。他在列举中国新诗的局限时指出"中国新诗近来似偏重抒情,也可写写其他体裁""中国新诗史上,闻一多、卞之琳、何其芳几位前辈都曾努力于建立新形式,但他们的注意力似限于格律;看看当代英文诗,就会发现格律之外,还有形象的排列和对照,肌理的松或紧,诗篇各部分的比例,诗体与内容的一致或故意对立,通篇气氛和谐与变化等等,这些也构成形式""就我所看到的一些当代中国诗篇来说,题材有新的,但是语言不给人新鲜感，往往冗长而不精练"。这些评语，似乎不仅适用于大陆，而且适用于香港、台湾和海外汉语诗歌。

同样是出于借鉴和针对中国的现实，王佐良从自己编写英国文学史而想到中国没有一部完整的、有见解的、新鲜的中国文学史，进而探讨可能的原因。他在序言中自称："我写的都是外国文学史，然而我私心所望的是看到一部新的更有读头的中国文学史问世，所以对中国写文学史的传统也有所探索，并盼以我之砖，引出中国文学史家之玉。"可以想象，如果他再活几年，说不定会亲自出马，写一部有"读头的"中国文学史——这再次让人感到他的逝世所带来的巨大损失。

除此之外，他还在《我想看到的几本书》一文中提出，他希望看到一部中国通史、一部上面提到的中国文学史、一部中国文学选本、一部中国美术通史。而对这几本书的写法的要求是简明扼要、有文采、有前言和注释、有索引——全都击中当前中国学界的要害。

这本随笔集所涉及的想法、倡议，包含着王佐良丰富的遗产，有待后来者以坚毅的精神来继承和发扬。

一九九六年

袁可嘉的贡献

袁可嘉与现代派的关系，相信大陆甚至香港中青年一辈的作家、诗人都很熟悉。提起袁可嘉的名字，相信大家都会怀着某种感激之情。他在八十年代编选了一套四卷八册的《外国现代派作品选》，影响深远，几乎可以说是人手一套。除了编选、评价之外，袁可嘉还从事诗歌翻译，成就也很可观。

其实袁可嘉与现代派的因缘，可追溯至四十年代的西南联大。大学时代他先是读到卞之琳的《十年诗草》和冯至的《十四行集》，继而接触当时的英语现代诗人艾略特、叶芝、奥登和影响力已延伸至英美诗坛的德国诗人里尔克等人的极具现代感性的诗。在这个时期，他与后来被称为"九叶诗派"的诗人过从甚密，并成为其中一员。但是袁可嘉在四十年代的成就主要不是在诗歌创作上，而是在他毕业后到北京大学任教头两三年所写的一系列论述"新诗现代化"的评论文章。这些文章既受到包括艾略特在内的新批评派诗论的启发，又结合当时中国社会和诗学的现实，篇篇切中要害，并且词锋锐利、强劲有力、生机勃勃，现在读起来仍然很刺激。他在这些评论中极力反对"政治感伤"、反对口号式的粗制滥造，提倡"现实、象征和机智"，在思想倾向上既要有大我，又不可放弃小我；在诗艺实践上则力求结合知性与感性，传统与创新。可以说，他是在为"九叶诗派"诗人提供理论依据。

"文革"结束后，袁可嘉主要做三件事，均与现代派有关。第一件事就是写文章、编书，全面介绍迟来的外国现代派作品，让当时的青年人痛痛快快地恶补一番；第二件事是写文章评价"九叶诗派"诗人和编辑《九叶集》，把这个被埋没数十载的"中国现代派"重新推到现代诗的舞台上（这方面王佐良也做了大量工作）；第三件事就是翻译英美现当代诗歌，这些译作中，有些已进入后现代派了（例如他很早就已译介了去年诺贝尔文学奖得主爱尔兰诗人谢默斯·希尼）。

袁可嘉的译诗工作其实也可追溯至五十年代。他先后翻译了英国诗人布莱克和苏格兰诗人彭斯的诗，《彭斯诗钞》印行了三版，累计达三万册，影响颇深。这个版本后来又与王佐良的《彭斯诗选》"竞争"，不过有些读者都像我一样，两本都买来欣赏。他还编译过一本《英国宪章派诗选》，但没有什么意义，因它是工人运动的产品，没有什么艺术价值，袁可嘉编译此书，而不是其他真正意义的诗歌，大概是受到当时政治环境的限制。

这本《驶向拜占庭》是"中国翻译名家自选集"丛书的"袁可嘉卷"的书名，可以说是袁可嘉译诗生涯的总结。书名是爱尔兰诗人叶芝一首名作的标题，这样安排颇具心思，因为袁可嘉较受当代青年人注意的译作即是叶芝的诗。这本自选集也是后半部分（从叶芝开始）最有看头，所选的诗人主要是现当代英美重要诗人（威廉·卡洛斯·威廉斯、罗伯特·洛威尔、特德·休斯、希尼、托马斯·哈代、劳伦斯，还有希腊诗人埃利蒂斯）。

选集里没有选"宪章派"诗，是明智之举；但选入一辑"美国歌谣"，并且是插在叶芝之后，则显得突兀。"美国歌谣"有些以中国民歌的韵式译出，犹如读被盗版的中国民谣，没什么味道，如果删掉会好些。

袁可嘉毕竟是一位"现代派"，他的翻译表现最出色的也是那些现代诗。读完整本集子，会感到他越是译现当代的，文字就越敏感，可读性也就越高，例如洛威尔、休斯、希尼、埃利蒂斯。他译的一些名句，不少中国诗人耳熟能详，例如"他们的纪念碑像一根鱼刺／卡在这个城市的咽喉中"（洛威尔）；"她收买了／所有对岸看不顺眼的地方，任它去倾颓"（洛威尔）；"我看见了马群：／浓灰色的庞然大物——一共十匹——／巨石般屹立不动"（休斯）；"在我手指和大拇指中间／那支粗壮的笔躺着，／我要用它去挖掘"（希尼）；"在这些刷白的庭园中，当南风／悄悄拂过有拱顶的走廊，告诉我，是那疯狂的石榴树／在阳光中跳跃，在风的嬉戏和絮语中／撒落她果实累累的欢笑？"（埃利蒂斯）。

当然，诗歌是文学中的文学，文字中的文字，即使是最好的译者，也会有很多可挑剔之处。袁可嘉的译诗，现代感较强，但在节奏的把握上，句子的锤炼上，仍有一些拖沓之处。有时候读到某些句子，会给人"要是这样稍微改一改就好多了"的惋惜。

值得一提的是，袁可嘉在自选集前言《译事漫忆》里回忆他六十年代写批判"资产阶级文学理论"时，犯了"上纲过高的缺点"，把艾略特称为"美英帝国主义的御用文阀"，他自认这是"以偏概全，盲目否定其艺术成就"。"从一时的政治需要来论断学术是非，这是非常有害的风气。我没能抵制这股歪风，

袁可嘉的贡献　　　　　　　　　　　　　　　　313

这对我是一个严肃的、深刻的历史教训。"我们看到，很多在历次残酷政治运动中"幸存"下来的老作家对自己的过去遮遮掩掩，很少敢于反省自己的劣迹。袁可嘉在一本总结性的译诗自选集中这样剖析自己，难能可贵。如此看来，这本自选集也是一次思想总结了。而这种坦白一点也没有损害他的贡献。

一九九六年

人间送小温

风格十分独特的中国小说家和散文家汪曾祺先生五月十六日在北京病逝，享年七十七岁。本地报刊似乎没有什么报道，我也是迟至他的遗体告别仪式结束之后才获悉的。这一年多来，已有太多中外知名作家逝世，碰巧他们多数又是我景仰或一度景仰的作家。除了布罗茨基的逝世使我十分悲伤和感到无可弥补的损失之外，其他作家的逝世，无论是希腊的埃利蒂斯，还是中国的艾青，都没有给予我明显的震动。汪曾祺也是如此。似乎，处于世纪末，一切心理准备均已做足，只待宣布。因为冥冥之中似乎有某种暗示，某种注定，证明一些作家是属于二十世纪的，他们应该在二十一世纪之前消隐。

但汪先生的逝世仍然勾起我一些复杂的感受，这些感受已隐藏了十余年——我也已十余年没读他的著作，我反复细读的数本汪先生的小说集和散文集，亦留在乡下的书房，以至写这篇文章时，得向图书馆和朋友借书。

喜欢上汪曾祺，是因为首先爱读沈从文，而据说汪曾祺是沈从文的入室弟子。八十年代中期，我在广州读大学。那是一个读书的黄金时代，不仅因为我的年龄属于黄金时代，而且因为当时的大陆青年正处于一个如饥似渴地读书的黄金时代。那时我读小说，特别注重小说家对语言的处理，作品的语调，作品的氛围和由此透露出来的作者的品格和涵养。而汪曾祺是老作家中的楷模，阿城是青年作家中的楷模。汪曾祺的小说语言是那样明澈、透亮、洁净、安宁，跟他描写的人事一样质朴，没有一点烟火味。

八十年代中国大陆的写作，处于一个新旧交替的时期。而四十年代昆明西南联大的一大批青年才俊，一方面以他们当年的旧作品，另一方面以他们在开放后发表的新作品，对这个交替时期起到承先启后的作用。在诗歌方面是"九叶诗派"诸诗人，在翻译方面是王佐良、袁可嘉等人，还有他们的老师冯至和卞之琳。在小说方面，汪曾祺是重要的一位，他与其老师沈从文这一脉，补充了现代派实验小说的不足，或者说冲淡了现代派的火气，使得中国当代小说获得了一定的平衡。"寻根派"的崛起，多少与沈、汪小说的影响有关，尽管寻根派的发展，证明只是一种过于刻意的冲动的结果。

汪曾祺青年时代即积极接受西方现代文学的影响，但他却十分注重传统文化的养分。这似乎与沈从文相呼应。不过，沈从文尽管是一位非常中国气派的作家，但他的实验性却十分浓烈，他的欧化句法连那些留学归来的作家都难以望其项背。汪曾祺的语言具有极敏锐的现代性，又处处透露出传统文化的清雅气韵。他喜用短句，精雕细琢，但不太注重结构，或者说，注重松散的结构，使得他的小说有明显的散文化倾向。他亲近人，亲近水，亲近土地，感情却又是内敛的，态度是文明的。他尊重语言的自足性，认为文字即是内容，文字的肌理有其独立的生命。这是现代派的观点。但这并不妨碍他在实践中结合中国散文和笔记小说的传统,相辅相成;也不妨碍他把人物写得触手可摸,丝丝入扣。他的写作是克制的,但每一个词又都先经过胸坎的温热,因而,表现在书页间,字里行间,给人的感觉是既冷静又富于同情心和人情味,却又不感伤——感伤是他避之唯恐不及的东西。现在兴起的回归传统文化的潮流,也欠汪曾祺的情。他是一个身体力行者,绝非口说无凭。看时下那些把中国文化挂在口头的鼓吹者,笔下的文字竟显得那么矫揉造作,扭扭捏捏,错把附庸当风雅,才真正令人感叹中国文化的衰落。看看汪曾祺,真像一面明朗的镜子。倒不如鼓励读者多读像汪曾祺这样的作家,既可看到精粹,又可学习如何磨炼文字。不妨从他的名篇《受戒》和《大淖纪事》开始。

为什么我不读汪曾祺了?当年对汪先生可谓崇拜,他的作品也是我与朋友促膝谈心的好题材。每次进大学阅览室,总是要翻看各种文学杂志,找他的作品来读。由于他已基本上不写小说而只写散文,我便开始越来越多地了解并追随他的爱好、兴趣。他喜欢笔记小说,我便读笔记小说;他提到苏联小说家舒克申,我便找舒克申的小说集来看;他为桐城派辩护,我便买来一本桐城派文选。可是有一次他谈诗。谈诗!虽然我只是一个初出茅庐的诗人,但我可不期望他谈诗。而他谈得非常糟糕。他谈诗的格律,引用一首民歌,分析得头头是道。这里怎样押韵,那里怎样对偶(大概如此)。可他忘了一件最重要的事:那是一首大跃进时期的民歌,一首糟糕透了的民歌,一首教条的、将其称作打油诗也仍然便宜了它的民歌,一首污染了"民歌"这个美丽朴素之词的民歌。我意识到,又一个偶像要坍塌了。在我成长的过程中,不知有多少偶像坍塌。汪曾祺这一座,来得有点意外。

其实，我早已隐隐对他有一种抗拒感了。主要是他的散文。他的散文也很独特，我认为杨绛第一，他可居第二。散文可不是好写的，汪先生也十分明白。他也十分看不惯当时文坛流行的"抒情"散文。他写日常的、白描的、实在的散文。但他也会变得矫枉过正（他自己也十分清楚）。他写了太多花花草草，最初我也挺喜欢，然后就开始不耐烦了，大概有点像他不耐烦感伤与抒情。他有一本散文集就叫作《花草集》。这种文章有时候写得过分，就跟读植物词典相差无几。可我宁愿读植物词典。最主要的是，花花草草，还有日常琐事，写得多了，就重复，来来去去差不多，像香港人的专栏文章。他写得最好的散文是回忆某些人物的，例如沈从文、金岳霖。杨绛只记人、记事，不"拈花惹草"，实在明智。汪先生自认读书、嗜好都太杂，这并不是坏事。但是行诸于文，往往"杂"中隐含单调，甚至沉闷。他除写小说和散文外，本职却是戏剧家（当我知道我在"文革"期间每日从收音机听到的样板戏，其中一个《沙家浜》竟出自他的手笔，着实有点吃惊）。此外，他诗词、书法、绘画都有一手，被称为中国最后一位士大夫式作家。真是贴切。

汪先生很清楚自己作品的优点，它们平静、空灵，能给这个烦躁、疲劳、人人都活得很累的时代的读者提供一份抚慰。但据说，他时常会打电话给朋友，"指点江山，挥斥方遒，忧国忧民"云云。我并不反对作家不理社会现实，不过，一个作家如果一边对现实有诸多不满，一边又在写作时刻意回避，处心积虑地要抚慰读者，这，是否太慷慨了？作家的形象悠闲自得，与其说是抚慰读者，不如说是羡煞读者。

汪先生有一首旧诗，开头曰：

> 我有一好处，
> 平生不整人。
> 写作颇勤快，
> 人间送小温。

"不整人"作为一个行为准则，与其说是汪先生的美德，不如说是中国人的悲哀。至于"人间送小温"，确很能道出汪先生的写作目标和特点。这与当年阿城自称写小说只是为了给小孩买几根冰棍，遥相呼应。他们都说得很谦虚，却无形中触及中国写作的伤口——离伟大还很远。

一九九七年

入无人之境

> 爸爸说我出生后第二天晚上,有一个老头在梦中提议他替我取名"怀远"。我觉得这个"远"字过于空泛,可以令人有太多的想法。把"怀"改作"淮"是适当的做法,因为这样一来,"远"字也就变得没有什么特别含义……

当关怀远把他父亲为他取的名字改为"淮远"这个笔名时,他事实上是在扭转自己的命运。那老头是想让他"关起门来怀念远方"或仅仅"关怀远方",反过来说,是要让他在老地方待着,继承祖业或就地生根。他把"关"拆掉,把"怀"改掉,于是可以轻装上路了。可是不,"有一点是很遗憾的,我在学校和公司里用的还是爸爸梦中的老头提出的名字"。也就是说,他并没有把自己连根拔起,像他的很多朋友那样到外国留学或移民。这就注定他只能以旅行来成全自己。多亏他这一点眷恋之情,我们得以有机会看到他三本主要是旅行笔记的散文集。

也是因为这点眷恋之情,他的第一本散文集《鹦鹉千秋》写的都是本土题材,尤其是他在新界农场的童年经验。这本散文集的第一篇就是献给聂鲁达的。它的寓意与其说是暗示了他的左倾思想背景，不如说是埋下了他写作风格的伏笔，也就是"照远不照近"。这又得从集子中的另一篇散文《他人之血》说起。这篇在他的作品中算是比较长的散文，写他偷来一本西蒙娜·德·波伏瓦的小说《他人之血》，在路上拿出来看时发现缺了第一页，于是先到酒店吃了一顿晚饭，再把那本书放回书店的书架上。这件事除了说明他胆大包天和怪得不可思议之外，最重要的是揭示他作为一个"业余小偷"偷外文书看。几年前一位朋友告诉我，淮远整架英文诗集都是偷来的。那时我也是这方面的业余学徒，所以对淮远这个人特别感兴趣。由此我又联想到淮远的另一面，即他那些非常严谨的译诗，这些译诗大部分刊登在《罗盘》上。

虽然在以后的两本散文集里，淮远再没有提到他读些什么书，但是由上述蛛丝马迹，似乎可以肯定，他主要读外国书（或干脆不读书）。但更有说服力的证据恐怕就是他的作品了。不错，他的风格的独特性表面上似乎来自于他性格的怪异，他冷漠、暴躁、动不动想作弄人、有洁癖（怕烟味、怕看电影时有人说话、怕自己口臭）、怪癖（戴墨镜、留长发和刘海）、喜欢小玩意儿（旧钟表、锦鲤、蝙蝠侠水枪、美国队长弹珠糖弹筒），当然还有偷东西（后来因为"法律上的不公平"，严惩"高买"[1]而洗手不干，对此他耿耿于怀，后来他的偷窃癖改为"只在旅程中发作"）。但是"文如其人"只是淮远的面具，他的功夫恰恰在于他"文胜于人"。那样的性格同样可以使一个人把东西写得比垃圾还臭，或者更糟，可能根本就不会写东西，而只靠他每天练

---

1 高买，指窃贼。——编注

一百多下掌上压和哑铃,在某个小巴站收陀地[1]。从他的独特风格,看不出跟香港以至台湾或大陆的写作有任何渊源。这种独特性无论放在香港、台湾、大陆还是整个华人社会的文学光谱中看,都是"仅此一家"的。

淮远是一个典型的香港作家。在这里有必要先做一点澄清。在作为一个繁荣的后期殖民地的香港,典型的香港作家绝不是那些以垃圾文字充数的专栏作家和每个地方都有的廉价流行作家;也不是带着一支笔到香港回忆大陆往事或用大陆眼光写香港"现实"的所谓南来作家。典型的香港作家是:他们充分地利用香港的环境和文化氛围来写作。具体地说,他们有两个特点,第一是本土性,即淮远第一本散文集所涉及的本土的变迁;第二是外来性或异国性,这又可分为两方面,一是他们都懂英文,直接阅读外国作品、看外国电影、听外国音乐,二是他们都喜欢旅行,尤其是到外国和大陆旅行,并记录他们的旅行经验——这也是淮远第二本和第三本散文集所做的。

但淮远的独特性又恰恰在于他全然的非香港化:他语言的简练是香港作家中少见的;他用了一些很大陆化或台湾化,甚至连大陆和台湾也不大用了的词汇,例如他几乎毫不例外地把陌生人甚至把朋友称为"驴头""杂种""家伙""婆娘""妞儿",此外尚有"计程车"(他不说"的士")、"公共汽车"(大陆)或"公车"(台湾)(他不说"巴士"),甚至他对一些外国地名的翻译也是大陆式的,把"R"和"L"译成"尔",把"T"译成"特";他行文的畅顺和对节奏的控制也是非香港的,尽管他在文章里不止一次地提到自己的普通话"具有高度的可怖性",但

---

[1] 陀地,指保护费。——编注

他的文章绝对是非常普通话的,并且常常因为夹入一些很口语化的普通话而让人觉得他不但是非香港化的,而且是太不香港化了。至于他作品中散发出来的"愤怒青年"(许迪锵语)气息,尤其是恶作剧、拳头相向、偷东西等等,更是普遍谨慎的香港作家所没有甚至难以想象的。

淮远的少数欣赏者之一许迪锵在最近一期《素叶文学》的《编余》中说,一个诗人朋友在给他的一封信中,出乎意料地特别提到淮远:"他的散文已至化境。"很抱歉,这位"诗人朋友"碰巧是我。我在这里提到这件事,是为了修订我这句话。当时我只是看到淮远两三篇散文,我想当然地以为他像大多数作者一样有个渐进过程,潜台词是说他以前的东西大概没这么好。但是当我终于买到淮远前两本散文集之后,我才发现,他是一开始就进入化境的。但是这样说仍然不确切,因为"化"字仍有"逐渐达到"或"终于达到"的意思,况且这是一个很传统的并且常常用于评论传统散文的词,因而是与淮远的功夫背道而驰的。

选择"入无人之境"来概括淮远的风格,我想是合适的。我有意去掉前面那个"如"字,也是出于对淮远风格的考虑。"无人"是指他的个人性格,他的傲慢、刻意、疯狂都是出于他的目中无人,这种目中无人又源于他对自己的大才气和大块头有恃无恐。"人"是指他的写作性格,他一开始就进入最高境界(这就是他的风格似乎二十年不变的原因),没有任何过渡(就像去掉"如");他的作品全都开门见山,直入正题,没有任何开场白或背景交代(就像去掉"如");他作品中的人物也全都是"就是"而不是"这是"或"那是",就是说不做任何介绍(就像去掉"如"),以致你不知道他第二本散文集《懒鬼出门》中出现过无数次的那个"阿抖"是他的老婆或女友或是不是他的老婆或女友，也不知道第三本散文集《赌城买糖》中出现过无数次的那个"阿豆"是他的老婆或女友或是不是他的老婆或女友或"阿豆"是不是就是"阿抖"。

机智和幽默通常是一枚银币的两面，淮远的高度机智则往往表现为黑色幽默，事实上我愿意将它称为极端黑色幽默。他如果不是把他的读者设想为跟他同样高度机智，就是把他们设想为笨蛋。前者使他见好就收，把取得默契作为他的终极目标；后者又使他胆大妄为，毫不顾忌。在两者之间取得平衡正是淮远的可怕之处：如果任何读者不能看到这种平衡，那就要失衡，成为笨蛋。

他的高度机智和极端黑色幽默又常常是整篇构成的，让你无法援引。即便如此，他仍然有很多精彩的句子和段落让人再三回味。"我十分讨厌把图书馆的书撕掉自己喜欢的几页的那种真正缺乏公德心的行径，倒赞成把不喜欢的撕掉好了。"（这只是随便引用的机智）"那个不晓得当副校长或什么主任的老头，一坐下就说我穿的毛线衣看来是女用的，而且我的头发那么长，压根儿分不出我是个男的还是个女的。他叫我先理理头发再说。我没有上理发店，却跑上一所妓院。一个持着手电筒的瘦子问我找哪一位，我说谁也不碍事，就是不要那么胖。我并没有跟那个妞儿上床，我们坐在沙发上，我一边拥着她一边痛骂那个老头。"（这是比较极端的黑色幽默。）

我不知道如果淮远看了昆汀·塔伦蒂诺导演的《低俗小说》后会有什么感想，但我发现这个好莱坞的"愤怒青年"有一点跟淮远很相似，这就是不屑于铺排人们期望的场面，却用上十分钟说一件连鸡毛蒜皮也不是的小事，例如淮远发表于《素叶文学》某期的《墨镜》。我想这大概就是《低俗小说》败给新保守主义的《阿甘正传》而拿不到奥斯卡奖的原因，也是某个美术编辑不愿为淮远的文章配图的原因。

但淮远绝不会介意别人不看他的东西，事实上如果他知道竟然有哪个美术编辑欣赏他的作品，他说不定又会去一趟妓院。《赌城买糖》第一篇写的就是他因为阿豆梦见报纸称他为"青年作家"而耿耿于怀。阿豆说她梦见在远洋客轮上，一帮水手和乘客在甲板上吵将起来，正当他们准备和解的时候，淮远却忍不住冲过去，破坏和平气氛，使那些人混战起来，阿豆来不及阻止他，又不想看到他们打架，就回家了，第二天早上在报纸上看到"青年作家怀远（连名字都搞错了）殴斗身亡"。可在淮远看来，殴斗身亡不足惧，倒是"青年作家"这个词"足以构成一个完整的噩梦"。他联想到报上一个"疯婆子"和一名"书呆子"为哪些人该被称为"青年作家"而争吵不休，于是

  很希望在阿豆的梦中，站在甲板上争吵的并不是船员和旅客，而是书呆子与疯婆子两伙人，而且在我的协助下，他们终于打将起来，彻底完蛋，连我在内也没有什么关系。这样，报上大概会说"一批青年作家和老作家殴斗身亡"了。但我实在希望，报导里会补上一句："其中一名死者看来并不是作家。"

他讲得很明白——死了也不想被当成一个"青年作家"。可见他是多么憎恨那些每天蚕食多少报纸杂志和书籍的臭虫。在这里，淮远的挖苦技巧是够尖刻的，而对我这个读者来说，这篇文章又是多么解恨。这也是淮远作品的特点，即读者往往会

入无人之境

因为他表达出来的愤怒、嘲弄、无情和残酷而感到解恨（或厌恶，对于厌恶他的人来说），而忘了他表达过程中的精心安排和巧妙组织，也就是高度的机智。

由此，我想到上面提及的"文胜于人"。在这个"愤怒青年"背后，是对语言高度克制的运用。无论一个人有多么丰富的人生经验或多么深刻的人生见解以至多么宏大的社会历史视野，一旦他投身写作，成败就只能系于他对语言的控制。淮远始终保持着一种清醒而冷漠的语调，而我上面提到的他的所有性格和风格上的特点，都被紧紧地扣压在这种语调之下，反过来说，他所有这些特点无一不是听从他这种语调使唤的。他尽可以表述他如何冲动、粗暴、不要命，或如何小心、小资产阶级、玩弄小趣味，但是他绝不会容许他的表述有丝毫背叛他的语调的迹象。这就是为什么他每一篇作品都无可挑剔。

跟语调同等重要的是他的刻意与众不同，也就是他的"怪"。除了他整体上的精心安排之外，他几乎每篇散文甚至每个段落都要抠出一两句令人意想不到的话，犹如诗中的"诗眼"，使整篇作品顿然生辉。这种刻意有时是以他的怪行动达成的，但更多的时候是用心练出来的。也就是说，它们不见得就是事件发展的必然结果，而是他处心积虑经营出来的（通常是喜剧的）效果。例如当他把偷来后又不想要的那本书放回原处时，他写道："我相信没有人会觉察出它曾经出外旅行过，在一个业余小偷的赞助下。"又如他在《搬旅馆癖》一文最后写道："事实上，当你在外国的街头看见我提着行李走着时，我往往并非到达或离开，而只是从一家旅馆走向另一家旅馆罢了。"在这里我得顺便说明一下，即淮远无论多么刻意，都是不动声色的；而我担心，这篇文章所有援引的例子由于离开了上下文，离开了具体的语调,会损害淮远原来的冷漠氛围,从而使这些引文显得略为夸张,或者说过于刻意。

即便是在编辑自己的散文集时,淮远似乎也是深思熟虑的。《懒鬼出门》写于八十年代,但是《赌城买糖》也有很大部分写于八十年代,而他九十年代写的东西又没有全部收入《赌城买糖》里。显然,他考虑的是整本散文集的总体语调的协调,他也许是要把没有收进去的那些作品"贮存"下来,放在他可能计划中的下一本散文集里。

既然淮远从一开始就已经达到最高点,既然他无"化"可言,那么如果他的前后期作品还有什么不同的话,就只能是"变化"了——不是那个"化",而是那个"变"。即便从他三本书的封面,也能嗅出点儿变的味道来。《鹦鹉千秋》的紫色封面上有一张经过处理的头像照片(底片),它占去了三分之二封面。如果我的猜测没有错,这大概就是淮远的头像了,长发,中间分界,一脸的"木讷"(他对自己的描述),还有傲慢、愤怒和恶作剧。把书的内容也考虑进去,这本书给人"浓"的感觉。《懒鬼出门》很简单,就是淡,白底蓝字,加上半幅淡蓝色插图,跟我所熟悉的地下出版物没多大区别。《赌城买糖》的封底是跟《鹦鹉千秋》差不多的紫色,封面则是一幅据说是在加拿大时托朋友拍下的歌舞表演的海报,以淡紫色为基调,海报里是两个漂亮的舞娘,表现得很快活,有点"艳",整体的感觉是略带夸饰。我非常喜欢这个封面,觉得那种夸饰感与"赌城买糖"这四个字非常协调,也呼应书中的淮远的某些变化。

淮远这本新书在我看来更侧重技术,讲究压缩,结构严密,节奏呈复杂化,似乎是加进了他创作的另一面——诗的张力。以书中最后两篇《赌城买糖》和《瞌睡大师》为例,它们跟以

入无人之境

前典型的淮远式技巧是有所不同的。淮远的散文一向是"横切入",也就是"就是",即斩下生活中最精细的部分来刻画,因而有明显的"单向度"的感觉。但是这两篇散文似乎是"那是"加"这是",除了时空压缩外,时间本身的张力和空间本身的张力都大了,并且人物较多,意象繁复,但它们的篇幅仍然是标准的淮远式,前一篇千把字,后一篇就五百字:

  首先发觉这件事的,该是坐在右边电动门旁背向车窗的一对白人老夫妇,他们一直静观,没有作出明显的反应,也没有交换意见。开头我也跟他们一样默默观看,要不是一个五十来岁的希腊人笑了出来,我该可以忍下去的。

  希腊人在车厢左边背窗而坐,左臂靠着门旁的透明胶板,正在看一份希腊文小报。他可真后知后觉了。直到那个黑人的黑脸沿着胶板的另一面滑下来,几乎跟他脸贴脸,他才加入观众的行列,先是窃笑,接着咧嘴而笑。

  黑人是站着的。说得详细一点,是背靠着门站立,双手插在连帽外套的口袋里,一个劲打瞌睡,脑瓜沿胸急坠,迅速到达肚皮,甚至膝盖。简直是玩杂耍。地车每到一个站,他就稍微转醒,站直身子,张张眼。车一开,却又故态复萌了。

  布卢尔站将至,希腊人收起小报,边起身边大声说:"他最好现在就醒来。"说着走向远一点的车门。而白人夫妇除了赞同地点点头之外,仍没有特别的反应。结束这场打盹表演的,是一个这时才突然出场的大胖黑妞。她从后面走上来,拍了拍瞌睡大师的胳膊说:"门就要开了。"

  两小时后,在拥挤得多的回程地车上想起这件事,我才明白那个蓄小胡子的中年黑人之所以没有在任何一个空座上坐下来好好睡个午觉，是因为从他上车的格林伍德站到市中心，布卢尔是第一个让地车在左边开门的车站，而他宁愿摔出在他背后打开的车门外，也不要坐过头。

《赌城买糖》的结构尤见功夫。它是倒叙，但重要不在那倒叙，甚至不在那由倒叙取得的结构的紧凑感，而在它传达的节奏感：

> 要不是老杨再次问起今年三月我在大西洋城到底买了多少东西，我就差不多完全忘记这个弹珠糖弹筒了。我再次强调，此行的最大收获是那本以超人作封面的一九五三年电视导报，可老杨似乎还是觉得我有些东西漏了说。
> "此外就只有那根蝙蝠侠水枪了？"他问。
> 要是老杨晓得我是如何去到大西洋城那个全美国最大的旧物展销会的话，他更不会相信我仅仅买了两样东西就罢休。
> 三月那一趟，我是相当晚才决定成行的，订不到大西洋城的酒店房间，只好下榻于费城机场附近的拉迪森酒店，翌晨坐出租汽车往大西洋城。抵达费城当晚深夜，我立刻向机场内的曙光轿车公司的柜台预订清晨六点半的轿车。据柜台的老头说，那将会是一辆黑色的林肯，司机叫阿拉姆。听来是个阿拉伯人。
> 我在酒店门厅等到七点，阿拉姆没有出现。服务台那位做兼差的青年给轿车公司打了个电话，五分钟后，我登上一辆由另一名阿拉伯人开的黑色林肯。他解释说，我要

求他们在早上六点半把我从拉迪森费城机场酒店送到大西洋城的特罗普世界酒店，再在傍晚六点半把我接回费城去，两程都是同一个钟点，因此，负责安排车子的同事误以为我只预订傍晚的那一程。

这位高大的伊朗移民，车开得挺慢，生怕有些交通警察正在公路旁的林子边缘伺候他，慌张得把我载了去特朗普赌场酒店，而不是特罗普世界酒店。好在后来从特罗普世界的服务台取了玩具商帕特给我留下的入场券，再上车，转抵大西洋会议中心时，还不到八点半；而且，在行人专用的海滨木板大道上好几百公尺长的人龙后半段挨了半小时带海沙的寒风之后，便顺利进场了；而且，进场不久，便向专卖古旧电视导报的大胖子勒诺买到了那本以超人片集主角乔治·里夫斯作封面的一九五三年电视导报了。

对我来说，当天下午才在别的摊位买的一根蝙蝠侠水枪，以及一个"美国队长"弹珠糖弹筒，即使并非可有可无，也都是次要的。而且，这个塑料弹筒我只拥有了大约三个小时。

回到费城机场酒店的房间，我把离开会场前匆匆购下的弹珠糖弹筒拿出来，在台灯下检视，这才发觉那是次货。美国队长的后脑勺粗糙不平，布满胶丝，就像衣服起毛一样。我小心翼翼地动手去除这些胶丝，怎料却连带把相当部分的表层也撕掉了。我大惊失色，继而怒不可遏，把剥了皮的美国队长一把扔进桌子旁的废纸篓中。这正是为什么老杨再次追问我才想起这个弹筒的缘故。

"此外就只有那根蝙蝠侠水枪了？"老杨问。

"还有一个美国队长弹珠糖。"我说。

这两篇东西，我分别在短短的半个月内看了四五遍，仍没有看够的意思。而人就是这样，对自己喜欢的东西往往说不上什么。我对这两篇东西也是这样，对淮远的三本散文集也是这样。要不是这两天我刚好状态特佳，好像有力没处使，我也不会写这篇三不像的东西。

我甚至怀疑把这篇文章发表出来会亵渎淮远和亵渎我对他的偏爱，因为他是"私人"的，是珍稀品，宜于私底下向朋友推荐，而不宜公开张扬。如果我在这里说淮远是香港最好的散文家，恐怕会有很多疯婆子和书呆子写信到火炭邮箱四十六号[1]抗议。而我自己也会感到不安，因为这样说会委屈了淮远——说不定他又会上妓院一边拥着个妞儿一边痛骂姓黄的。

一九九五年

---

[1] 淮远主要著作的出版社素叶出版社的邮址。——编注

诗歌与文明

人类有了火而脱离动物，但仍然是动物——我说的不是基于动物分类法，而是指其中的悖论：尽管文明世界已经有了数千年的历史，但是，我们仍在与野蛮搏斗。野蛮最礼貌的表现形式，是种族主义和更堂皇的民族主义，它最粗俗的结果则是杀戮。不错，杀戮本身是人类动物性的一种外露，我们仍把它作为文明的代价而予以合理化。杀戮包含的深层意义就不可原谅了：它不珍惜生命，这最有愧于火所代表的文明。

文明世界虽然是人创造的，人同样反过来限制文明的发展。我们不妨把文明称为世界，在这个世界上，有人、有动物，两者代表着文明与自然。但最具杀伤力的却是基本上仍然处于动物状态却贴着人类标签的人——野蛮人。

确保基本温饱，以双手的劳动和创造代替漫无边际的觅食，乃是文明的重要特征。时到今日，基本温饱应是任何想自称为人的人的起码条件。应该假设，在今日，人一生下来的基本权利就是基本温饱，在这个基础上创造、劳动、游戏、享乐。可是瞧，还有多少国家、多少民族达不到这点，并以确保这点为荣——这原是应引以为耻的。

语言是火中之火,诗歌是语言中的语言——语言最高的形式。诗人以诗歌来创造、劳动、游戏、享乐。但是,就像我们随时碰到的一样,仍有很多诗人把"基本温饱"当作诗歌的终极目标——当然,这倒不必引以为耻,可也不该引以为荣。

诗歌像文明一样,是非自然的,不过,仍有很多诗人以"自然"为诗歌的最高标准,并随身带着原始的巫术,用"政治""良心""爱""时代性""民族""社会责任""代言"等等符咒来约束诗歌。我不是说这些想法有什么不好,我是说,这些都是"基本温饱",是假设任何想做诗人的人都应当具备了的,我们以它们为开始,而不是以它们为终结。如果有诗人想替那些被他称为"小人物"的、根本不知道诗人为何人的人说话,他大概是在欺骗自己。如果有诗人想替他那一代人"代言",那他肯定是在侮辱他那代人的智慧了。当我们说英雄的时代已经过去,那不是在赌气,而是一种现实。无疑,每个诗人都有自己的巫术,并以此建构自身的风格,成了自身的特色,但它们只能是某种"面具",是诗人探索语言的基础,而不应成为目的。就是说,那些"时代性""良心"应是语言的手段,为语言服务,而不是相反。

"标新立异""玩弄技巧"不但不应该成为贬义词,不应该引以为耻,而且也不应该成为褒义词,不应该引以为荣——它们同样是"基本温饱":仅仅是开始而已。"先锋"也不应被视为一种流派,它的基本含义"探索"就是诗歌的心脏。先锋意识是每个诗人都应当具备的,同样也够不上引以为荣。诗人的唯一责任和良心乃是语言的探险。诗从语言开始。写好诗是诗人唯一的责任和良心。

当我们把任何一首好诗(或坏诗)拆开,它能剩下的大概也就是（好的或坏的）"技巧"或"技术"。当我们回顾诗歌史或个人的诗集，那些不让我们引以为耻、不让我们脸红的，大概也就是技巧。相反，至少对我自己来说，当回头看自己的旧作，使我感到汗颜的，往往是那些一度让我自己感动得不能自拔的滥情和感伤之作，而我发誓，我当时是真诚的。

《现代汉语词典》解释"文明"时，其中一个意思是"旧时指有西方现代色彩的（风俗、习惯、事物）"。这使我感到饶有兴味。西方文明无疑代表着我们人类迄今所能达到的最高的水准。总的来说，西方人一生下来就基本上具备了"基本温饱"并远远不只是温饱，他们一生下来就像个"人"，不是动物，拥有作为一个文明人所需的一切，然后在这个基础上创造、劳动、游戏和享乐。而东方人，一生下来几乎真的"一无所有"，一生的努力就是想活得像个人或"装得像个人"。等活得像了或装得像了，最宝贵的生命也已所剩无几，来到了尽头，甚至很多人连这点也达不到。

我们的"现代文明"基本上是追随西方的，尽管被远远抛在背后。这种追随本来是正常的，因为它代表着美好的事物。但不知是出于自卑或什么原因我们一边追赶人家，一边却在仇视人家。在文学上也是如此。总的来说，中国新文学也是西方影响下的产物，然而文学中的反西方倾向却一直是坚固的，对"西化""欧化"的恐惧和仇视始终是激烈的。我认为这种恐惧和仇视是不必要的，因为汉语这种象形文字本身就是够具免疫力的了，任何外来的东西都休想颠覆它。它又是新鲜和生机勃勃的，所谓"西化""欧化"事实上反而是它的活跃的一种体现。我想，任何一个真正意义上的诗人都会为这种状态所迷倒，甚而为之亢奋。

但是诗歌中一种危险的民族主义正在严重地骚扰着这种活跃性。我不说阻挡而说骚扰，因为这种趋势是谁也阻挡不了的。但恰恰是因为阻挡不了，才促使那些自闭症的诗人咬牙切齿，大骂"崇洋媚外"。本来，作为文明的诗歌就像物质文明一样，是每个人都可以去追求索取的，它是中性的。

当然，西方中心论会影响我们，但是我认为在现阶段，即在我们仍基本上一无所有的情况下拒绝这种伴有西方中心论的文明比接受恐外症更具损害性，况且，西方中心论也是很多西方人自己不认同的。

可是仇外者为了掩饰自身的自卑（这本来是不必要的），总是硬把文明分为里外，把"外国诗"当成"敌国诗"。看到同胞"崇洋"就痛苦，并且是那么真诚。毫无疑问，这些自闭症患者的作品如果有机会到外国亮亮相，他们会比谁都高兴，然后又摆出对外国人不屑一顾的表情。这些人同时也比任何人都仇视自己的同胞。

在这里还必须区分那些真正目的不是崇尚外国的好东西，而是拿它们来威慑同胞的"假崇洋派"，他们事实上正是恐外症患者的共谋，即窥准了恐外心理，于是拿老外恐吓同胞。

我想，比较正常的态度应该是谦虚而不是自卑。谦虚使人学习，自卑则使人自闭，自闭又会变成自大。我不否认我主要是读外国人的作品，但我读他们不是因为他们是外国人，而是因为他们的东西是好东西，如果这样说让那些仇外者不高兴的话，我愿意说，我读他们是因为他们的东西更陌生，有利于吸取。事实上西方人对唐诗也是怀着广泛兴趣的，英美诗人同样接受欧洲诗歌的广泛影响。这种"异性相吸"原是有某种基因上的理由。但是对于恐外症患者来说，外国人喜欢中国古诗或中国文化恰恰又成了他们攻击同胞的更好的理由："瞧，连外国人都尊重我们，我们反而看不起自己。"

同样，我也想把诗写得比外国人更好，但我这种野心不是为了"为祖国争光"或"为民族争光"，而是要"为自己争光"——我想写得比他们好不是因为他们是外国人，而是因为他们写得比我好，而我想超越他们，就像我不断在超越自己。对我来说，外国人是中性的，外国诗也是中性的，就像文明一样，只要是好的，就会被学习和分享。不，不是中性的，而是"异性"的。对我来说，外国诗永远是我喜欢的，哪怕我写得比他们好，哪怕我们中国诗人都写得比他们好，他们都永远是我喜欢的，并且永远显得比我的和我们的好，就像异族文明永远是那么有吸引力。

仇外和恐外只是反文明这头怪物的一面，它的另一面是仇新和恐新。在某种程度上，外与新是同一回事。因为外来的东西总是陌生的、新鲜的。但是，仇外仇新者不仅仇视外来的新生事物，而且仇视本土的新生事物。仇新又可分为两类，一类是一贯的仇新者，同时也是一贯的仇外者；另一类是不仇外但仇新者，这些人曾经作为新生事物出现过并被老仇新者压迫过，但当他们建立一定的地位之后，就反过来压迫更年轻的新一代。可以说，新仇新者更多是恐新。作为诗人，他们设法使自己制度化起来，并享受这种制度化带来的懒惰的成果。这些恐新的诗人写到一定的程度之后，由于才能、敏感度的丧失、退化和迟钝，便与差不多具有同等地位的诗人取得默契，共同维护他们的利益，试图垄断诗歌美学。他们拒绝新的诗人和新的诗歌美学，并借着那种默契的势力扼杀新生力量，从而干起了局部反文明的事来。

因为接受新一代和新美学意味着要对自己一直所坚持的诗歌信仰做出反省,甚至要全部摧毁从头来过。而一个制度化了的诗人,要怀疑自己是十分困难的,几乎是不可能的。无可否认,这些制度化诗人对新生事物的态度可能是真诚的,他们可能没有意识到自己患了仇新恐新症。但问题恰恰也在这里,他们视自己的美学为最高标准,并把自己的作品视为自己所坚持的美学的典范。当他们阅读新一代甚或一些有创意的同代人的作品时,总是用自己制度化了的标准来衡量。也就是说,他们给这些新作品强加上这些作品所没有也不必有的僵硬的教条,结果当然是套不上的,套不上就得拒绝。结果,受害者最终也包括他们自己。

而真正的诗人和伟大的诗人总是谦虚的,他们几乎无一例外地宽容、好学、阅读年轻人的作品,这不仅使他们可以更好地与年轻人沟通,而且也在这个过程中改善自己、提高自己,从而为自己可能的风格转变和保持敏锐的诗歌感性注入新血。由于他们的虚心和善意,年轻诗人常能得到提携,优秀的素质和潜能及时得到承认,从而少走弯路,避免遭扼杀,进而给本语种的诗歌带来新的声音,使本国的诗歌得以出现多样化的繁荣景象。

作为文明的诗歌,它总有自己的规律。新生力量、新生美学永远是不可逆转地向前驱策的。大约过半代或一代,即十年或二十年,诗人们总会自动清算诗歌成绩,真正有生命力的诗人会逐渐显示出他们的光辉和魅力,并且经过历史的淘汰之后,这种诗人总是毫无例外地变得格外地少。而这是正常的,不必担忧的,因为他们的伟大性也已开始呈现,而一个时代只要有若干位伟大的诗人,就已足够。正是他们揭示了文明的力量和前景,他们的成就也正是文明的结晶。

一九九五年

诗歌中的标点符号

标点符号不仅是词语的一部分，而且是音乐的一部分。它们不是奢侈品，也不是装饰品，它们是诗歌肌理的一部分。它们像我们身上的毛发，是我们的头发、眉毛、睫毛、胡须、腋毛，它们不是用来点缀我们白净的身体的，它们是我们魅力的一部分。而我们现在的诗歌，就是一只剃净了身上毛发的动物。

进入九十年代，越来越多的诗人开始恢复使用标点符号，这是一代诗歌走向丰富和成熟的最明显的标志。他们需要复杂，需要变化，需要微妙，需要缜密，而要达到这些，标点符号是最现成和有效的途径。但是，大部分使用标点符号的诗人还只懂得最简单的标点符号：逗号、句号、问号、冒号、顿号、省略号和感叹号。最关键的分号、引号和破折号并没有得到很好的使用。

分号的作用等于是乐团的指挥棒，当然，在一些不明所以的观众看来，"那支指挥棒有什么用呢？"——就像曼德尔施塔姆所讥诮的。分号在表达思想和协调音乐方面发挥的作用是不可估量的，它使一个诗人的思维得以复杂、立体、交叉，使诗句的节奏得以绵延、伸展、扩散。

标点符号给诗句留下一些呼吸的余地，有了它们，诗歌才有空间感，你才会想到要呼吸。也许有人会反问，没有标点符号那种空间感不是更大吗？我的回答是：如果没有几株树，或一条山脉，你又如何感受地平线的魅力？而在所有的标点符号中，破折号无疑是最能体现空间感的，难怪茨维塔耶娃那么喜欢使用它（几乎是她诗歌成功的秘诀），因为她激情的高音需要以破折号的停顿来平衡。狄金森也善用破折号（这也几乎是她成功的秘诀）。特德·休斯十分不满一些编辑把狄金森的破折号加以删改，因为那些破折号是她的"情绪和风格不可分割的部分"，把它们改为逗号、分号等等，就会"减弱诗中那种赤裸裸的神奇电压"。

引号似乎有点多余，就像标点符号似乎有点多余一样——事实上当然远非如此。它是标点符号中的标点符号，正是它的多余性给诗歌提供了极其丰厚的额外的红利。一首诗遇到阻滞时，一个引号常常能使它绝处逢生；一首诗写到山穷水尽时，一个引号常常能使它峰回路转；一首诗写到死气沉沉时，一个引号常常能够使它精神抖擞。这还只是就引号的急救功能而言。如果一个诗人认识到引号的重要性，进而有意识地去驾驭它，几乎就可以肯定他会把那首诗写得很诱人——我不说好或精彩，它就是诱人，让你想入非非，跃跃欲试——也想提起笔来写一首。

一九九六年

诗歌音乐与诗歌中的音乐

我们现在谈论的所谓"诗自身",其实指的是诗歌在词语、意象等方面的独立生命,也即语言自身。诗歌回到语言自身,一如绘画回到颜色自身,不再以复制现实、思想、理念为依归。但是诗歌实际上只回到它自身的一半,另一半是诗歌音乐,它迄今仍未引起足够的重视。它仍没有宣布独立,去拥有自己的主权。

我们迄今所知道和实践的诗歌音乐实际上是"诗歌中的音乐",换言之,这音乐是借来的,这音乐,就是我们所知道的,通常是歌曲式的音乐,并且通常是流行歌曲式的音乐,而不是诗自身的音乐,即独立于我们所知道的音乐之外的词语的音乐。

现在很多诗人的作品根本没有音乐可言,只是说话而已。所谓的口语化,常常被庸俗化,变成说话化,口语其实有很大的容量,弗罗斯特的口语绝不是说话,威廉斯的口语也绝不是说话。

那些看似有音乐或看似注重音乐的诗人的作品,其实常常只是在模仿音乐,尤其是模仿流行歌曲的音乐。他们注重的其实是词语、意象，而音乐（通常是节奏、韵脚、格律）只是用来支撑、维持和串联词语和意象的工具。在这些作品中，诗人变成一个操纵者，控制和算计读者的情绪，其音乐越浓，读者就越被动。这种流行歌曲式的音乐主要靠修辞手段来达到，尤其是排比、重复、叠句。当诗人写下第一句的时候，已预算好第二句，接着读者跟着他的感觉走，读者唯一的乐趣是按照诗人设计的音乐路线走下去，他在诗人预计他会停下来的时候停下来，在诗人预计他继续迈步前行的时候继续迈步前行。如果有什么惊喜的话，那就是预计诗人的预计的惊喜。诗人变成程式化的导游，读者变成惯性化的游客，诗歌变成供走马观花的风景名胜。当我们说"节奏优美"或"旋律优美"的时候，事实上是把诗歌音乐依附歌曲的底子全抖出来了。一句话，这种诗歌中的音乐是没有自己的生命的，都甜得发腻。

多多的激进不但是在意象的组织、词语的磨炼上，而且还在于他力图挖掘诗自身的音乐，赋予诗歌音乐独立的生命。"树木／我听到你嘹亮的声音"，这个句子的强烈音乐是独立的，它不是以任何修辞手段或借助任何音乐形式达成的。除了有不模仿别的音乐的特性外，还有一种不被模仿性。他诗歌中类似的例子还有很多，充分显示他的独特音乐不是偶发的，而是自觉的："谁来搂我的脖子啊！""一种危险吸引着我——我信""我怕我的心啊，会由于快乐而变得无用！"事实上，如果我们细心留意一下，就会发现多多每一首诗、每一个句子都力图创造不可重复的音乐，而他使用的技巧却不是大家都可以拥有的修辞手段。

欧洲诗歌是以抒情为主的，东欧诗歌则是以说话为主的，但我们在美国诗歌中可以找到一些不同的元素。弗罗斯特和威廉斯的口语化诗歌音乐既不是说话，也不是抒情，也不是两者的折衷，倒像是在这两者与有独立生命的诗歌音乐之间晃荡。但是从玛丽安·摩尔和史蒂文斯的诗歌中我们已可以听到诗歌音乐独立的呼声。他们之后罗伯特·洛威尔又继续做调和（不，是混和）的工作，他走的并不是摩尔和史蒂文斯的路，而是深化弗罗斯特和威廉斯的"未择之路"，但前两者是口语，洛威尔是书面语。洛威尔的深化主要是音乐的复杂化，而这又主要表现在他对复合词的运用上，还有就是他糅合他那一代本身以及他那一代所能吸取的前辈的各种新养分。用比较通俗的话说，他诗歌中的音乐很艰涩，他的诗本身也很艰涩。他在意大利有一个音乐繁复的对手，就是毕科洛。音乐的繁复化本身未必就是走近有独立生命的诗歌音乐，却肯定是在远离流行歌曲的音乐，这就是洛威尔和毕科洛的贡献。

接着阿什伯利出现了。阿什伯利虽然在很多方面得益于史蒂文斯，但他主要还是受美国抽象主义绘画和约翰·凯奇实验音乐的启发，进而充分赋予词语独立的音乐生命。难怪他把第一本诗集《一些树》交给奥登时，奥登竟无法欣赏——尽管他还是让阿什伯利获得耶鲁青年诗人奖，并且"写了一篇总算避免去谈论那本诗集的奇怪的前言"（阿什伯利语）。奥登一开始也曾看不懂摩尔小姐的诗，因为她的诗只有音节而没有韵脚，但后来奥登还是懂了并且很欣赏。奥登本人是一个严格的形式主义者，对音韵、节奏都非常考究——太考究了太无可挑剔了，以至于有些诗读起来令人有太方便的感觉，尤其是有些"歌"，读英文原文尤其能感到那种甜，尽管不至于令人发腻。阿什伯利几乎都是用词语音乐来写诗的，零零散散和不着边际构成了他的作品的主要魅力，这点即使在中译里读者也能够隐约感觉到。

在探索词语音乐的过程中，除了需要摆脱修辞手段之外，就现代汉诗而言尚需克服现代汉语的一项特殊障碍——双音节。现代汉语主要是双音节的，一切课本、社论、文学无不以此为准，诗歌也未能幸免。它已成为一种强迫性的习惯，并且创作者们也都已被俘虏了。单音节和三音节不一定是走向词语音乐之路，却是摆脱流行歌曲式音乐的有效途径，而这点有个别诗人已在无意识地做，只可惜单音节和三音节词太少了，并且本身也不是达成独立音乐的大路，这里只是举例而已。再举一个例，有一位朋友在引用我译的沃尔科特的一首诗时，把"星"改为"星辰"。显然，"星辰"这种双音节词更合乎我们的听力欣赏习惯，看上去也似乎更美。这就引向了一个结论，即词语独立音乐的确立将意味着诗歌意象审美的一次革命。

一九九六年

论诗人的狭窄

狭窄在某种程度上并非坏事，一个诗人开始写作时往往要借助狭窄来保护自己。他把自己缩小在一个固定的范围内，这样就能够较有把握地熟悉他内在和外在的世界。在某种程度上，狭窄又是诗人建立个人风格的捷径。他就只有这么一点容量，并且坚持认为这就是最好的。他会特别喜欢三五个诗人，可能有三个是同代人或比他资深几年的诗人，另外加上两个外国诗人。他会很专注地阅读他们，深入理解他们。他读同胞诗人时会在已经熟悉的基础上留意他们的变化，他们的技巧的转换，他们对生活的领悟。他读外国诗人时会在已经熟悉的基础上多读不同的译本，揣摸其中的差异，并怀疑它们的可信性。他阅读的这些诗人都毫无例外是比较著名的诗人：一是因为他仍不具备独特的鉴赏力，不可能自己找一个诗人来读一读，然后长叹一声"好啊！"；一是因为这些著名诗人同样成为他的保护层，当他说他不喜欢这个那个诗人时，别人会不以为然，他自己也会感到不安，但是他立即又会举出他喜欢的那几个诗人，别人也就无话可说了，因为这些诗人确实是好诗人。也就是说，他以他喜欢的优秀诗人来证明他的狭窄的合理性，甚至证明他不是狭窄的。

在他不断重复研究那三五个诗人的过程中，他确实得益匪浅，甚至可能比那些阅读范围比他广阔几倍的诗人更加丰富和饱满。由于他深入，故他很快有了一套属于自己的诗观；他的坚定则确保他反复磨炼自己的诗艺，于是他很快就掌握了适应他自己写作的模式，并组织起属于自己的语言。所以狭窄的诗人崭露头角时往往被误为天才，甚至惊为天才：他的技巧是那么娴熟，他的触觉是那么敏锐，并且，由于他吸取的技艺均来自那三五个诗人，而这些诗人又是为大部分诗人所熟悉的，语言上的肤色、血缘和裙带关系使他们立即就喜欢上他，甚至觉得他有所继承，有所发挥。这样，他就越发觉得自己走的路是对的，是一条同行的未择之路。一种可能性出现了：他确信自己掌握了诗歌的真理，并开始以散文来布道，在捍卫自己的同时抹杀他视野以外的地平线。

他不大可能是一个坏诗人，他的作品的质量一般是有保证的。因为狭窄往往是深入的，而深入往往方便一个诗人找到一种独特性。其他副产品：他会成为一个爱憎分明的诗人，有要好的朋友，有痛恨的敌人；他还有可能是一个民族主义者，深信自己是在承接祖国文学传统香火的衣钵；他因狭窄而来的对自己的严格要求又会为他带来难得的声誉，起码人们谈起他时也会说："我不赞同他，但我尊重他。"

他会受到一部分同行的热烈赞赏，但是另一部分诗人可能对他不以为然（但不会是热烈痛恨）。对他不以为然的诗人在某种程度上也会尊重他的诗，但是他们不会把他的真理视为唯一的真理，事实上诗歌也并没有唯一的真理可言——他们的诗歌视野可能比他更广阔。也会有个别非常瞧不起他的诗人，而这些个别诗人恰恰也是狭窄的诗人，只不过诗风与他南辕北辙。同样地，他也会热烈赞赏少数同行（他喜欢的诗人的名单已有所增加，但仍然很有限），而被他赞赏的同行绝大部分确实都是极优秀的诗人；同时他也会痛恨另一些同行，而这些同行却是跟他一样地优秀的——有些可能视野比他辽阔得多，有些则跟他一样狭窄甚至更狭窄。另一种可能性出现了：他会对一些跟他一样优秀的诗人做出不公正的评价，甚至伤害人家，而这是毫无道理的。另一方面，由于他的狭窄，他总会把自己视为最好的诗人，并且是非常真诚地这么认为的——悲剧也在这里，他对自己的评价与同行对他的评价总是相差颇远的，这就导致他进一步愤世嫉俗、爱憎分明，但是放心，他自暴自弃的可能性也不大。

他很容易陷入创作危机。由于他阅读面狭窄，他没有可能为自己的诗歌道路铺展太多的前景；由于他对自己的诗歌真理的确信，他没有可能走偏离自己诗歌视野太远的道路。因此，他创作的回旋余地是极有限的。在比较好的情况下，他能够一直保持高质量的创作，但是数量极少；在较坏的情况下，他有颇丰富的创作，但重复太多——要么在意象方面重复，要么在音乐方面重复，更坏的情况则是两者都重复。

狭窄的诗人与小圈子的诗人有交叉的共同点。小圈子的诗人往往有三五人，他们喜欢的诗人就是自己这个圈子的诗人。小圈子诗人的处境可能比单独的狭窄诗人好些，至少表面上如此，因为他们可以互相鼓励、互相肯定，但实际上他们与狭窄诗人是一样狭窄的，并且，他们对自己的评价也总是与其他同行对他们的评价出入很大。单独的狭窄诗人树敌时对同行构成的伤害不会太大，而且比较高尚，但小圈子的诗人往往一鼻孔出气，攻击起同行时具有小分队的力量，很容易变得下流。单独的狭窄诗人无论人格和诗歌风格都可以做得独树一帜，而小圈子诗人则容易成为小群众，容易形成所谓的流派，彼此人格风格相似，变成帮派。当然，单独的狭窄诗人在对别人诸多挑剔时总是忘记他自己也应该是他要攻击的对象。

  狭窄的诗人与小圈子的诗人的最大共同点是：他们有可能成为优秀诗人甚至杰出诗人，但永远不可能成为大诗人或大师，也不可能从事承前启后或开一代诗风的大业。视野较阔的诗人未必可以成为大诗人或大师，他们的成就甚至有可能比不上狭窄的诗人和小圈子诗人，但他们永远存在着成为大诗人或大师的可能性，而这种前景使他们的诗歌生活显得健康、活泼，更合乎诗歌和人性的本质。但健康、活泼，或诗歌和人性的本质，是狭窄的诗人和小圈子诗人最不关心的事情，可能还是他们最厌烦的事情，正如大诗人或大师对他们来说形同虚设，因为他们从来不知道任何大诗人或大师的真面目。

一九九六年

札记二十五篇

思维

朋友给我带来一本王小波的散文集《思维的乐趣》。有这样一段："中国知识分子关注社会的伦理道德，经常赤膊上阵，论说是非；而外国知识分子则是以科学为基础点，关注人类的未来；就是讨论道德问题，也是以理性为基础来讨论。"但是谈到陈寅恪："说到陈教授，我们知道，他穷毕生之力，考据了一篇很不重要的话本，《再生缘》。想到这件事，我并不感到有多振奋，只有点伤感。"言下之意，这是浪费。陈寅恪的重要性恰恰在于，他甚至不在这样一部"很不重要的"作品上妥协！况且，陈寅恪并非毕生研究这个话本。他在"很不重要的"作品上成就了很重要的学术，正是治学的可贵之处，也正是理性与科学精神的体现。

传记

它是由别人，尤其是文学才能远远逊于传主的人所写的。

对于读者尤其是本身也是作家的读者来说，读这种东西只会损害自己的修养，因为他总会时不时拿自己印证传主，原谅自己的种种缺点，而其实，传主的缺点，在其整体人格中微不足道，却往往另被传记作者夸大和放大来看。在这个意义上，我认为传记是最虚假的东西，因为它假"真实"之名。另一方面，传主的种种事迹，亦会影响读者在现实世界的行为。例如，与同辈交往，便会不期然把自己当成幻想中的未来大人物，以此处理与同辈的关系，造成令人尴尬的场面。不读传记，只景仰作家的心血结晶——作品，然后对着这些作品锻炼自己，那会十分严格，因为他无懈可击，而我坚信，一位作家也最希望读者如此对待他。

作茧自缚

理想主义者时常把自己看成是纯洁的。诗人很容易跌入这种理想主义的陷阱。也许是首先陷于天才的幻觉，他总想保留自己身上那份纯洁的元素，于是不断排斥别人和别人的观点。他理想中只有一种艺术，一种至高无上的表达方式。他把自己框住了，把自己的一厢情愿神圣化，以致不敢去动它，而是膜拜它。结果是，他害怕幻灭，这种害怕，亦使他不敢轻易尝试别的形式。他对自己要求非常过分，对别人更过分，他，尤其是自许为天才的诗人，永远看不起别人。那些人最初可能真的值得他看不起，但是十年八年后，当那些人已经不断进步并且可能已经超越他时，他仍然没有发觉，最后，当他去到穷途末路时，他可能会发现自己的局限，却仍然看不到别人的长处，尤其是已经长过他之处。这样，当他尝试找其他出路时，他发现他被自己堵死了——更确切地说，被别人堵死了。因为其他出路恰恰是他瞧不起的那些人正在走的路，他选择其中任何一条，都意味着他必须承认自己的不足和承认他人的长处，承认他以前是欺骗自己的，而这会造成他失落；鉴于他的神圣化了的"理想主义"，他不可能亵渎自己和自己原来的理想，他是宁死不屈的，不想失落，不想幻灭，并感到一种英雄感和悲凉感，而这种处境极似传说中的天才的不得意。如此，他不断自我欺骗下去，却不知道，或不愿承认，他实际上的失落和幻灭已经比他自己可能愿意承认的更严重。他想保存那份纯洁，同时拒绝当代日常生活。但他却没有想到，他越早妥协（其实是学习），越早正视现实，而不是逃避现实，他便越少需要妥协，甚至不必有任何妥协；并且，不只可以保留那份纯洁，还可以不断把那份纯洁的元素（例如诗歌）发挥、扩大至无限。这种理想主义诗人最后的结果是自杀、完全停止写作、做生意、做官或做个什么也不是的人，总之，完全与那份纯洁的元素无关！毫无理想。其实，只要是坚持做一个诗人，就是一个彻底的理想主义者了，身为理想主义者还想在理想主义的范围内寻找和追求理想主义，乃是作茧自缚。或者说，同义反复。

江湖义气

江湖义气要求彼此付出激情，但是，激情会因时因地而减弱，尤其是会因阅历而减弱。而一方激情因上述环境而减弱的机会总是很高的，另一方也是。并且，彼此因时、因地和因阅历而减弱的情况又往往是相异的，这就很容易导致双方共同维持的激情的天平倾斜。又鉴于讲江湖义气的人的爱憎往往大起大落，所以几乎可以肯定这种倾斜立即会演变成翻倒（翻脸和拉倒）——分道扬镳或反目成仇。江湖义气的结果往往是一样的：最初称兄道弟，最后互捅刀子，或老死不相往来。在文学界，江湖义气会造成对作品不分好坏，而只看个人感情。看人而不看文，因为他认定文如其人。讲江湖义气者往往缺乏对作品的判断力，只要某人喜欢他的作品，尤其是认为他了不起，他也会喜欢对方的作品，尽管不一定（可能很不愿意）认为他跟他一样了不起。于是在他编选集或编刊物时，就会考虑那个喜欢他的作品的人，并且，他扪心自问时，是问心无愧的，因为他确实觉得他不错，而这又是因为他没有判断力。他自己的作品永远是最好的，至于他的朋友的作品，则要视乎他们彼此的义气的温度计的红色标记是高是低。他很少欣赏不是朋友的人的作品，更绝不会欣赏不喜欢他的作品的人的作品。

灵气

灵气主要是灵魂的培养，魂在灵气活，魂旺灵气盛。至于一般的气，则可以是人气，或邪气，或霸气。灵气以外的东西，是可以收集的。一个人有灵气，则周围自会聚集一群人，他们不自觉地想享用他的灵气。灵气散发，沐浴周围的朋友。灵气旺盛者，便有个性魅力。而英文所谓的领袖魅力（克里斯玛），其实也是指气。而我所指的灵气，则可以称为个性魅力。反过来说，我认为克里斯玛可以分为领袖魅力和个性魅力。个性魅力偏向于灵气，领袖魅力则主要不是灵气，而是人气、霸气以至邪气。

气是会减弱和消失的，一般来说，不增则减。培养灵气意味着自动消除邪气和霸气。一般人很容易发展邪气、人气或霸气,因为,尤其是人气和霸气,也是容易吸引周围人群的。至于邪气,则是一般稍有点灵气的人都会本能地感觉到的,故会避之则吉。人气和霸气可以通过政治手段、金钱手段、权力手段以至擅长人际关系等方式来汇集,也因此,它容易受外部环境影响。一旦外部因素倾向于不利,人气和霸气便会逐渐消失。

灵气如不继续培养,也会消失。培养的方式,一是个人修养,就诗人而言,就是多写多读;二是逐渐打开心灵,结合现实和时代精神,不断融会贯通各种新事物,避免封闭。有的诗人自诩为天才,因为他天生有一股灵气(开始时比一般人的灵气多),于是便想方设法守住这股灵气。这样,便形成一种心灵封闭。一旦处于守,或停,而不是放和进,便迟早会失去灵气。因为这股守住的灵气会受到新时代新社会的不断冲击,最终如果不是被冲击得烟消云散,就是被抛弃——也就是说,他虽然自以为仍守住灵气,但是灵气没有不断更新,不断吸纳新的空气,就会变"旧",故有等于无,甚至比无更糟糕。因为守住旧灵气,他便永远以同一种尺度来看世界,但全部不合他的看法,于是积怨,愤世嫉俗(而他是把一切新事物当成"俗"来看的)。他的朋友越来越少,他(就诗人而言)的作品越来越少,并越来越焦虑。而一个有灵气的人,是永远不会害怕没有朋友的,他可以永远孤独,但事实上他永远有朋友,并且永远不孤独。他周身灵气已使他把世界和人生全部融会贯通,或反过来说,那种贯通使他周身融汇灵气,而事实上,两者是相辅相成的。故《圣经》说,上帝给予那些没有的人更加没有,给予那些有的人更有。

孤独的两种境界

一种是焦虑的孤独，也即孤独令一个人焦虑，例如失去灵气的人便是；一种是平静而富饶的孤独，尤其是当一个周身灵气的诗人的写作远远抛离同代人的时候，他会感到一种前所未有的孤独，这种孤独事实上已去到寂静的境地。他的灵魂对话的对象，往往是过去的大师和未来的读者。他内心会升起一种幸福感，因为他完成了一个圆。焦虑的孤独站在圆的起点，平静而富饶的孤独站在圆的终点，两者的位置几乎重叠，却有天渊之别。

"圆"的完成与开窍

一个诗人，或任何人，要进入最高境界，便需要完成一个个的圆。例如，最初向经典作品或传统作品学习，后来放弃，因觉得其简单，转而向复杂的现当代作品学习，最后发现现当代作品的复杂背后，其实简单，反而是经典作品看似简单，实则复杂。这个圆一完成，便是开了一个大窍。再如最初写作时，与现实贴得很近，后来渐渐进入抽象和玄思，再后来又与现实挂钩，又是完成一个圆。圆的起点与终点永远是重叠的，又永远有天渊之别。

神奇

从朋友家书架上一本书中看到意大利诗人夸西莫多在一篇文章中引用的意大利某位古代诗人的诗句：

爱，以神奇的力量
使我出类拔萃。

我们都惊叹于这句诗的神奇，因为它揭示了一个古老的真理，而这种古老仍能为当代诗人所信服，正好道出它是真理。

自私与自足

人应该自私，又不应该自私。自私是要处处为自己着想，不应该自私是不要为了自己而伤害别人，更不能处处害别人。拿借钱作比喻。如果有朋友向你借钱，你最好是先确保你自己。比如你有一百块余钱，你可以借给人家的钱最好是在一块至五十块，最多去到七十块。无论借多借少，最好不要寄望人家还钱。因为你还有余钱。也因为借钱的人也许还钱也许不还钱。但绝不能把一百块全部借给人家，甚至倾家荡产或再向别人借钱来借给人家。否则你会心慌，恐怕连自己生活也不保。如果这样，不但你心慌，就连借钱的人也会为你心慌和内疚。另一方面，如果你借出超出你能力所及范围的钱，你必希望他还钱，尤其是如果你自己突然有事，也陷于经济困境的时候。而他又没有钱，于是你又找人借钱，那个借钱给你的人又可能重复你的行事方式，便形成恶性循环。而且，你可能与向你借钱的人闹翻，又可能与借钱给你的人闹翻，借钱给你的人又可能与借钱给他的人闹翻，如此又形成恶性循环。很难担保，可能会闹出一两条人命，或诉诸法庭，费钱费力。如果你只借出你能力所及的钱，又不寄望人家还钱，对大家都有好处，你也做了一个真正的好人。

如果寄望人家还钱，则最好只借给跟你同一层次、生活于同一种氛围的人。不要借给你圈外的人。因为人总有一种同行的守则和分寸感，如果他借你的钱不还，他就难以在你这个圈子里混下去。如果你是一个艺术家，尤其是一个善良的人，害羞的人，讲面子的人，不好意思的人，而向你借钱的人是一个做生意的人，由于江湖规则不一样，他就可能不会还钱给你，或者不按照承诺还钱，例如不按照承诺的时间、数目还钱。如果一个做生意的人同时向另一个做生意的人和一个善良的艺术家借钱，他就有可能先还给那个生意人而迟还给艺术家，或只还给生意人而不还给艺术家，因为如果他不还给那个生意人，他就违反行规，再难以在那个圈子里立足。如果是一个艺术家同时向另一个艺术家和一个生意人借钱，他可能会先还给艺术家，而迟还或不还给生意人。

保持自足，然后能益及他人，这与首先获得个人幸福再惠及他人的道理是一致的。

致力于维持自足的人，从自己的经验和立场出发，也就能处处为他人着想。事实上，贬义的自私者，往往是最不为他人着想的人。为他人着想就是不损害他人的利益和尊严。自足事实上亦是宽容的基础。我们提倡宽容，但是我们宽容的基础在哪里？被人损害，你能做到宽容吗？能，只要你自足。一个在心灵上和物质上自足的人，也就自信，他自会感到绰绰有余，他可以做到不仅不损害他人的利益和尊严，而且还能在别人对他构成一定损害的时候做到宽容。

卞之琳译奥登《名人志》

卞之琳译作一向很好，这首诗的文字和语调也把握得很好，但是第一句"A shilling life will give you all the facts"译成"一先令传记会给你全部的事实"却没有译出这个句子最重要的元素。奥登说过一行诗最少要有一个令人感兴趣的词。这个句子令人感兴趣的词便是 a shilling life，这是典型的奥登式反讽。这里，life 是双关，既指传记，又指生命。应译为"一先令的生平"才有那种反讽效果，而卞之琳只译出表面意义"传记"。这样，就变得没那么有趣了。

后半段的意思是，他思念的那个人就住在（她自己的）家中，他给她写一大堆长信，她一封也不保存，但偶尔会给他回信。但是在中译里，给人感觉是她回他几封信，但这些回信一封也不保存。记得我以前最初读到中译时，便感到迷惑。但我想，原文还是比较清楚的。译者也没有把 but kept none 中的 but（但）译出来。但必须承认这句诗非常难译。译成"回几封／他大堆出色但她全都没保存的长信"这样意思就比较清晰了，尽管效果不见得更好。

Who's Who

A shilling life will give you all the facts:
How Father beat him, how he ran away,
What were the struggles of his youth, what acts
Made him the greatest figure of his day:
Of how he fought, fished, hunted, worked all night,

Though giddy, climbed new mountains; named a sea:
Some of the last researchers even write
Love made him weep his pints like you and me.

With all his honours on, he sighed for one
Who, say astonished critics, lived at home;
Did little jobs about the house with skill
And nothing else; could whistle; would sit still
Or potter round the garden; answered some
Of his long marvellous letters but kept none.

名人志

一先令传记会给你全部的事实:
他父亲怎样揍他,他怎样出走,
少年作什么奋斗,是什么事迹
使他在一代人物里最出风头:
他怎样打仗,钓鱼,打猎,熬通宵,
头晕着攀新峰,命名了新海一个:
最新的研究家有的甚至写到
爱情害得他哭鼻子,就像你和我。

他名满天下,却朝思暮想一个人,
惊讶的评论家说那位就住在家中,
就在房子里灵巧的做一点细活,
不干别的;能打打唿哨;会静坐,

会在园子里转转悠悠，回几封

他大堆出色的长信，一封也不保存。

奥登的大善

但丁的《神曲》，我看得惊心动魄，不大敢看下去。觉得我的"心力"承受不了。例如他把"爱"分成几种，直取其核心，就使我承受不了。我只抵达"学习爱"的边境，只要能达到爱，就已是一大进步，哪里还顾得上哪种爱。如果更年轻的时候看，也许因为无知，就不会受到如此大的震撼。但现在开窍太多，想法太多，而但丁太庞大。有时在较幽暗的灯光下（例如办公室的楼梯口）看，会感到害怕，所以改为在较明亮的灯光下看。总之，看《神曲》就像经受一次心灵的大历练。

但丁非常清楚自己是一个大诗人，并且多次暗示或明示。而他的语调却十分谦逊，这使得他透露自己的伟大时，既不会造作，也不会使人感到不悦。这使我想起奥登。斯彭德在回忆录中，记叙他未见到奥登前，已有很多朋友赞赏奥登的智慧和才能，但那些朋友都不介绍他们认识。当他们认识时，奥登二十一岁，斯彭德十九岁，但是奥登俨然已是大师，是 the poet，而不是 a poet，甚至不是 a great poet。所以斯彭德每次见他，都感到自己像个信徒，见面就像朝圣。奥登可以一边谈起某个诗人，一边背诵那诗人的诗。他当时喜欢的诗人是欧文、霍普金斯、爱德华·托马斯和艾略特等，这几个人一直是现当代诗人们心中的杰出诗人，可见奥登的眼力。最重要的是，奥登当时已懂得很多人要经过漫长修炼才能悟出的道理，这就是，诗歌的最终真理就是爱。

斯彭德说，奥登尽管智力过人，但为人极其和善与简单。很惭愧，我体味到奥登的善，却是先从读了他的两本散文集开始的。我一度以为布罗茨基的散文已写得胜于奥登。但后来我否定了这种看法。我深入阅读奥登之后，得出一个结论：大善。布罗茨基有一种展示聪明才智的倾向，而奥登却是把一股善的、光明的力量传递给读者。所以，我读到有关布罗茨基的文章时，不少人不约而同地用 formidable（令人生畏）来形容他。据说，布罗茨基私底下（作品以外）损人很厉害，有时在某些场合（例如会议上）会把人损得无地自容。我曾经十分疑惑，布罗茨基诗和散文都写得那么好，散文尤其不逊于奥登，但为什么他仍然觉得自己永远无法与奥登相比呢？现在明白，奥秘就在于，奥登是智慧的，布罗茨基是绝顶聪明的。故，虽然布罗茨基可以在诗艺上修炼至顶峰，却欠缺奥登的境界。那种人格的总体修养是不能用技术达至的。但布罗茨基那种修养，已是十分不得了。他在作品中严格按照大师们的最高标准要求自己，但是他本性上有一种与"竞争性"相近的损人倾向，故此他必须在作品以外找一条渠道来排泄性格上的弱点，方能保存作品的完美。但是，他的作品的语调，仍处处隐现那种性格透露的迹象。我在此并非对布罗茨基不敬，相反，我是非常欣赏他的，因为他有着一种向善的倾向（一切伟大作品和伟大诗人都是倾向善的），他对作品的要求就是这种倾向的昭示。但人是很难克服自己的缺点的，故要找渠道排泄。细观历代作家，很多人都有一些排泄渠道。

但奥登近于完美，如果他有什么"弱点"和排泄渠道的话，就是同性恋。但在当代，同性恋者本人也已逐渐消除罪孽感了，不再觉得那是弱点和见不得人的事。例如卡彭特的《奥登传》

出版时，其披露的奥登的隐私还是引起读者一定程度的不适，但现在回顾起来，卡彭特的披露和处理反而变得弥足珍贵，尤其是对研究者来说。

奥登的大善，成为二十世纪最伟大的榜样。而很多后辈，也都把他当成最伟大的榜样。布罗茨基认为奥登是二十世纪最伟大的心灵；沃尔科特认为奥登对二十世纪诗歌的贡献胜于庞德和艾略特；阿什伯利亦极推崇奥登，有人问他，如果跟奥登说一句话，他会说什么，他说他会说："你活着我很高兴"；威尔伯说得更全面："自从我开始阅读奥登，他对我来说就一直是一种持久的愉悦。我觉得，现时他是举目所见最佳的范例——我们最文明、最有成就和最鼓舞人心的诗人。"弗罗斯特那句名言，诗歌"始于愉悦，终于智慧"，我觉得最适合用来形容奥登其人其诗。几乎所有受惠者都谈到他的愉悦、乐趣、友善。他那里几乎应有尽有，形式的、内容的、创新的、崇古的、人格的、修养的、传统的、现代的，并且几乎都达至完美。斯彭德的回忆录经常提到奥登在场，就会"支配他的环境"。这与布罗茨基的"令人生畏"是不同的。那种支配，用中国人的话来说，就是"镇住"。一方面是以他的才智，另一方面是以他的和善。

以前读到奥登在《短诗合集：1927—1957》的前言中的一段话，给我留下极其深刻的印象。他说，他有些诗，写了之后，不幸地发表出来了，而他选诗时，把它们扔掉，因为它们要么不诚实，要么没礼貌，要么沉闷。所谓不诚实，就是作者表达了某些不是他真正有所感的想法，无论写得多出色。奥登有一句名言，表达他向往"新建筑风格"，但他从未喜欢过现代建筑。他说，他喜欢"老"风格，"而一个人即便是对自己的偏见也要诚实"。他为自己曾经写下这样的句子而感到可耻：

历史对失败者

也许会说天啊但不能帮忙也不能原谅。

他说:"这样说,是把善与成功等同起来。如果我曾经奉行过这种邪恶的信条,那我就太坏了;但我仅仅因为它在措辞上听起来效果挺好而这样说,这则是完全不可饶恕的。"又说:"青春的鲁莽和喧闹也许可以原谅,但这并不意味着鲁莽和喧闹是美德。"又:"沉闷是因人而异的,但是如果一首诗使作者打哈欠,他就很难指望会有一位较不偏心的读者肯费力去读完它。"

最后一句引言,与弗罗斯特所说的"首先要使作者自己吃惊,然后才能使读者吃惊"的说法是一致的。有一类更恶劣的诗人,明知自己的诗不能令自己吃惊也不能令别人吃惊,却拼命拉拢一些三流评论家来谈他的诗,说些令他们自己吃惊也令他吃惊的捧场话。

布罗茨基在与沃尔科特的对谈中提到,弗罗斯特对奥登的影响可能比任何人都大。也许是的,如同艾略特和哈代对奥登的影响。但我觉得奥登的修炼方向与那三位影响他的人都不一样。他的善和才智,就在于他善于利用别人的才智,来锻造他的爱。

前不久一位朋友带给我看一本外地一批年轻诗人的一个刊物。真是沉闷透了。而另一位朋友说,听说这些人都崇拜奥登。我大吃一惊。这些东西跟奥登有什么关系?要是那位朋友说,这些人甚至连奥登的名字也没听过,那我还可以勉强原谅他们的沉闷。

沉闷往往缘于作者对自己的原谅。原谅自己往往是不诚实的一种体现。而我认为,诚实与"感情真挚"不是一回事。作者可能感情真挚,但那种感情和真挚可能是自我幻想和自我欺骗的。诚实则是防止自我幻想和自我欺骗。希尼在《专心思考》一书中谈道:"你得忠实于自己的感受力,因为虚假的感情是对想象力犯罪。"这里说的感受力是指敏感度与判断力,它是想象力的姐妹。而感情或感觉则是情绪上的东西,它既可以与想象力亲近,又可以(通常更容易)与虚假为伍。

奥登如此严厉审视和检查自己,对中国当代诗人来说,特别有警示作用。我越来越觉得,每一句诗都应该有"出处",这绝不是说每句诗都要印证现实世界,而是说,即使是想象力的范围,也应该是有理由的,决不能以"发挥"想象力的名义,为自己的胡说八道辩护。超现实主义的一个弊端,不在于它超现实,或超于现实,而在于它容易变得真假难分。当代诗歌已经到了最好的诗与最坏的诗界线模糊的程度。因此,设立"诚实"这个法官席,是有必要的。叶芝说:"诗歌是与我们自己争吵,而与别人争吵则是雄辩。"雄辩亦可译为修辞。中国当代诗歌就是太容易把修辞或雄辩当成诗歌,事实上有些诗人还因此引人瞩目呢。与自己争吵,就是要不断检视自己,分辨出诚实与虚假;与别人争吵则是掩饰自己,模糊了想象力与胡说八道的界线。

善是一种状态

实践善,绝非对抗恶。如果善反对恶,其实正中恶的下怀,就像我们跟一个恶人对抗,正中他下怀一样,因为他的专业就是作恶,你怎能与一个专业作恶的人对抗。比如说一个倾向善的诗人,发现另一个诗人倾向恶,不但人坏,诗也坏,却到处争名夺利,于是用大部分时间来攻击那个坏诗人,甚至处处要阻止那个坏诗人继续作恶。这样一来,坏诗人一点不受影响,继续光大恶，而那个倾向善的诗人却没有很好地发扬善，也即没有尽力去写好诗。结果是，人们看不到善的诗人有什么贡献，恶的诗人却贡献了很多坏诗和坏行为，这等于变相助长恶。如果倾向善的诗人多专注于写好诗，多发挥善的力量，坏诗人在善恶这块大饼里分得的份额，就变小了，善越占越大。善像光明一样，你专注于扩大光明的部分，则黑暗自然缩小。

　　布罗茨基说，当我们指责恶的时候，往往会自然而然把自己的行为合理化，以为自己就代表善。他的原话是："与恶作对或抵抗恶的人，几乎会自动把自己视为善，从而略过自我分析。"故此，警惕自己显然比指责别人更重要。我所谈论的善恶，是比较宽泛的。有时当然是指最终的善与恶，但是更多的时候，是指不利于我们个人的因素。这也就是要警惕的地方：我们会把不利于我们的因素称为恶，而往往忽视这种不利于我们的因素可能只是暂时不利，甚至可能是善的一部分，而我们往往因为自己的善的境界太窄，而把它当成恶的一部分来加以排斥。例如一个锋头很劲非常进取的人，给人野心勃勃的感觉，其中可能有恶的成分，但同样也有善的成分，我们却往往会由于自己的适应能力太低，而把他全面当成恶来加以排斥。这样说来，善也有两种人，一种是宽容和容纳型的，一种是排斥型的，排斥型往往愤世嫉俗。而愤世嫉俗者往往也会把那些善的境界实际上比他更高的人当成恶来加以排斥。回到诗歌写作上，一个人（甲）站在某一个位置上，例如某种风格，并且这种风格这种取向是正路的、健康的，但是健康、正路的风格还有很多，甚至还有一个很大的正路和健康的取向罩住他的风格，也即他的取向只是一个更大的取向的一部分而已，而另一个（乙）同样是正路、健康但取向不一样的诗人，也处于同一个更大的取向的范围内，是它的一部分。但是，甲却有可能排斥乙，视之为坏。

善是一种状态、境界，而不是一种态度、立场。把善变成一种立场，就自然要与恶对抗，也就容易解除自身对恶的警惕性，受恶的侵袭，甚至成为恶的助手。我把这种处于一种状态的善，称为大善，它不以恶为对立面，也不对抗恶。

骄傲与自大

自信会使人变得好学和谦虚。谦虚则意识到自己渺小，自己渺小则发现自己跟别人一样渺小。建立自信就是要多读多写，多欣赏和掌握不同风格，尤其是明白读你的作品的人的各种层次。这样，由于经验丰富，不但能够对自己的作品有个准确的评价，并且知道别人评价你的作品时，用的是什么观点，来源于什么样的态度。这样，你就有了比较冷静的看法，既看出自己的不足，也看出看出你不足的人的不足。有些人建立自信，开始时需要狭窄，这样才能保护自己，否则找不到立足点。但如果尝到甜头后，长期奉行这种方法，最终会害自己，也即自信得写了坏作品甚至已成为坏诗人了还仍然不自知。自信的人会谦虚，又会骄傲。但是，还有一种人，既自卑又自大。两者只有一线之差，却有天渊之别。自大和自卑几乎都是没有道理的，而骄傲和谦虚则几乎都是有道理的。

失据与混乱

收到我的诗集《世界的隐喻》，由文化艺术出版社出版，为

"九十年代中国诗歌"丛书之一。像去年在香港出版《十年诗选》一样,这次看到这本诗集,也是没有什么特别感触,心情如此平静,我也觉得奇怪。想到最初写诗时,梦想的也就是出版一本诗集。

洪子诚在"总序"里提到不少问题,都是当代诗人面临的问题,例如与古典诗歌的断裂,面对中国古典和西方现代诗两大传统的压力和挑战等等。但是,他有一种说法我不同意。他说:"这些问题,在新诗发展的各个时期,都不断被提出,九十年代也不例外。这些难题的'再次重临'以及处理失据而出现的混乱,并不应由当前的诗作者来承担。"我觉得应该承担。当代诗人承接了太多过去的失据与混乱,不能再这样继续下去,如果当代诗人真的要有所成就的话。在我看来,当代诗人根本没有对两大传统做出适当的回应,而是不断在逃避。我自己就很想清理这些问题,否则继续前进就没有什么意思,会再次陷入失据与混乱;起码我自己不再想与这些失据与混乱挂钩。我认为,无法面对两大传统的压力与挑战,根本原因在于当代诗人对两大传统都太无知。我希望先从清理西方现代诗传统着手。希望也有人来清理中国古典诗传统。

诗与小说

博尔赫斯小说和诗皆一流,像哈代一样。不过,我们是否也可以假设,博尔赫斯如果只专注于诗或专注于小说,他在其中一方面取得的成就可能会更大。但我们也得反过来假设,如果博尔赫斯不是双管齐下,可能两方面的成绩都比现在差。但我想,一个作家专注于文学,还是可以成立的,而不一定把诗与小说对立起来，以为会互相争夺一个作家的才能；但我自己确实觉得，诗与小说是会互相争夺作家的才能的——我这样不断掂量，是为了留有余地，因为特殊情况总是有的，尤其是文学创作。我倾向于这样一种专注：诗人写诗，也兼写一定数量散文和评论；小说家写小说，也兼写一定数量的散文和评论。有时诗人不妨也写若干短篇小说，就像小说家不妨也写几首诗。但两者在越界时，最好不要太过分。

快乐小论

快乐是自己的，内心的，恒定的；快乐是一种状态。故一个人不能给予别人快乐。我们生活中的所谓快乐，在大多数情况下是舒适、刺激、兴奋，而不是快乐——它们是对失去快乐的补偿。

同代人不存在杰作

一个进入成熟期并且有更大抱负的诗人，到一定程度只能为过去的大师和未来的读者写作。在阅读方面也是如此。他不再阅读本语系的当代作品，而是阅读外国的和经典的。就像一个诗人在某一氛围某一地区或某一团体中锻炼到一定程度，也即到了拔尖的程度，写出足够的好诗之后，就要逸出该氛围，与另一氛围另一地区的同行交往。一个诗人进入成熟期，便基本上不必把关注点放在当代本语系的写作上，而主要阅读经典，就像一个人青少年时代在阅读某些刊物的氛围中成长，当他开始成为这些刊物的主要作者的时候，他已基本上不把这些刊物作为他阅读的主要来源，甚至已不再阅读它们。沃尔科特说，同代人不存在杰作这回事。我想他说的也是这个道理。

但有一种投机者，他显然知道或感到与另一氛围交流是某种提升，却不知道或假装不知道这种提升背后是要有足够资源支撑的。于是他把大部分原是应该用于培养和加固资源的精力和时间，用于营造人际关系，使自己进入"名人"之列，并且为了维持那种地位而用更大的漏洞堵塞原来的漏洞，如此恶性循环下去。

诗人与社会

诗人与现实、与社会的关系，应该是一个对话的关系。也即是说，诗人自成一个系统，再与也是自成一个系统的现实和社会打交道，从而保持一种独立的、清醒的距离，而不是介入现实，卷入社会，或沉浸于现实或社会。

层次与宽容

如果借助一张全景图看，你会看到有些人站在这个位置，有些人站在那个位置，彼此互相指摘，永不会互相宽容，顶多是忍气吞声，或承认彼此的不同或所谓求同存异——也即一般意义上的宽容。

但是你站在更高的位置俯视全景图，你看到他们彼此永远不会站在一起，也永远不会走出他们的范围或走出全景图的范围与你站在一起观看那个全景图。这时，你就不会对他们寄予期望了，因为你明白：他们就是这样的了，是在那个层次上的了。你不可惜、不憎恶、不指责，你原谅也体谅他们，因为你知道得太清楚了，也知道你与他们没有关系，也不必忍气吞声。你是谁？你是真正的宽容者。

每一个人都有机会从下一层升至上一层，但当他升至上一层时，他即属于那一层，与同一层的人有着大致的共性。上一层可以理解下一层，但下一层无法理解上一层。层次越接近，按理说应该越有共性，却也有可能越互相难以容忍，尤其是处于临界线前后的层次的人，例如第五十五层的可能难以忍受第四十五层的人。而第八十层的人更能容忍第十八层的人，因为他可以根本不把第十八层的人当成一回事，第二十层的人怎样攻击他，他都可以置之不理——彼此距离太远了，中伤之箭实际上伤不到他。第八十层的人对第七十层的人，也较难容忍，因为中伤之箭近，而且中伤技术更尖端和复杂。但是，去到第一百层或九十五层以上的人，由于智慧臻于圆熟或趋于圆熟，基本上可以容忍任何层次。

掌握一门外语

去年在德国，与张枣有过深入交谈。他说的一句话，我非常同意：写诗，要有几个考验，必须过外语关、家庭关、名利关。所谓家庭关，就是成家立室还能写作，并且还能写得更好，便是经受得住一项重要考验。名利关，我想首先是不追逐名利，其次是要淡泊名利，最重要的则是要清楚地认识名利，恰当处理。他也知道这几关对我来说都已过了，所以他说，还有一关是要在外国生活一阵子。我说，我长期在香港和大陆交替居住，已具备多种观察和适应能力。他说，确实如此，我这个例子比较特别。不过我也说，有机会还是应该争取在外国居住一年半载，他也说，一年半载也就够了。我们又谈起一些颇有潜质的诗人，便拿出这些标准来"考验"一下，发现有些诗人这些关都还没过，于是便不敢那么乐观了。

我认为过外语关特别重要。首先，学外语等于要求一个人长年累月去适应一个陌生的语言系统，其中包含文明的一切内涵，无论是文化的、文学的、社会的、政治的、民族的。这种适应，经过潜移默化，一个人自会懂得多面地、立体地、比较地、对照地看待事物，等于是一个肉体两个灵魂，一辈子有两重生命。不仅用外语和外语代表的一切来矫正母语的个人，而且用母语及其所代表的一切来矫正外语的个人。就学习和掌握英语而言，便等于是学习适应当前最强大的一个文明。

读外语还可以彻底逃离中文语境，耳根清净。你用中文写作，却不介入写作界的各种纠缠。用中文写作，整天看中文，就像置身某一地区，整天与那个地区的人事尤其是利益关系周旋，很容易烦躁、浮躁、暴躁，想淡泊名利，难。追名逐利，常常是因为被身边的名利场刺激起来的。有些人本来可以淡泊名利，但是所读所写都要与周围名利场上各色人等碰撞，被人用名利压迫、示威，即使有一定的耐性，也难免被惹恼，于是想，让老子也来露两招给你看，加入战圈。

张枣说，他基本上只有写诗的时候才用母语，这种处境十分微妙。我也心领神会。我自己近几年来，也都是读英文和英译，写中文。保持这种距离，反而与纯正的母语关系更密切。一如远走他乡，精神上与母亲的纽带会绑得更紧，而与母亲的环境以至兄弟姐妹的互相倾轧保持距离。

阅读外文的最大优势是可以更加沉实和深入地精进自己的

诗艺。例如我阅读英文和英译，尤其是最近可以通过互联网直接从外国买书，几乎想看什么书都有。任何时候对某位作家发生兴趣，立即可以在一两个月内拥有各种书籍，看个饱。而专靠翻译（中译），往往难以满足，阅读欲望受限制，个人的能量无法在最需要的时候立即补充，看书的天时地利人和的环境往往不能协调，学养受阻滞。所谓看书的天时地利人和，是指我们未必看到什么书什么作家就能读进去，一旦有了读进去的缘分，就想大量地读，全面地读，可是如不懂外语，专靠中译，是无法完成这一宏愿的。翻译首先受到别人的过滤和筛选，其次是不全面，第三是慢，有时迟了半世纪，第四是误译。

例如我喜欢布罗茨基，除了他的诗集外，我还可以看到他两本散文集、一个谈话录、一本有关他的专著，还有无数零散的文章，包括别人评论他的。通过诗集以外的书本和资料，我可以对布罗茨基的诗艺、人生修养、个人喜恶、他喜欢哪些作家、有哪些嗜好、与哪些诗人交往等等，都有了充分的了解，并把他当成一个指路人，尽量触及他所触及的一切。再如沃尔科特，我除了喜欢他的诗外，还很想知道他的修养的来源，而我从他的一本精彩的谈话录满足了这一切，还读了一些研究他作品的专著。再如希尼、奥登、弗罗斯特等等，我也是如此把他们里里外外翻了个遍。我正是通过这种充分和完满的阅读，发现他们有一条重要的线索，就是与传统的关系非常密切，又与当代生活保持联系，作品既有古典精神，又有当代气息和感受力。这对于我逐渐领悟到传统的重要性，起了非常重要的作用。

这就得出一个非常重要的结论，也即掌握一门外语的真正要害，并不在于拿来，而在于可以通过全面阅读某些当代重要作家，来了解他们如何消化他们的文学传统。我自己就有一种切身的体会，也算是一种顿悟：我以前是以一种拿来心态阅读和翻译外国作品尤其是英语作品的。但我现在认为，这种心态虽然进取，却不是根本。我们拿来时，一方面无视我们的传统，另一方面也无视别人的传统。我现在是按照英语作家尤其是英语重要作家的程序来阅读和消化他们的传统，这样，我才真正看清楚自己的不足，同时也真正看清楚外国当代诗歌的不足。例如我最初读到沃尔科特多次抱怨眼下美国诗歌的浅薄，有点不解，甚至难以接受，但是在摸清了他和另外一些现当代重要诗人的传统脉络之后，我终于了解到他的见解，不但深刻，而且渐渐地感同身受了。

当然，要掌握一门外语，并不是容易的事情。要"进入"，更需要一个漫长的时期，基本上可以说，至少要有一段时期放弃阅读母语，转而像以往保持阅读母语那样保持阅读外语。这样，阅读速度和理解力逐渐接近于阅读及理解母语。要能够像阅读母语那样凭直觉分辨好坏，决定所阅读的作品的各种层次，简言之，就是进入外语的语境，进入他们当代和经典的氛围里去，进入任何个别作家的语调里去，而不是靠一般的文学史或一般的表层介绍，因为文学界各国都一样，真假掺杂，好坏互混，深浅交错。

掌握一门外语的另一个好处是，该门外语也有翻译。就英语而言，英译的数量和质量远远不是中译可以匹比的。我书架上的英译诗集甚至比英语诗集还要多很多。

但是掌握一门外语仅仅是发挥个人潜力的一种潜力，甚至不是基础。即使是基础，基础具备之后，是否具备个人才能和如何发挥个人才能还都全是未知数。就像任何人都有某一方面的优势，如何发挥优势则是另一回事。我们同代人有不少人不懂外语，但其中某些诗人前途无量，因为他们可以通过其他途径开拓另外的疆域。倒是外语半桶水更难堪，一方面以懂外语自居却没有读进外语里去，另一方面也失去通过其他途径开拓另外的疆域的可能性。

悟性

悟性可分为两种。说得确切一些，悟性只有一种。但是为了作一个比较，姑且分为两种。先打一个比喻：假设悟性是一个圆圈，而打通悟性即是使圆圈转动起来。有一种人，只有低层次的悟性，每学一点悟一点，不能举一反三。他一生可能用一个个点把圆圈内的空间都填塞起来了，但圆圈却不会转动，打不通。这种悟性又可被称为加法悟性，事实上不算是悟性。

另一种悟性是乘法的。但最初也是加法的。他最初也是每学一点悟一点，但是悟了两三点或三五点之后，他开始"悟"起来了，举一反三，并且以乘法递增。他大概只需要给圆圈十来个点，在圆圈内各处分布，圆圈就转动起来了。那十来点就像电灯一样，一亮，整个圆圈便亮起来，转动起来。

悟性是需要刻苦的。有悟性的人，背后都有一段不平凡的经历，很多伟人都是如此。再打一个比方。假设悟性的达成，是站到山顶上。这座山是由一条环山路从山脚通向山顶的。环山路有十环。有悟性的人先是沿环山路走了两三环，这时他发现环来环去，风景都是一样的，而沿路而行太浪费时间和精力，于是他开始攀山而不是走路，也即开始从第三环攀上第四环，再攀上第五圈，直到第十环也即山顶。浪费时间和精力的走路人看到的景色他也都看到了，但他节省了很多时间和精力。不过，他攀山当然比较困难。如果他在其他领域已完成一次或多次悟性，则他甚至不必走最初那三环，而是直接往上攀登。更重要的是，他大概不是第一个这样做的人，可能以前已经有很多人这样做了，所以他只要稍加留意或仔细寻找，应该可以找到前人留下的攀登的隐约的痕迹，加快攀登的速度。而前人留下的痕迹又可能启发他更多的悟性，也许这才是更重要的，因为这里包含了传承、真理的寻找等等似乎看不见的脉络，顺着这些脉络，不知道还有多少启悟在等待着他。

我的意思是必须行动，必须刻苦。即使一个人有悟性，知道攀登的用处和妙处，但若他不能克服自身的惰性，不攀登，也是徒劳。比如说，我们知道掌握一门外语的种种好处，但是如果不学，不刻苦学，你永远不会得到那种种好处，以及那种种好处带来的更多的（乘法的）悟性。再如你明知道换一换环境对你有益，但如你不行动，便不但一点益处也没有，而且还会产生挫败感。要克服外在环境，似乎不难；要克服自己和挑战自己，往往是最难的。因此，很多人虽然知道很多事情，却仍然无法大彻大悟，或已经有所彻悟，却不能有所成就，原因就在于无法克服自己的惰性。几乎所有伟人都是勤奋工作的。其实悟性的真髓即在于，一旦下决心克服数次惰性，便会发现要克服惰性并不困难，尤其没有想象中那么困难。这也回答了一个问题：为什么要刻苦，刻苦本身不也是需要付出代价吗？不错，但是一点刻苦可带来十点的回报，并且随着悟性递增，打下一个大的刻苦的基础之后，刻苦越来越不必要，但回报却越来越高，并且以乘法递增。这又可以反过来解释伟人勤奋工作的原因：他不断打开大境界，看到更多，想得更多；看得更宽更广，也想得更宽更广，于是可做的事情越来越多，不勤奋工作，又如何应付那么多奇思妙想。

悟性，无论是哪一行业的人，都必须与当下结合起来，才有积极作用。也就是说，悟性是有消极作用的。一个人，如果悟了，把人生看得非常透彻了，事实上也就是把人生看空了，他就有可能与世无争，选择安分守己的生活。如果是一个写作者，他悟了并积极从事写作，那是会有大成就的，因为写作事实上就是他的事业。但是，如果是一个普通人，他看透人生，便不想争取什么了，他愿意并乐意做一个默默无闻的人。可是我十分担心，社会的恶势力如洪水猛兽，他能抵挡得住吗？再拿黑暗与光明来作例子。如果他是一束光明，而社会的恶势力如一片黑暗，他处于黑暗之中，会不断受到黑暗的压迫、推移、消解。

拿一个更切身的例子。我相信自己悟到很多了，真的，并且非常清楚，一切都是空无，我有时候会想，算了吧，还干什么呢，读读书，娱乐一下自己，一辈子就这样清静打发掉。但是我会立即发现，不进则退，如果我不再有些追求，有些"野心"（例如做一个了不起的汉语诗人），以这种追求作为动力生活、创作，我有可能保持清静读书的状态和心境吗？恐怕不能。如果我没有了进取心，则我可能连起码的生活都保不住，更不用说清静读书了。如果我不进取，而社会恶的势力却在加速膨胀（这是假设任何有悟性的人都能看到的），在这洪水猛兽的冲击下，我的整个心理和生活防线可能很快崩溃，不但不能平静生活和读书，还会变得更加愤世嫉俗——而一个人如果还愤世嫉俗，那他等于没有悟性，又打回原形。

因此我想，悟性（我当然把悟性视为一种善的启迪）就是要拿着一百元的善，去再投资，去壮大善的力量，照亮周围的人群，就像拿一百元的天分去不断扩充一样。而不是把它当成一笔意外之财，瞬间挥霍掉。我们可以看到，很多知识水平不高的普通人，散发他们能力所及能够发挥的光与热，我想，他们也是有高度悟性的人。也有一种人，比如说我有时会觉得自己要做的那种人吧，如果他进取，他能够发挥的光与热可能是他放弃进取之后的光与热的几倍甚至几百倍，但如果他收拾所有工具，因看透"人生"而只做"人"却无"生"（生生不息），最后只落得个像任何没有悟性的人一样。

话说回来，既然是悟，我们就应该把它视为大彻大悟。既然是大彻大悟，必然是看清各条脉络，悟者也一定是根据自己的性情和方向而抵达其悟的。这样的话，在面对周遭的恶和混乱时，他要么有足够能量抵挡或回避，要么有足够智慧来保全自己。我们为他设想的种种困难，反而是多虑了。因为智者多虑，我们的多虑早被他消化过了。

《地狱篇》的象征

但丁的《地狱篇》，我觉得是一部寓言。它讲的其实不是死后的惩罚，而是现世的惩罚。在地狱的最边缘，居住着荷马、贺拉斯、奥维德、卢坎等人，是大智者，免于各种刑罚。其实现世就是地狱，受各种刑罚的人就是受七情六欲之苦的人。处于最边缘的智者，因智慧圆熟而得以免受各种困扰。我也一直觉得，《圣经》是一部寓言。伊甸园里的亚当和夏娃，就是人类的童年，处于纯真状态。离开伊甸园，便是离开童年的纯真，进入各种苦恼。基督的出现，便是智慧的圆熟；基督的磨难，便是个人的考验。

对坏作品保持沉默

奥登说,应该对坏作品保持沉默,而对好作品加以称赞。评论坏作品,或自己不喜欢的作品或作家,往往充满偏见,而且读者亦一眼看出。既然你认为坏,就别评:你又不想为它多拉几个读者,并且无论是你怎么骂它,都毫无意义也毫无作用,何不让其自生自灭?至于面对一位好作家而你又不喜欢,那你更不要评,因为你既然看不到他的好处,则你的立论肯定搔不到他的痒处。而谈论你喜欢的作家,往往有真知灼见,即使你有不同的意见,只要你是很透彻理解他的,谈论起来也自会更有说服力。

分化与整合

我认为,诗人应该清醒地认识到,当代已无盲目的诗歌读者和听众。任何具有媒介作用的东西,其社区都会被其他媒介分摊掉。文学以前独揽大权,那是因为以前没有现代媒体。其实文学最初是诗歌,然后被散文、戏剧和小说分摊,在当代尤其被评论分摊掉,读者不断分化,也可以反过来说读者不断核心化。文学被电影分摊掉,电影被电视分摊掉,电视被互联网分摊掉,但都没有消失也不会消失。尤其是在互联网的时代,由于它融合各种媒介,文本的、影像的,因此可以预见将会出现一个重新整合的局面。而诗歌一直以来都是最方便也最简便的媒介,它的份额有可能重新扩大,而不是缩小。但无论扩大还是缩小,都不会影响诗歌自身。

成名与自我约束

谁不想成名？但是为什么有人不想出名而又想出名或已经成名？不少人都表示自己对成名并不看重，但事实上却是很看重的。这是怎么一回事？我觉得这涉及成名的分寸感和成名与自我约束的关系。

想起成名，就想起一些令人讨厌的所谓名人。于是，一旦我们自己与成名有一点儿牵连时，就连忙宣称它与我们自己无关，我们自己亦不追求。

之所以有那么多令人讨厌的所谓名人，是因为这些名人在一些比较克制的人看来，是名不副实。我们再拿个人能量来作比喻。对于一个有分寸感的人来说，他愿意储足能量。假如他有十分成就，他只希望自己有三分至七分的成名，而不愿意太过招摇。之所以不愿意十分成就十分成名，一是因为要让自己绰绰有余，二是因为他清楚知道假如成就与成名以一比一的方式并行，虽然名副其实，也仍然容易招人中伤。

相反的一类人，就是争名者。争名者是三分成就，可他不但想三分都成名，而且想十分成名，结果往往变成臭名。他其实并不介意臭名或美名，只要有名。因为即使他臭名远播，也仍然传不到他耳边。但他会心虚——这就是自然的力量！心虚又使他想弄出更大的名堂来填塞，又更心虚，如此恶性循环。这就像一个人，犯了一个错误，却用另一个更大的错误来掩饰或填塞，如此变成无底洞。

另一类并非争名者，却承受不起成名。例如他有三分成就，可他却自愿或非自愿地使自己骤然间三分全部释放出来，形成突然爆炸，虽然名实相副，却因为名声来得突然，又没有其他后备资源，应付不了，爆炸之后立即消散，应验了安迪·沃霍尔"每人成名五分钟"的说法。简言之，他也是那种缺乏克制或被外部环境催迫而失控的人，但又不是那种把三分成就夸张为十分成名的人。

还有一种人，他有三分成就，又懂得克制，故只有一两分成名。但是这里涉及一个问题，也即个人能量是否能获得不断扩大的问题。这种三分成就一两分成名的人，也就是那种守住"一百块钱的天分"的人，能量就只有那么多。他的心态比较复杂：他当然像克制型的人那样克制自己，也同样讨厌那些三分成就十分成名的人。但他也对那些有十分成就但七分成名的克制者心存妒忌、不屑，甚至会把这种克制者与那种夸张者混为一谈，视为一伙。

还有一种人，总是希望一分成就一分成名。但在创作上，这几乎行不通。他虽然竭尽全力，但最多只落到三分成就三分成名，尤其是在创作方面，回报率实在太低，于是愤而转行。而这种人又往往挺有才干，于是他在其他领域都做得不错，但对待原来那一行业，始终心存芥蒂，难以做到真正的心理平衡。创作回报率，最初大概只有十分之一，而且不是成名，只是受少数人赞赏。但如果他确实有才能，过了一定时期，例如十年二十年，他的回报率就可能会倍增（并且主要不是仅指成名）。

另一个很重要的问题是，你自己以为是克制者，别人却会以为你是夸张者。尤其是在创作领域，对作品的评价直接涉及对成就与成名比例的衡量。在中国，尤其是诗歌界，视野狭窄十分普遍。其实，之所以需要克制，就是因为考虑到个人评价与公众评价的差距。唯一可以衡量的是，自己心不心虚。克制者必自信，夸张者必心虚。

所谓"过名利关",意思就是要做一个尽量使自己有十分成就但只允许自己有三分至七分成名的人。

成名之后便要处理影响力,这个时候考验便来了:影响力容易发展成权力,如是,一个诗人的命运就宣告完结了。因为到那时,他只会争夺权力,拉关系,搞帮派,讨好评论家等等,写诗便成副业和维持权力的工具。一个"被选中"的诗人,他对影响力和权力的分辨能力会特别强。简言之,克制者属于那种保护影响力又严防权力的人,夸张者属于那种争夺权力的人,而他之所以争夺权力,又恰恰是因为他把影响力和权力混淆了。另一方面,一个克制者如果成名,尤其是成大名,也很容易受到攻击,而攻击者,也往往把他的影响力误为权力。由是之故,作为一个旁观者,就像作为一个克制者一样,也需要注意分辨影响力与权力。这样,才会有公平可言。可是这个世界又往往没有公平可言。不要紧,一个真正的克制者如果受到攻击,他也仍然会很克制,懂得保持沉默。

还有一种更具考验的情况。如果一位杰出的诗人行使了克制原则,而根据他当时周围的环境和他的写作风格,他这种原则将使他所获得的成就与他所获得的承认相差太远,也即他被忽视得太厉害了,他该怎么办?要知道,一个诗人的作品如果十分杰出,而他又不能在有生之年享受这种成果带来的荣誉,是十分残酷的。这就要看他的修养境界达到什么样的程度了。

最佳的境界是实现为过去大师和未来读者而写:他写作的成就,主要不是为了向当代的读者和同行交代,而是为了向那些为他的诗歌提供不尽源泉的过去大师交代,他景仰他们,感激他们,而他觉得他自己有必要延续他们的血脉;还有,他如何报答他们?唯一的途径是写出不愧于他们的作品。当他的写作主要是为了向过去大师交代的时候,也即是为未来读者而写:他深知,他的作品再过一两代人的时间,是会获得承认的。但这已不是他所关心也无法关心的了。他所关心的是向过去大师交代的成绩。在这种前提下,如果他及时获得当代读者和同行的承认,既有成就又成名,他当然宽慰;但如果未获承认,他也坦然。就像他写了一首杰作,他心满意足,至于这首杰作是只寄给一两位朋友看,还是印在私底下传阅的诗集中,或在著名的刊物发表,对他来说已不重要。

一九九八年

增订版后记

一、本书根据《必要的角度》旧版（素叶出版社，香港，一九九九；辽宁教育出版社，沈阳，二〇〇一）增订。

二、对文章中的引诗、引文，尤其是我自己翻译的，我都找来原文核对、润色和修改。一些书名、人名、篇名等，也都重新核对，改为现时较通用的译名。

三、大部分文章都做了或多或少的润色和修改。有些文章做了较大的增删，例如评布罗茨基中译本《从彼得堡到斯德哥尔摩》一文，既有删节，也有补充；再如《约瑟夫·布罗茨基的诗路历程》一文，增加了奥登为布罗茨基诗选所写的序的译文、根据最新资料重写了布罗茨基"与中国的关系"一节并新译了《明代书信》。

四、我发现书中有两三篇短文，是从我一九九八年写的《诗人日记》中摘选的。这次我从电脑旧文档里找出这部几万字的日记，整理出三篇新文章《希尼论技术与技艺》、《洛威尔和他的当代性》和《理查德·威尔伯谈诗》，放在第一辑里。另外把日记中一些或长或短的篇什略加整理，冠名《札记二十五篇》，放在第三辑里，作为本书的结尾。《札记》里一些稍长的篇什没有摘选出来作为独立的文章，是因为它们要么结构松散，要么内容驳杂，要么所谈论的问题具有相当程度的私人色彩，用"札记"来包容它们，似乎较为合适。

五、删去若干篇文章。另外我校对第二遍时才发现素叶版有一篇谈汪曾祺的文章，辽教版里没有收录。这次补上。

六、《约瑟夫·布罗茨基的诗路历程》中引用的三首诗的片段，均改为全诗引用；《怀疑和天真》新增一首辛波斯卡的译诗；《一个时代的终结》新增一首金斯堡的译诗；《本土与传统》新增一首阿尔·珀迪的译诗，引用的布雷滕巴赫一首诗的片段，亦改为全诗引用；《"死亡没有形容词"》引用的霍卢布一首诗的片段，改为全诗引用；《玛丽安·摩尔》新增两首摩尔的译诗；《纽约诗派和奥哈拉》引用的奥哈拉一首诗的片段，改为全诗引用；《入无人之境》新增两篇淮远的散文。这些新增和全译，是为了方便读者对文章所谈论的对象有一个更直观的认识。

七、在《人间送小温》和《翻译与中华文化》这两篇短文里，我都提到八十年代是读书的"黄金时代"，这使我感到吃惊，因为我是反对这种说法的。但我立即知道是怎么回事了。在九十年代，尤其是九十年代头几年，对仍然热情读书且经常需要买书的人来说，整个出版界是非常荒凉的。我记得我从广州到厦门、泉州，每次逛书店都感到这种荒凉，几乎无书可买。而且偶尔见到值得一买的书，包括中华书局的书，则都装帧丑陋，书脊歪斜弯曲、凹凸不平。从这个角度回忆八十年代，确实让人感到八十年代是黄金时代。但进入二〇〇〇年代之后，再把八十年代当作读书的黄金时代就是无视现实了：书籍的数量、品种之多，足以把八十年代白银化甚至铜铁化的。新一代可以买到的书，是我这代人在青年时代无法想象的。

八、第一辑主要是介绍外国作家的文章，有些只是译介性、综述性的，还够不上称为评论，请读者明鉴。在所介绍的作家已比较充分地被翻译成中文的今天，这些文章如果还有些许保存下来的价值的话，那也仅仅是作为我当年介绍外国文学的努力的一个侧面，而就我自己而言，我这项努力要等到稍后甚或很久之后才有机会进一步深化，也即翻译其中一些作家的作品，例如布罗茨基的评论集和一些诗、希尼的诗选和文选、卡尔维诺的评论。

九、重温第二辑评论翻译的文章，我深感"无知者无畏"。换作是现在，我会因为"见怪不怪"而放弃写任何这类具体评论某个译本的文章。大概百分之九十五以上的译本都是错漏颇多的，如果去操心它们，则我完全可以成为翻译评论的专业户，可这对于提高整体翻译质量不会有任何帮助，因为译文优劣的比例几乎永远不变，就像作家或诗人的优劣比例永远不变。所幸，当时写这些文章，背后都有我现在依然坚守的翻译原则和信念支撑着，而不是出于某种纯粹想挑别人译本错误的动机。但在评析别人的译本时我所使用的措词，往往缺乏分寸和考虑不够周到。我在修订时尽量删去这类措词，但难免还会留下一些痕迹，也请读者明鉴。

十、用《必要的角度》做书名，是因为九十年代中期我在香港公共图书馆英文书架上第一眼看到华莱士·史蒂文斯的评论集 *The Necessary Angel*（《必要的天使》）时，把"Angel"（天使）看成"Angle"（角度）。虽然我即刻就反应过来了，但被我即刻翻译过来的"必要的角度"，依然留在我的记忆里。

我曾在素叶版的序中说："如果说我这本书没有见解、没有价值，那是自欺；而如果我说这本书引导我发现自己才疏学浅、修养不足，则不是自谦。"这句话现在看来依然有效。如果我要稍作修订的话，我会说，对前半句我没那么确信了，而对后半句则愈发确信。

在辽教版的序中说："我原是一个很主观的人，写文章使我逐渐剔除主观情绪，不知不觉惠及我写诗，使我把自己磨炼成一个对自己还算清醒的诗人。"这句话是大实话。

然而使我真正清醒的，却是我对写评论的警惕。就在写完这本评论集的前后，我发现自己变得能说会道。这意味着：我可以就任何事情发表看法而且显得有见解和有价值。而我当时看到，后来看到更多的是，写评论的人都有不仅能说会道而且把能说会道发挥到极致的倾向。这些还仅仅涉及道德守则，多少会在评论者心中掠过些许的不安，从而使他的不安散发在文章里，读者自能隐隐感到作者所隐隐感到的心虚，更敏锐的读者立即就能判断出作者的不诚实。但在一些相对模糊的领域，例如文学领域，评论者在把能说会道深化为胡说八道的时候也依然显得有见解和有价值，且不觉得自己胡说八道，更不会觉得有任何道德守则问题；同样在一些相对不确定的事情上，例如某种文学现象或文化现象，某个社会问题或环境问题，评论者并未曾关注过，也没有深思过，但他却可以在应邀发表评论时能说会道并且显得有见解和有价值。而在我看来，这类倾向在不同程度上是没守则的、堕落的、邪恶的。不言而喻，评论者的下一步当然是把其身份转化为某种可以交易的权力关系。

有了这个警惕，我便立下若干写评论的原则，包括诚实，尤其是只写自己长期积累、深有体会、发自内心的东西。同时我也怀疑评论的终极价值，并逐渐减少写评论，而宁愿多翻译些好评论。在相当但不是完全的程度上，我的第二本评论集时隔二十多年，迟迟没拿出来，也与此有关，尽管我这二十多年来写的文章，数量已经超过一本评论集。同样在相当但不是完全的程度上，这也是《必要的角度》迟迟没有再版的原因。

二〇二三年八月三十日

明室
Lucida

照亮阅读的人

主　　编　陈希颖
副 主 编　赵　磊
策划编辑　赵　磊
特约编辑　赵　磊
营销编辑　崔晓敏　张晓恒　刘鼎钰
设计总监　山　川
装帧设计　山川制本 workshop
责任印制　耿云龙
内文制作　丝　工

版权咨询、商务合作：contact@lucidabooks.com

上海光之室文化传播有限公司　　Shanghai Lucidabooks Co., Ltd.

图书在版编目（CIP）数据

必要的角度 / 黄灿然著. -- 增订版. -- 上海：上海文艺出版社，2024
ISBN 978-7-5321-9038-6

Ⅰ.①必… Ⅱ.①黄… Ⅲ.①随笔—作品集—中国—当代 Ⅳ.① I267.1

中国国家版本馆 CIP 数据核字 (2024) 第 103768 号

发 行 人：毕　胜
责任编辑：肖海鸥
特约编辑：赵　磊
装帧设计：山川制本 workshop
内文制作：丝　工

书　　名：必要的角度（增订版）
作　　者：黄灿然
出　　版：上海世纪出版集团　上海文艺出版社
地　　址：上海市闵行区号景路 159 弄 A 座 2 楼 201101
发　　行：上海文艺出版社发行中心
　　　　　上海市闵行区号景路 159 弄 A 座 2 楼 206 室 201101 www.ewen.co
印　　刷：北京市十月印刷有限公司
开　　本：880×1230　1/32
印　　张：12.5
字　　数：292,000
印　　次：2024 年 8 月第 1 版　2024 年 8 月第 1 次印刷
Ｉ Ｓ Ｂ Ｎ：978-7-5321-9038-6/I.7114
定　　价：79.80 元
告 读 者：如发现印装质量问题，影响阅读，请与出版社发行部门联系调换。